Les Beaux Esprits

Cet ouvrage est subventionné par le Conseil des Arts du Canada.

Louise Pinard

Les Beaux Esprits

Le Préambule

À mes filles

I could say love over and over and over
I could say baby baby baby
Till my tongue spirals out of my head

Kate et Anna Mc Garrigle

Livre premier

Première partie

Christophe ou les chimères

Élise vient souvent aux *Beaux-Esprits*. Qu'elle soit avec des amis ou seule, elle s'y sent toujours à l'aise. En entrant ce soir, elle reconnaît deux anciens étudiants. Elle les rejoint. Ils parlent de tout et de rien. De littérature aussi. Puis Chistophe arrive. Élise le suit du regard. Il s'assoit au bar. Elle quitte les étudiants et s'installe aussi au bar, mais à l'autre extrémité. — Bonsoir Yves, tu me remets un glaçon ? Sourires. Le barman est sympathique avec son air de chien battu. Elle regarde Chistophe dans le miroir et se remémore chacune des fois où elle l'a vu. Toujours ici, aux *Beaux-Esprits*.

La première fois qu'elle l'a remarqué, il était waiter. C'était il y a un mois environ. Il s'est approché et l'a regardée avec insistance. Puis il s'est présenté: — Je m'appelle Christophe. — Moi, Élise. Fini. Elle l'a revu quelques jours plus tard, avec une très jolie fille. Il ne travaillait pas. Enfin, une troisième fois, alors qu'elle prenait un verre avec son copain Michel. Waiter de nouveau. Elle s'est mise à s'intéresser à lui. Elle l'observait et cherchait à deviner qui il était vraiment. Elle le supposait sportif à cause de la force physique qu'il dégageait. Michel a senti son intérêt et dit: — Je le connais. Il travaillait à la *Cour* avant. Il a rajouté que Christophe était en ce moment en train de se construire un bateau. — Ah!

bon. Tard dans la soirée, elle l'a vu quitter le bar. Elle, elle est partie avec Michel. Pour ne pas rester seule, tout simplement. Elle a obtenu les résultats escomptés. Rien de plus.

Les regards d'Élise et de Christophe viennent de se croiser, dans le miroir bien sûr. Elle ressent un petit pincement au cœur quand elle le voit se lever pour venir la rejoindre. — Salut! C'est quoi ton nom déjà ? — Élise. Toi, Christophe, je pense. Après, pour se donner une contenance, elle dit: — C'est vrai ce que Michel m'a raconté, tu te construis un voilier ? — Oui, il est presque terminé. — Ça m'impressionne! s'exclame Élise. Alors il enchaîne avec de longs propos sur la nécessité de tout intégrer à la vie quotidienne. Le bateau, dit-il, fait partie de tout ça, comme le reste. Pendant qu'il parle, elle ressent un malaise. Il y a chez lui une confiance trop grande. De la suffisance. Il semble, lui, avoir tout maîtrisé, tout compris. Ce n'est pas son cas à elle. Merde. — T'es Lion? — Non, Verseau. Élise est soulagée parce qu'elle a lu récemment que les Gémeaux s'entendent bien avec les Verseau. Après tout, il ne faut peut-être pas désespérer.

Suit une longue conversation. Littéraire. Son domaine à elle. Élise dit qu'elle aime les romans. Lui, non, parce que c'est trop loin de la réalité. Elle essaie de lui expliquer que plus souvent qu'autrement, la fiction part du réel. Mais il ne n'écoute pas. Il lui coupe la parole: — De la foutaise, les romans. Silence. L'atmosphère est heavy. Elle a envie de partir. Christophe a remarqué son mécontentement. — On efface tout ? — Non, ce qui est dit, est dit. Mais il la regarde si gentiment. Il lui plaît trop en ce moment. Elle est tiraillée. Elle a failli s'en aller quelques minutes plus tôt, non ? Même la musique s'en mêle. Leon Redbone chante *Champagne Charlie*. Élise sent qu'elle perd le contrôle. Comment la soirée va-t-elle se terminer ? — Tu veux un autre verre, je te l'offre ? — Oui, mais quoi ? Yves, qu'est-ce que tu me suggères après l'amaretto ? — Un gin tonic ? — O.K. pour le gin tonic. Elle est un peu grise et s'abandonne à ses sensations. Il lui caresse alors les cheveux et l'embrasse. Il la désire. — T'as une belle tête. T'es tombée dedans quand t'étais petite ? Elle rit. Elle souhaite quitter ce bar pour aller avec lui, mais elle ne prendra pas les devants. Élise a besoin de savoir qu'il veut vraiment partir avec elle. Christophe dit: — On s'en va chez moi. Cette phrase met fin à ses hésitations.

Très bel appartement. Elle est surprise parce que durant la discussion qu'ils ont eue au bar, Christophe l'a accusée d'aimer trop la beauté, de se laisser arrêter par des considérations esthétiques alors que lui ... L'appartement est très bien décoré, de façon subtile, esthétique! Il met *Piano Man* de Billy Joel. — Oui, j'aime ça. Puis elle se laisse aller à ses bras, à ses lèvres. — T'es douce, amoureuse, toi qui étais si rationnelle tout à l'heure. Il est visiblement content de découvrir l'autre Élise, celle qui aime se faire caresser. Elle s'abandonne facilement, parce qu'il l'a rassurée. Manque de confiance en elle. Maintenant, ils sont bien ensemble. Juste avant de s'endormir, il murmure: — Élise, je te connais pas, mais je t'aime beaucoup.

C'est lui qui la réveille, le matin. Il s'en va à son bateau. Il a encore beaucoup à faire s'il veut le mettre à l'eau dans quelques jours. Rasé de près, pantalon blanc, il est très beau. Elle le désire encore plus que la veille. Le retenir ? Non. Après lui avoir demandé son numéro de téléphone, il l'embrasse du bout des lèvres et sort. Elle ne le connaît pas, elle non plus, mais elle l'aime beaucoup trop.

*   *   *

Élise est à sa table de travail, devant son texte. Elle vient de décider d'aller le porter à Christophe puisqu'elle l'a écrit pour lui prouver qu'elle a raison. Cette histoire est vraie pour eux, mais pour quelqu'un d'autre, de la fiction. Voilà. Oui, c'est ce qu'elle a vécu. Presque. Quelques omissions, bien sûr. Elle ne va quand même pas se mettre complètement à nu devant lui. Elle ne dit pas, par exemple, qu'avant de s'endormir elle s'est caressée. Parce qu'elle n'a pas joui avec lui, non. Elle a eu l'idée d'insister, mais elle n'a pas osé. Timide ? Poignée ? L'un et l'autre. Elle ne va pas très loin non plus, quand elle parle de ce qu'elle a réellement pensé de lui alors qu'il l'écrasait de sa suffisance. Entrer dans des considérations féministes ? Rien de pire qu'un tel discours pour faire fuir les hommes. Concession à ce qu'elle pense vraiment. Après tout, l'histoire avec Christophe ne fait que commencer et Élise ne veut pas qu'elle se termine tout de suite. Elle aime les hommes virils et elle en subit les conséquences. Les hommes! Elle les trouve tellement chanceux de pouvoir aller au bout d'eux-mêmes, poussés par cette société qui les retient, elles. Élise pourrait enchaîner d'ailleurs sur son complexe devant tous ceux qui arrivent à créer. À quoi bon ? Il lui a dit avec tellement de force qu'on faisait ce qu'on voulait dans la vie. Comme si c'était simple. C'est tout ça que, par lâcheté, elle laisse tomber.

Cependant, malgré les imperfections, Élise est contente de son travail. Oui, elle ira le porter à Christophe. Elle espère toutefois qu'il verra la différence entre ça et une lettre. Elle ne lui a pas écrit à lui. Elle s'est fait plaisir en écrivant son histoire, comme si c'était de la fiction. Enfin elle a réussi à délaisser son journal et à écrire ce qui peut ressembler à un début de roman. Mais elle s'est prise au jeu. Ça lui plaît. Elle veut continuer. La seule ombre est que l'histoire débute. Elle aimerait être rendue plus loin pour en avoir plus long à dire. En attendant l'inspiration, Élise recopie son texte avec soin et va le jeter dans la boîte aux lettres de Christophe. Impulsion qu'elle regrettera amèrement par la suite.

* * *

Après avoir quitté l'appartement de Christophe, Élise passe chez elle se changer. Finie l'aventure pour l'instant. Sa vie continue et elle a rendez-vous avec une voyante pour la première fois. Une idée comme ça qu'elle a eue. Mais Élise est inquiète. Si elle voit vraiment ...

Sur le chemin du retour, Élise repense à tout ce que l'Italienne lui a dit. À vrai dire, ce qu'elle retient est très confus. Seul se détache clairement le fait que sa vie sentimentale est ratée et qu'elle aura encore beaucoup de problèmes. Le reste, déménagements, voyages, héritages, est banal. La voyante a bien vu qu'elle a de la difficulté à se détacher d'une conception romantique de l'amour. Tant qu'elle ne changera pas sur ce point, elle ira d'échec en échec. Elle lui a dit aussi de se méfier parce que la vie est courte: elle ne sera pas toujours jolie et en santé. Quelle horreur! C'est bien beau tout ça, mais Élise n'a pas dormi de la nuit, ou si peu, et elle a ce cours d'été à donner, le soir à sept heures. Elle met toutes ses préoccupations de côté et s'étend quelques heures.

Dans le corridor du collège, elle rencontre Julien qui lui donne rendez-vous après les cours. À dix heures donc, ils vont vers le *Prince-Arthur*. Élise a l'estomac serré car elle n'a rien pris de la journée. Les confidences qu'elle fait à Julien la libèrent. — Tu comprends, avec tout ce m'est arrivé dernièrement, je suis sur les brakes. — Ben non, Élise, tu devrais pas te retenir. C'est vrai après tout, qu'a-t-elle à perdre? Le lendemain, elle achètera le disque de Léon Redbone pour Christophe et elle ira lui porter à la marina. Souriante, elle s'endort.

Élise se réveille très tôt, anxieuse. Va-t-elle faire ce qu'elle a décidé la veille ? Plus rien n'est clair. Une bonne douche pour essayer de se remettre les idées en place. Impossible de manger toutefois et encore moins de chasser les battements de cœur précipités. Ils la martellent douloureusement. Il faut qu'elle bouge, qu'elle fasse quelque chose. Les vacances lui laissent trop de temps libre. Elle est désemparée. Elle décide d'aller au centre-ville chercher le disque, les disques en fait, un pour lui, un pour elle. Elle file ensuite sur le pont Jacques-Cartier. À la marina, elle s'informe. Le gardien lui dit: — Il travaille sur son bateau, un peu plus loin. Regardez là-bas, c'est lui. Inquiète, elle marche dans la direction que l'homme lui a indiquée. Elle aperçoit d'abord la vieille auto jaune, puis Christophe, torse nu, sur le pont. Comment réagira-t-il?

Elle arrive enfin. Christophe est dans la cabine. — Bonjour! — Tu m'as fait faire un saut! Il n'a pas changé en une nuit. Toujours beau et bronzé. Rapidement justifier sa visite. — Je t'ai apporté un disque. — C'est gentil, merci. Oh! *Champagne Charlie*. Il a l'air content. Elle s'assoit sur une petite embarcation retournée à l'envers et le regarde travailler. — On est bien ici, c'est tranquille et personne ne pose de questions, dit Christophe qui raconte comment ils passent leurs journées, ses chums et lui. Douce fraternité des hommes! Quand a-t-elle vécu cette camaraderie avec des femmes, depuis ses années de collège? Jamais. Elle a tenté d'y arriver avec son amie Marie, il y a une semaine, à la mer. Elles étaient parties heureuses. Elles allaient parler littérature, discuter, se reposer. Mais les garçons de Marie et ses filles à elle ont pris toute la place. Il faudrait peut-être que les femmes révisent leurs priorités ... Élise demande à Christophe s'il a tout construit ce voilier lui-même. — Oui, au complet, en six mois. Et vlan! les mâles encore et leurs super-réalisations. Quelle prétention de croire qu'il peut s'intéresser à elle. Qu'a-t-elle accompli de comparable? Elle a quand même eu deux enfants! Ça fait peut-être le poids, après tout. — Il est vraiment beau ton bateau. J'aime les couleurs. Bon, il faut qu'elle parte. C'est trop, elle étouffe. Christophe lui dit qu'il lui fera signe. — Oui c'est ça, à bientôt.

Quand elle revient chez elle, Élise est toujours troublée. Elle met son nouveau disque et pour se calmer décide d'écrire comme elle le fait souvent. Alors seulement elle écrit le premier texte, oui, celui du début.

* * *

Ces nouvelles pages ajoutées, Élise s'interroge maintenant sur le changement de son écriture. Depuis qu'elle sait que Christophe ne lira plus une seule ligne nouvelle, elle ne censure plus ce qui lui vient à l'esprit. L'authenticité de son récit prend enfin le dessus. Elle doit continuer dans cette veine, aller au bout de ses émotions, les décrire, les analyser.

Élise sait que quelque chose ne va pas. Comme d'habitude, elle perd pied. Ce Christophe qui suscite en elle tant de trouble, de hauts et de bas à en perdre le souffle, qui est-il ? Où est passée la réalité ? Comment démêler les fantasmes des faits réels ? Elle étudie la situation et s'aperçoit qu'elle ne connaît pas celui qui a canalisé depuis quelques jours presque toute son énergie. Et que pense-t-il d'elle ? Incable de répondre, elle cesse d'écrire et choisit de sortir pour se changer les idées.

Elle s'en va directement aux *Beaux-Esprits*. Pourquoi pas ? Elle demande un gin tonic. C'est ce qui lui réussit le mieux ces derniers temps. Elle regarde tout autour. Le bar a des allures gaies. Pour confirmer ses pensées, ses deux amis Charles et Maxime entrent. Charles plutôt saoul. Fait rare. Maxime, lui, est troublé. Il a vingt et un ans. — Non mais, Élise, qu'est-ce que j'ai fait jusqu'à maintenant ? Exigcant, l'enfant! Qu'a t elle fait elle-même qui a presque le double de son âge ? Dire qu'elle est venue se changer les idées! La soirée s'annonce particulière. Il ne manque que Julien et John. — Ils arrivent, annonce Charles. Je viens de leur téléphoner. Bon, le party n'a pas été prévu mais il débute quand même.

Elle accepte tout comme ça vient: l'alcool et les cigarettes, les conversations interrompues, les plaisanteries banales, les étreintes joyeuses et amicales des copains. Elle n'est pas malheureuse. Mais quand Yves lui dit qu'il regrette de ne pas être allé au baptême du bateau de Christophe qui a lieu présentement, sur la tête qu'elle éclate la bouteille de champagne! Celui qu'elle cherche à oublier est de nouveau là. La fête n'est plus pour elle. Elle tente de se ressaisir en allant s'asseoir près de Julien. Il n'aide pas beaucoup. Il dit qu'il est inquiet à son sujet. Il fait allusion à sa dernière aventure et aussi à toutes les autres et il conclut: — C'est fucké. En amour, tu te comportes comme une petite fille. Right on. Comme la voyante. Ce qu'elle trouve elle-même, d'ailleurs. Élise panique. Trop d'émotions en quelques jours. Alors Julien suggère qu'elle revienne à Jacques. — Marie aussi pense ça, tu sais. C'est trop! Elle a mis fin à cette relation de peine et de misère, il y a trois mois, elle croit vraiment avoir pris la bonne décision, la seule possible, et deux de ses meilleurs amis la remettent en question? Elle réfléchit à tout ça, incrédule et défaite, quand Christophe entre avec la même belle fille avec qui elle l'a vu quelques semaines auparavant. Tout en blanc, chemise ouverte jusqu'à la ceinture: Christophe le Magnifique! Il aperçoit Élise et lui dit en passant que tout s'est bien passé pour le bateau. Elle sourit péniblement. — Bravo. Je suis contente. Pas un mot sur son récit. La débâcle! Elle s'est une fois de plus comportée comme une idiote. — Julien, au secours, je me noie. Et elle lui raconte son geste fou. Il la rassure comme il le peut. Il insiste sur le fait que de toute façon Christophe ne comprendra rien à ce texte, qu'elle ne doit pas se faire tant de peine. — Je l'ai vu souvent. Il est toujours avec des filles différentes. Élise n'a plus qu'une seule idée, partir, rentrer chez elle. Il est deux heures, elle est épuisée et, le lendemain, elle doit partir pour la campagne, avec ses filles. — Oui, oui, Julien, ça va aller. Bonsoir tout le monde.

Dehors, il a plu. Elle marche doucement et essaie de mettre de l'ordre dans ses pensées. Trop émue, elle n'y arrive pas. Plusieurs autos s'arrêtent près d'elle. Des hommes en chaleur l'invitent à monter. Élise est exaspérée, au bord des larmes. À la maison, pendant qu'elle se déshabille, elle écoute Leon Redbone:

Yearning just for you
That's all I do my dear
Yearning while I'm blue
I wish that you were there...

* * *

Au début de l'après-midi, Élise prépare ses bagages pour la campagne. Paul arrive. Il vient de faire son jogging et puisqu'il était dans le coin, il a pensé lui rendre visite. — Tu veux une bière ? Élise en profite pour lui parler de tout ce qui lui arrive. Elle attend de son grand chum, une sorte d'aide morale. — Tes feux de paille, on les connaît, ma belle Élise. — Maudit que t'es bête, Paul! Et comme Julien, il lui dit que c'est peut-être avec Jacques qu'elle trouverait la stabilité. Elle écoute ce conseil, mais plus reposée que la veille, elle peut le rejeter plus sûrement. Non, ce n'est pas la solution. Elle en est certaine. — Paul, j'aime mieux être seule, courir à droite et à gauche, au moins je me sens vivre. Et elle lui raconte comment sa nouvelle aventure, son nouveau feu de paille, comme il dit, a pour une fois une grande qualité: elle ne peut s'empêcher d'écrire. Et en écoutant sa musique de fond, Leon Redbone, ils parlent littérature. La fiction est peut-être, après tout, la seule chose qui ne déçoive pas. Puis trois heures vient. Elle passe prendre ses filles et part pour Saint-Ours.

Le lendemain, alors qu'elle prend son petit déjeuner, le téléphone sonne. Le récepteur lui échappe des mains quand elle reconnaît la voix de Christophe. La journée est magnifique et il veut la voir absolument. Peut-elle se libérer de ses enfants et venir passer l'après-midi sur le bateau? — Oui, je peux. J'ai bien envie de te voir, moi aussi. Je serai à la marina à une heure. Son cœur bat si fort qu'elle a peur d'exploser. Élise annonce aux enfants qu'elle a une course à faire et qu'elle rentrera à six heures, au plus tard. Vanessa et Stéphanie promettent d'être sages et de ne pas faire de bêtises. Si quelque chose arrive, elles peuvent aller chez la voisine d'en face, prévenue.

Élise se dirige vers Longueuil dans un état mental qui laisse fortement à désirer. Le trajet lui paraît court car il est occupé exclusivement à imaginer tout ce qui se passera entre elle et lui. Christophe l'accueille avec un baiser et l'emmène sur le voilier. Il lui parle longuement de toutes les qualités de son bateau: comment il flotte bien, comment il est, malgré son poids, très rapide, etc., etc. Un pur chef-d'œuvre! Puis il s'excuse de ne pas l'avoir invitée, jeudi dernier, quand le bateau a été mis à l'eau. Il avait invité l'autre fille bien avant de la connaître, elle, et il ne voulait pas créer de drame. — C'est toi, Élise, que j'aurais aimé voir là. Il a été gêné de la rencontrer aux *Beaux-Esprits*, mais il ne croyait vraiment pas l'y trouver. Ceci dit, il s'approche d'elle et l'embrasse tendrement. Et le sujet tant attendu arrive enfin sur le tapis. Son texte. Celui qu'elle regrette tant de lui avoir donné. Il ne sait comment en parler tant il est bouleversé. Jamais personne n'a écrit quelque chose pour lui et il a beaucoup appris sur elle. Élise est à son tour si émue qu'elle ne trouve rien à repondre. Elle tend la main pour qu'il s'approche et à son tour l'embrasse. Le surplus d'émotion passé, elle a le courage de lui dire comment elle s'est sentie depuis ce mercredi matin quand elle a quitté son appartement. Elle a souffert de sa froideur, du fossé trop grand qui s'est creusé entre eux . Oui, il le sait, il a tout vu, mais son indépendance extrême et aussi son orgueil l'ont fait agir ainsi. Il le regrette et il veut réparer le mal. C'est alors que, reprenant le temps perdu, dans la cabine du bateau, sur quelques sacs de couchage en guise de matelas, il l'aime passionnément.

Souriante, Élise relit ce passage. — Complètement débile! La vérité maintenant.

Quand elle ouvre l'œil le matin, la journée n'est pas magnifique du tout. Il pleut à boire debout. Pas question de tondre le gazon. Elle se rendort, soulagée. Ses nuits ont été trop courtes dernièrement. Vers dix heures, Stéphanie vient lui demander si elle se lève. — Oui, je descends. Dans la cuisine, Vanessa prépare du pain doré, exprès pour elle. Et Élise constate qu'elle a retrouvé son appétit. Elle nettoie ensuite la cuisine et fait la vaisselle. Rassurante routine. Puis, elle se met à réfléchir aux repas pour les trois jours à venir. Il faut prévoir parce que les magasins restent fermés le lundi, à Saint-Ours. Rien n'est urgent cependant. Les courses peuvent attendre à plus tard. Elle s'installe sur le sofa avec le roman dont elle parlera en classe, lundi soir. Elle le connaît, mais elle doit maintenant le relire, crayon en main, pour préparer son cours. Une petite voisine se mêle aux jeux de ses enfants. — Oui, elle peut rester à souper. Ainsi entourée, Élise se sent en sécurité dans cette maison qu'elle aime tant.

Quelques heures plus tard, une fois les enfants couchées, elle raconte tout ceci. Mais ce qu'elle vient d'écrire est incomplet. Elle n'a pas parlé du plus important, son état d'esprit. Sauf pour la journée imaginée, elle n'a rien dit de toutes les pensées qui lui sont venues à propos de Christophe. Elle n'y croit plus à ce personnage. Il y a eu si peu de sa présence et tant de pensées qu'il est presque irréel. Même le visage de Christophe fuit. L'image reste floue. Impossible de se souvenir de la forme de son nez ou encore de ses lèvres. Elle réussit un peu mieux pour son regard, ses cheveux et ses mains. Des mains d'ouvrier, calleuses et si larges. La silhouette seule s'affirme violemment. C'est ce corps, il faut bien le dire, qui a frappé Élise lors de la première rencontre. Fort, droit, agressif.

Encore une fois, elle s'inquiète de ce qu'il a pensé de son texte et aussi d'elle. Ils se sont approchés l'un de l'autre pour une soirée, mais en définitive, ce n'est qu'une aventure sans importance. Il ne pense plus à elle et ce maudit texte l'a problablement laissé indifférent. L'a-t-il seulement lu ? Son écriture n'est pas facile à déchiffrer. — Qu'est-ce que c'est ça? Je comprends rien. Est folle, cette fille-là! Il a peut-être été choqué même par certains passages.

Élise comprend que toutes ces réflexions ont pour but ultime de camoufler sa peine. Son humiliation aussi. Elle veut que Christophe réapparaisse d'une façon ou d'une autre, pour elle et aussi pour son récit.

* * *

Le lundi matin, la fébrilité la reprend. Elle doit aller au Cégep pour son cours du soir. Près de la marina! Cette seule idée de la proximité du bateau de Christophe suffit à la mettre tout à l'envers. Ses fantasmes reviennent. Puisqu'il sait qu'elle sera là, il viendra mettre un mot dans son auto pour lui donner rendez-vous. Ou encore, il l'attendra simplement. Au pire de sa crise, elle s'imagine même qu'elle trouvera une lettre de lui dans son casier. Il ira jusque-là, oui, tant il a envie de la revoir. Donc, malgré son calme apparent, toutes ses pensées s'orientent vers ce seul désir: avoir des nouvelles de Christophe. Heureusement qu'elle a des copies à corriger. Ce travail la distrait pendant quelque temps. Puis elle prend un bain et prépare le repas des enfants. Avant de partir pour Longueuil, elle leur fait ses recommandations. — Je serai de retour à 10 heures et, surtout, pas de folies. Elle est contente de changer d'air. Seule avec ses filles depuis trois jours!

Au Cégep, elle parle donc avec des profs et des étudiants. C'est seulement avec Julien toutefois qu'elle a une vraie bonne conversation. Ils ont le temps. Ses étudiants assistent à un film qu'elle a déjà vu une bonne dizaine de fois, et ceux de Julien travaillent à préparer, en équipe, le show de fin de session. Elle le questionne pour savoir ce qu'il a voulu dire au bar, quand il a affirmé que ce qu'elle vit n'a pas de bon sens. — Mais, Julien, qu'est-ce que tu veux que je fasse? Que je n'essaie plus? Rien? Jamais? Et ils discutent longuement du problème des gens plus vieux comme eux qui, pour avoir vécu longtemps avec quelqu'un, n'arrivent plus à fonctionner avec personne. Incapables de se matcher. — Tu le sais, Julien, si ça marchait plus avec John, t'en trouverais difficilement un autre. — Ça c'est vrai! Elle pense même que c'est souvent cette raison qui retient les couples ensemble, du moins tant que c'est vivable. Elle-même, une fois séparée, a bien essayé de recommencer avec Jacques. Elle a mis beaucoup d'énergie dans cette relation qui a duré presque quatre ans. Sans succès. Parce qu'elle partait de loin et Jacques aussi. Les enfants, les habitudes, le quotidien vécu différemment avec Marc, son mari. Et surtout, après tant d'années, la tête avec ce qu'elle contient de souvenirs non partageables: les voyages, les études, la naissance des bébés et tout le reste. Jacques disait à ce propos: — Tu sais, on est tous des chars usagés. Affreuse image, mais éloquente après tout. Est-ce que la suite sera la scrap?

Pour rentrer, elle prend la route qui longe le Saint-Laurent. Son choix est bon. Élise est grisée par l'air frais qui vient du fleuve. Ses sensations sont à fleur de peau. Il lui arrive souvent de se sentir ainsi quand elle conduit sa voiture, le soir. Comme si elle redevenait une adolescente. Même intensité dans les pensées, mêmes battements de cœur précipités. Même liberté. Oui, c'est bien ce qu'elle aime en ce moment: sa liberté. Elle n'a aucune sécurité émotive pourtant. Mais elle est vivante! Et il y a les amis. Alors, elle choisit encore une fois de continuer de se battre, de foncer, malgré l'absence de trajectoire précise, malgré la peur du noir et les chocs causés par les montagnes russes mentales.

Une surprise l'attend à Saint-Ours. Ses filles partent dans deux semaines! Depuis quatre mois déjà, elle sait qu'elles iront à Paris avec leur père jusqu'en janvier. L'entente au sujet de l'année sabbatique de Marc ne s'est d'ailleurs pas faite sans heurts. Ils ont finalement convenu qu'il prendra les filles de juillet à janvier et elle, de janvier à juin. Elle s'est habituée à l'idée. Seule six mois et ensuite avec les enfants, tous les jours, pendant six mois. Elle fait bien rire ses amis quand ils lui demandent si elle va s'ennuyer. — Sûrement, mais c'est pas les mois sans les enfants qui m'inquiètent, c'est les mois avec! Elle met en effet beaucoup d'espoir dans cette période de sa vie. Pour la première fois, elle sera sans homme, sans enfants. Juste elle!

Ces derniers temps, elle avait pourtant presque cessé d'y penser tant Marc demeurait flou sur la date de départ. — Dès que j'aurai loué ma maison et trouvé quelque chose à Paris. Tout est réglé maintenant. Leur père a téléphoné. Ils partent le 31 juillet, un mois plus tard donc que l'entente première. Fin du stand-by. Elle a un choc, mais elle ne doit pas trop le montrer à ses filles qui sont, elles aussi, très excitées. Après tout, Stéphanie et Vanessa n'ont que neuf et onze ans. Élise leur dit toutefois qu'elle est contente de pouvoir se retrouver seule, même si elles vont lui manquer. — C'est important pour moi de vivre cette nouvelle expérience, les filles. Ça change rien à mon amour pour vous deux. La conversation redevient heureusement plus terre à terre quand elles montent vers les chambres pour choisir ce qu'elles emporteront.

Coucher les enfants, exceptionnellement, s'avère toute une tâche. Maintenant le voyage est imminent et pour la première fois, elles semblent y croire. Élise répond à des flots de questions sur Paris, la France, les Français. Elle insiste sur le fait que pour des petites filles comme elles, c'est une chance inouïe. Elle les rassure aussi sur l'école là-bas, leur plus grande inquiétude. — De toute façon, ça va durer seulement quatre mois. Tout va bien aller et on s'écrira de longues lettres.

À sa table de cuisine, vers minuit, Élise s'interroge sur ses sentiments. Que ressent-elle devant ce départ? Elle ne peut rien répondre. Rien. Un black-out. Comme si ses pensées s'amusaient à courir sans arrêt sans qu'elle puisse les attraper. Un joint, oui, un joint. Qu'elle relaxe et elle verra après. Le résultat est inattendu. Les enfants passent au second plan et Christophe reprend tout le devant de la scène. Élise se souvient qu'une semaine auparavant, elle s'apprêtait à le suivre. À cette seule idée, son corps devient de plus en plus lascif et elle se met à le désirer. Elle revit leur unique scène d'amour. Écrire est trop et pas assez. Elle monte à sa chambre.

*　*　*

Le lendemain midi, Élise et ses filles rentrent à Montréal. Qu'il fait chaud à la ville contrairement à Saint-Ours! Pas d'air. Et il faut qu'elle monte tout à son appartement, au troisième étage, qu'elle défasse les bagages et qu'elle aille à l'épicerie! Vers trois heures, elle prend cependant quelques minutes pour appeler Marie dont elle n'a pas eu de nouvelles depuis deux semaines. — Ça va, toi? Et les vacances, comment ça s'est passé? Marie raconte sa semaine à la mer avec son mari et ses enfants. Et si elles se rencontraient ce soir, après son cours, aux *Beaux-Esprits*? Après les cinq jours passés en ermite, Élise veut sortir et Marie, qui pourtant n'en a pas l'habitude, est d'accord.

Un peu avant six heures, Julien téléphone. Il lui demande de venir le prendre à la *Cour* et non chez lui, pour aller au Cégep. Charles part pour l'Europe dans deux jours et il a invité Julien, le midi. Ils sont encore là, en train de boire. Élise lui dit que Marie et elle prévoient se rencontrer plus tard. Se joindront-ils à elles? Il est d'accord. — Je le dis à Charles. Dix heures, aux *Beaux-Esprits*. À tout de suite, je t'attends. Elle mange rapidement, embrasse ses filles à qui elle promet de ne pas rentrer trop tard et en route pour le Cégep avec Julien, un double rhum and coke en main. — Tu bois comme un trou. — Qu'est-ce que tu veux, Élise, on n'a rien qu'une vie à vivre!

Ils reviennent deux heures et demie plus tard chez Julien. Il dit: — Je vais manger un peu, quand même. John y est et l'atmosphère, lourde comme le temps. Élise comprend que ça ne va pas du tout entre ses deux amis. Marie vient les rejoindre là et, vers dix heures trente, ils partent tous les trois, sans John. Confirmation du malaise. Charles les attend avec Michel. Yves est à son poste. — Ben beau groupe, dit Julien. Le mood n'est pas très bon même si Yves met Léon Redbone exprès pour Élise. Alors ils partent tous pour le *Vol de nuit* pour finalement choisir le *Prince-Arthur*, moins bruyant. Marie parle avec Julien et Charles, elle avec Michel. Ils doivent s'expliquer tous les deux. Le bout de nuit passé ensemble un mois auparavant a été, somme toute, très ordinaire. Elle n'en a pas été affectée mais Michel culpabilise. Il regrette vraiment d'avoir été trop saoul et l'assure qu'il l'aime beaucoup. — Ben oui, Michel, je le sais. Tout est correct. Ce qui l'intéresse, elle, c'est de le faire parler sur Christophe. Comme il ne sait rien de son aventure, Michel répond sans s'apercevoir qu'Élise écoute avec une attention exagérée.

Elle en profite pour lui demander qui est la fille avec qui Christophe sort. — Madeleine? Elle a une boutique de vêtements. Je la connais pas bien et puis, de toute façon, j'ai jamais rien eu à lui dire. Élise sait maintenant ce qu'elle désirait savoir, même si elle n'est pas particulièrement fière des moyens qu'elles a utilisés pour obtenir ces renseignements. Le casse-tête commence à prendre forme. Elle comprend pourquoi il n'a pas répondu au téléphone, le matin, quand elle était chez lui. C'était Madeleine qui téléphonait et il a voulu éviter les explications. Christophe n'est pas menteur, mais il omet de dire certaines choses. — On fait ce qu'on veut dans la vie! Elle devient hantée par cette phrase. Tout est vraiment simple pour lui. Elle en est presque jalouse. Sur ce, Élise prétexte une grande fatigue, ses enfants qui sont seules, et elle rentre.

En se réveillant, Élise décide de mettre un X sur Christophe. Il n'a toujours pas donné de nouvelles et sans qu'elle sache très bien pourquoi, son image est grandement ternie depuis la veille. Elle a de toute façon des tas de choses à faire pour préparer le départ des enfants et, en plus, il faut qu'elle finisse de calculer ses notes puisque son cours se termine le soir même. Alors qu'elle revient de faire une course, sa volonté a à subir une première épreuve. Christophe, camisole noire, pantalon gris retroussé à mi-jambes, bandeau au front, embrasse sa blonde qui le quitte après avoir manifestement passé la nuit avec lui. Élise est secouée. Non, il n'est pas encore sorti de sa petite tête *Harlequin* de merde! Elle réussit quand même à faire tout ce qu'elle a au programme: bonne mère, bon prof.

Pendant la soirée, une idée fixe lui tourne toutefois dans la tête. Aller fêter le début de ses vraies vacances aux *Beaux-Esprits*. Elle est enfin complètement libre. S'il... Elle résiste courageusement et s'installe dans son lit pour lire une revue pendant que les enfants prennent leur bain et se préparent à se coucher, visiblement contentes de voir que leur mère ne sort pas. Un article de *Ms.* retient son attention. Le numéro est entièrement consacré à l'amour et l'article en question traite d'une sorte de maladie qui consiste à se droguer d'aventures amoureuses comme on se drogue de tabac, d'alcool ou d'autres stupéfiants. La théorie des deux chercheurs, les docteurs Klein et Liebo-witz, avance que chez certains individus, des femmes sur-tout, ces aventures provoquent une décharge de phény-léthylamine dont l'effet est comparable aux highs des amphétamines. L'histoire d'amour terminée, c'est la dépression. Les auteurs disent également que cette subs-tance se trouve aussi dans le chocolat et qu'on peut con-trer les effets dépressifs en en mangeant une quantité suf-fisante. Ainsi donc, elle est une droguée. D'amour!

Le texte la fait sourire au début, puis carrément rire quand elle pense à ses fréquentes rages de chocolat. N'en a-t-elle pas mangé deux tablettes tout d'une traite cet après-midi même! Mais l'article la fait surtout réfléchir. Oui, elle aime être amoureuse. Elle recherche avec avidité les sensations fortes et aussi l'énergie que ça lui donne, même si elle en perd l'appétit et que son sommeil devient très agité. C'est bien ça, elle se sent high. En continuant sa lecture, elle arrive à un passage qui décrit les personnes toutes désignées pour cette maladie d'amour. Elles ont habituellement peu d'estime pour elles-mêmes et ont besoin qu'on les aime pour être rassurées. Plus dur à prendre. En est-elle vraiment au stade où elle doit apprendre à s'aimer et à s'accepter elle-même? Elle comprend maintenant son insistance pour Christophe et, avant, pour tous les autres. Son orgueil seul l'a empêchée de se rendre ridicule quand elle a constaté, fois après fois, que ce n'étaient que des aventures passagères. Tout s'explique. Élise a maintenant besoin de ces six mois en tête à tête avec elle-même, pour essayer de changer.

* * *

Élise n'en peut plus. Trois journées seule à Saint-Ours et déjà elle panique. Ses enfants partent dans quelques jours et elle est bouleversée. La solitude tant désirée se montre à l'horizon et Élise ne supporte pas. Elle qui voulait s'y installer jusqu'en janvier! Elle le peut puisque ses filles ne rentreront qu'après Noël. Est-ce que je vais être capable? se demanda-t-elle sérieusement. Pourtant, elle ressent le besoin de se ramasser, de faire une longue retraite fermée. Elle gardera son appartement à Montréal, bien sûr, mais elle a l'intention d'y aller le moins possible. Assise à la table de cuisine devant un café, Élise doute de tous ses beaux projets. Elle est tiraillée, nerveuse, parce que Christophe a repris sa place dans ses pensées. Ça l'agace. Ce n'est donc pas réglé! Elle a alors l'idée de lui téléphoner. Il faut absolument qu'elle sache s'il a lu son texte. Élise s'est mise à nu devant lui et aucune réaction n'a suivi. Elle en veut une à tout prix.

Elle demande le numéro de Christophe à la téléphoniste et, avec beaucoup d'hésitation, elle le compose.

Personne. Elle est bien déterminée cependant. Elle essaiera tant qu'elle ne l'obtiendra pas au bout du fil. Élise est comme ça. Elle peut être patiente, essayer d'être rationnelle, mais arrivée à un stade, elle fonce. Et tant pis pour le résultat! Au moins ça ne stagne pas. Avec Christophe, elle en est là. S'il ne veut rien savoir d'elle, il doit le lui dire. C'est pour elle qu'elle agit ainsi. Un exorcisme. Pour se libérer. Car enfin, qu'est-ce qu'elle attend de lui? Rien. C'est évident qu'elle ne l'intéresse pas. Est-il seulement capable de s'intéresser vraiment à une fille? Là, elle devient cheap! S'imaginer Christophe odieux lui fait du bien. Elle prend sa pilule plus facilement. Mais pourquoi a-t-il fait comme si? Elle a été plus honnête que lui. Elle avait, elle, le goût de le connaître, de savoir qui était ce personnage apparemment si fort, si sûr de lui, qui l'attirait tant. Elle n'a rien appris d'autre que sa propre faiblesse. Élise compose quand même de nouveau le numéro de Christophe. Toujours pas de réponse.

Élise passe donc le temps. Elle s'étend au soleil et écoute la radio. Elle lit ensuite pendant un long moment. Elle entre et se fait à manger. Elle n'aura de répit qu'après lui avoir parlé. Enfin, à 7 heures, Élise obtient ce qu'elle veut. — Ça va, toi? Et le bateau? Ils échangent des propos vaseux pendant quelques minutes puis elle lui demande s'il a lu son texte. — Oui, je l'ai lu et relu. Tout ce qu'il en dit! Elle lui avoue alors qu'elle regrette son geste. Elle aurait aimé reprendre ce texte avant qu'il ne le lise. Ce à quoi il répond qu'on ne doit jamais regretter ce qu'on fait. Toujours le même style! Fidèle à lui-même. Puis il coupe court en disant qu'il est en train de manger. Va-t-elle le rappeler plus tard? Élise dit: — Non, toi rappelle-moi à Saint-Ours. Elle sait qu'elle court vers une nouvelle peine mais elle continue malgré tout à faire semblant. Elle se fera belle au cas où il viendrait ou au cas où elle irait le rejoindre à Montréal. Elle se lave les cheveux, se maquille, puis joue longuement du piano pour essayer de se calmer. À 8h30, elle regarde un film. Non, il ne l'a pas rappelée. Humiliée et humble, gênée aussi, elle pleure. Sa peine égale son romantisme maladif.

Le lendemain, Mimi téléphone pour l'inviter à manger chez elle. C'est parfait puisqu'Élise rentrait justement à Montréal. Elle passe une partie de l'après-midi à mettre la maison en ordre. Faire le ménage la calme. Puis elle se rend chez son amie. Vers onze heures, elle dit à Mimi qu'elle s'en va se coucher parce qu'elle est fatiguée. Mais elle se dirige vers les *Beaux-Esprits*.

Pendant le trajet, Élise essaie de justifier la folie de son geste. Après tout, c'est le bar qu'elle préfère, elle y allait avant de connaître Christophe. Toute sa vie ne va pas être changée parce que cet homme se fiche d'elle. Malgré tous ces propos logiques, elle entre sur des jambes flageolantes. Le waiter n'est pas Christophe. Elle s'assoit et commande une bière. C'est seulement à ce moment qu'elle le voit. Il parle avec des amis. Son trouble s'accroît. Elle se concentre sur sa cigarette en essayant de trouver l'attitude à prendre. Faire comme si elle ne le voyait pas. Voilà. Regarder droit devant elle. Comme si elle était absolument absorbée par ses pensées. Elle l'observe toutefois. Il se lève et va rejoindre le waiter. Rires. Ne pas le voir ni l'entendre devient un tour de force. Le temps semble ne plus s'écouler. Soudainement Christophe se retrouve derrière elle. Elle s'excuse d'être là. — Je rentre de Saint-Ours, j'avais envie de voir du monde. Elle explique qu'elle est à Montréal parce que ses filles partent dans deux jours. Elle parle du stress que ce départ lui fait vivre. Christophe l'écoute d'un air condescendant. Pourquoi s'énerve-t-elle tant sinon parce qu'elle vit un conflit intérieur? Elle doit le résoudre. Le départ est mauvais. Ils risquent de s'enliser. Élise cependant ne veut pas couler. Elle répond en riant que c'est bien dommage qu'elle ne soit pas aussi grande que lui mais qu'elle s'en sortira! Il s'installe près d'elle, au bar, comme pour passer la soirée. Les bières se succèdent. Élise reprend de l'assurance et les discussions sont, quoique agressives, bien amusantes.

Elle rit beaucoup. Quand ils vont ensemble chercher des cigarettes dans la machine distributrice, comme deux amoureux, ils s'enlacent longuement. Christophe est à elle ce soir-là. Mais saoul.

Ils traînent jusqu'à la fermeture du bar. Élise n'est pas très contente de la tournure des évènements mais, en même temps, elle trouve que l'alcool le rend plus fin. Il se laisse embrasser. Puis, c'est le départ. Il ne trouve ni son chandail, ni sa clé, ni son auto! Finalement, ils sont chez lui. Il l'amène en titubant voir son atelier. Un des mâts est complètement terminé et l'autre est en chantier. Le bateau qui l'occupe depuis six mois aura des voiles dans une semaine. Le capitaine est radieux. — T'es champion, Christophe le Magnifique, t'es champion! Il s'effondre ensuite dans son lit et s'endort instantanément. Elle le caresse quelques instants, puis elle rentre chez elle. Sans commentaire.

*   *   *

Les filles d'Élise sont maintenant parties. Ses amis lui demandent comment elle se sent maintenant. La question la surprend. Elle est en dehors. Out. Pourtant, elle a fait tout ce qu'il fallait. À l'aéroport, cela s'est bien passé. Il n'y a pas eu trop de larmes. Julien l'a accompagnée parce qu'elle craignait le retour, seule. Il a été le témoin de son air absent. Tout ce qui n'est pas Christophe et Élise la laisse froide. Elle nourrit la fiction comme la perruche et le hamster des enfants, ou comme elle arrose ses plantes. Pour que ça continue. Pour que ça ne meure pas. L'écriture domine sa vie. Chaque jour elle corrige et met au propre quelques pages de son texte. Les vrais noms sont disparus et ce qu'Élise a vécu s'éloigne d'elle. En même temps, elle s'aperçoit que ce travail prend la première place dans sa vie. Plus, elle ne vit que pour trouver des anecdotes qui font avancer son récit. Tout le reste est distraction, récréation. Elle pense à Christophe, son personnage, plus qu'à celui qui a servi de modèle. Elle a même peur de se tromper de nom la prochaine fois qu'elle le verra. L'appeler Christophe pour vrai! Même elle, se dédouble. Et Élise est la plus importante. Que va-t-il lui arriver? Elle est aux aguets.

De l'extérieur cependant, elle fonctionne. Le week-end vient et elle part pour Saint-Ours, mais pas seule. Avec Julien qui veut quitter Montréal à tout prix parce qu'il est toujours en brouille sérieuse avec John. Avec Mimi et sa fille Anne. Et tant qu'à faire, Élise invite Karla et Jean-François, ses vieux amis. Le samedi est donc occupé à faire des courses et à préparer le repas. Même Patrick, un voisin de Montréal, s'amène: — Je suis venu te dire bonjour, en passant. A-t-il senti à quel point elle a besoin d'être distraite? Le groupe est particulièrement hétéroclite mais tout marche comme sur des roulettes. Élise s'occupe de tout machinalement. À un moment, elle préfère la compagnie de la petite Anne qui lui demande de venir danser. Elle ne s'implique pas vraiment non plus dans une discussion envenimée entre Mimi et Patrick. Rien ne l'intéresse. Elle se roule un joint pour s'avancer plus avant dans le brouillard. Patrick a une drôle d'attitude à son égard. Il ne l'a jamais regardée de cette façon. Non, elle n'invente rien. Elle sent qu'il la désire. Il la serre très fort dans ses bras avant de partir. — Qu'est-ce qui lui prend, celui-là? Avant de quitter avec Karla, Jean-François lui dit: — Je te trouve bizarre, Élise, fais attention à toi.

Le lendemain, Élise se réveille très tard et elle se recouche même dans l'après-midi. Elle est plus que out, elle est à off. Dans la soirée, elle prend le chemin de Montréal pour reconduire Julien, Mimi et Anne. Un aller-retour express et elle se retrouve enfin seule. Comme pour chasser les derniers vestiges des intrus, elle range tout malgré l'heure tardive et s'installe à la table de cuisine, recueillie, pour mieux faire sourdre l'image de Christophe. Pour rester en contact avec lui, elle l'écrit et l'entraîne dans sa fiction.

Élise est retombée dans sa drogue. Elle en est bien consciente. Une rechute. Heureusement qu'une cure approche. Quatre jours seulement et elle partira pour Ogunquit avec Mimi et Julien.

* * *

Le voyage avec ses deux amis a été épuisant. Elle aurait dû s'en douter pourtant. Mais à ce point! Élise se rend compte après coup qu'ils ont passé plus de temps dans les bars que sur la plage. Ils ont dansé comme des déchaînés, bu comme des trous, pris de la coke. Homard, rhum, cocaïne, comme si pour quelques jours, ils faisaient partie du jet-set! Elle a oublié ses filles loin d'elle quelque part en France, son histoire avec Christophe, les cours qui reprennent dans deux semaines. Rien d'autre ne comptait que le moment présent. Le soleil sur son corps, l'effervescence de la piste de danse, le plaisir de retrouver Sandra, sa copine américaine.

Maintenant qu'elle est revenue, Élise est aux prises avec des sentiments violents qui la bousculent. Elle analyse. Ce sont les longues conversations qu'elle a eues avec Mimi qui la font réfléchir. Des conversations intimes, sur la plage. Mimi et Élise ont beaucoup en commun. Toutes les deux sont divorcées et vivent seules avec leurs enfants. Elles ont à peu près le même âge aussi. Les deux femmes ont donc longuement parlé d'elles. Mimi s'inquiète de son travail qui n'est ni intéressant, ni payant et très fatigant: waitress. Il devient nécessaire pour elle de trouver autre chose. Le règlement pour son enfant ne la satisfait pas non plus. Elle a la petite presque tout le temps. C'est trop. Élise lui a suggéré une formule comme la sienne. — Ta fille, une semaine sur deux. Tu verras, c'est extraordinaire. Tu auras du temps à toi. En fait, après cinq ans de séparation, Élise, elle, a réglé presque tous les problèmes pratiques. Les enfants, le travail, ça va. C'est de sa vie sentimentale surtout dont elle a parlé. Pas de son mariage avec Marc, ni de son flirt avec Chris-

tophe, mais de sa longue relation avec Jacques. Curieusement, depuis le début du voyage, il s'est imposé à Élise.
Probablement parce qu'ils sont souvent venus à Ogunquit ensemble. Ce voyage a ramené Jacques.

Elle repense à ce que la voyante lui a dit. — Vous
aviez la sécurité. Il vous adorait, cet homme-là. Vous
l'avez rejeté. C'est vrai, mais bon Dieu, parce qu'elle
était malheureuse, pas pour le fun! Son intransigeance
est-elle la cause de son échec? Jacques l'aimait à sa façon.
Elle le sait. Mais pourquoi n'est-il pas arrivé à le lui montrer quotidiennement? Élise se demande ce qu'on peut
demander à un homme sans que ce soit trop. Elle ne sait
pas. Mimi non plus, d'ailleurs. Toutes ces pensées lui
tournent dans la tête. On dirait qu'elle s'ennuie de Jacques. Elle aimait tellement faire l'amour avec lui, dormir
tout contre lui, être simplement avec lui quand ça allait
bien entre eux. Élise fait tout ce qu'elle peut cependant
pour chasser cette nostalgie. Ça ne l'a jamais conduite
nulle part. Deux fois, elle a rompu avec Jacques, deux
fois, elle a repris à cause de ce manque. Ça n'a pas plus
marché. Ne pouvait pas marcher. Pourtant l'image de
Jacques revient tout le temps, quand même, malgré toute
l'énergie qu'elle met à la repousser.

Elise s'interroge aussi sur cet autre profond malaise
qui est né à la mer. Elle a l'impression que les hommes
n'ont plus besoin de femmes. Ils ont tous les trois passé
trop de temps dans les bars gais. Seul Julien avait du succès. Un immense rejet pour Mimi et Élise. Les hommes
sont parfaitement satisfaits entre eux. Oui, il y a un problème. Les femmes ne sont pas bien sans hommes et eux
sont si bien sans elles! Élise repense aussi à Christophe, à
la marina. Lui et ses chums, heureux de travailler sur
leurs bateaux, en paix, loin des femmes trop envahissan-
tes. Bonnes, belles, grandes amitiés masculines! Élise
reste très songeuse.

* * *

Après quelques jours à Saint-Ours, Élise décide d'aller passer une soirée à Montréal. Elle téléphone à Marie pour lui demander si elle peut se libérer et venir prendre un verre avec elle. Marie accepte. Vers neuf heures, elles se retrouvent à la *Cour*, contentes de se revoir. Elles parlent de leur état d'esprit pendant cette période de vacances. Elles réagissent exactement à l'inverse. Marie est parfaitement heureuse d'être libre, mais s'inquiète du retour de l'automne. Élise, elle, voit arriver la reprise des cours avec soulagement, à chaque fin d'été. Elle souffre de l'absence d'encadrement. Puis, parce que la musique est trop forte et qu'il y a un monde fou, peut-être aussi parce qu'Élise a une idée inavouable et inavouée derrière la tête, elle dit: — Si on allait prendre un autre verre aux *Beaux-Esprits*, c'est trop bruyant ici, tu trouves pas? Marie, qui n'est pas au courant de sa folie, acquiesce tout bonnement.

Christophe n'est pas waiter. L'atmosphère est donc très détendue et les deux amies parlent maintenant de leurs enfants et aussi d'écriture. Marie travaille à son deuxième roman et Élise lui glisse timidement qu'elle-même écrit depuis quelques semaines. Julien arrive à ce moment de la conversation et met fin aux confidences. Il sort d'une dispute avec John, bien décidé de s'amuser quand même. Et ils s'amusent bien, en effet. Mais pour Élise, vers minuit, tout chavire. Christophe entre. Ce qu'elle souhaitait, non? Tout semble bien se passer au début. Rapidement toutefois, il y a détérioration. Elle ne peut comprendre son comportement: il lui parle, puis ne lui parle plus, la regarde, puis ne la regarde plus, et il boit, boit... Élise est exaspérée. Elle embrasse ses deux amis et s'en va sans aucune explication.

Chez elle, Élise écrit. Ses pensées l'affolent. Elles reviennent toujours au même point. Qu'est-ce qui ne va pas? Qu'est-ce donc qu'elle a? Elle essaie de savoir quand l'angoisse s'est emparée d'elle pour la première fois. Du plus loin qu'elle peut, elle cherche. Après tout, peut-être qu'elle a toujours été angoissée et que c'est la lucidité qui lui manquait pour l'identifier. Elle repense à son enfance et à son adolescence, à ses années de collège aussi. Elle revoit le premier garçon qu'elle a aimé et Marc, son mari. Tous ses souvenirs remontent pêle-mêle. Comme si elle n'avait jamais vraiment été là. Comme si tout lui était arrivé sans qu'elle le veuille. Et pourtant, pourtant, c'était elle, la même Élise qu'aujourd'hui. Elle qui a vécu toutes ces expériences. Le temps joue sûrement pour accentuer le brouillage de ses souvenirs. Même la naissance de ses enfants et leurs premières années, même ça, reste flou! Ses souvenirs deviennent clairs uniquement à partir de l'époque où son mariage a commencé à craquer. Oui, à ce moment-là, l'angoisse a pris le dessus. À partir du jour où elle a réalisé qu'elle était seule. Jamais elle n'avait éprouvé une pareille sensation de panique. Avant? Elle était en sécurité. Elle habitait avec ses parents et puis après, avec Marc. Elle est partie de la maison pour se marier. Le grand amour qui l'a plus ou moins satisfaite pendant dix ans. Malgré tout ce qui a pu se passer durant les trente premières années de sa vie, elle n'a jamais été en détresse comme elle allait l'être après. Oui, en détresse. Et il y a eu la pause avec Jacques. Maintenant qu'elle est seule pour la première fois, vraiment seule puisque même ses filles n'y sont plus, elle sent qu'elle va atteindre le fond.

Pourtant, c'est elle qui dirige les opérations. Elle qui décide. Elle prend tout ce qui passe: amours, aventures nouvelles, sensations de tous ordres. Elle goûte à la liberté mais tout a une saveur âcre. Elle a beau raisonner, se dire qu'elle est bien, que personne ne vient interférer dans ses décisions, qu'elle peut écouter de la musique toute la nuit sans craindre de réveiller personne, prendre toute la place dans le lit, rien n'y fait. Quelque chose manque. Ou quelqu'un. Qu'est-ce que c'est? Elle comprend lentement qu'elle doit prendre le temps de s'apprivoiser elle-même. Elle n'a plus de prétexte pour remettre au lendemain. Il lui faut bien s'installer devant son miroir et se regarder. Voir qui elle est. Cesser de se perdre comme elle le fait toujours. Cesser de se perdre avec Christophe.

Ces réflexions la calment. Elle est sur la bonne voie. Par tous les moyens, elle doit s'y maintenir. Si Christophe avait raison? Si c'était vrai que dans la vie on fait ce qu'on veut...

* * *

Élise a tout relu depuis le début. Wow! Six semaines d'écriture, six semaines de vie. Toutes ces angoisses, toutes ces joies qu'elle a ressenties durant cette période! Toutes ces questions qui lui ont traversé l'esprit et auxquelles elle a essayé de répondre par des incursions douloureuses dans son passé. Malgré tout, Élise doit admettre qu'elle est fascinée par le fonctionnement de son propre cerveau. Mais en même temps, inquiète. Elle voudrait l'arrêter ou, au moins, le freiner. Que va-t-il lui arriver si ça continue comme ça? Tout va éclater, c'est sûr. Six semaines de sa vie. Remplies à ras bord. Et ce n'est pas fini puisque de retour à Saint-Ours, elle est une fois de plus dans la machine infernale, à se demander, craintive: — Et maintenant, what's next? Bien que consciente d'avoir fait un grand bout de chemin, elle regarde presque découragée tout le trajet qui lui reste à parcourir pour arriver à une sorte de sagesse, de paix, pour arriver à calmer la bête épouvantée qui s'agite continuellement en elle.

Elle s'inquiète aussi de l'ampleur qu'a prise dans sa tête son aventure avec Christophe. Dans sa tête seulement. Elle l'a si peu vu et elle n'a couché avec lui qu'une seule fois! Si présent mais à la fois si lointain. Christophe! Elle pense encore à cet homme. Malgré toutes ses explications, plus rien ne la satisfait. Des mots. Seule se détache l'évidence du sentiment qu'elle éprouve pour lui. Elle est vraiment amoureuse depuis le moment où elle l'a vu pour la première fois aux *Beaux-Esprits*. Ça remonte à juin et on est en août. Presque la rentrée. Cette constation la trouble énormément. Doit-elle aller au bout et lui avouer carrément ce qu'elle ressent? Elle en a assez du hasard. Lui écrire une lettre dans laquelle elle lui dira tout. Courir le risque. Mais c'est tellement fou. En même temps qu'elle voit la naïveté de l'acte qu'elle a envie de poser, elle pense à l'attitude arrogante de Christophe. D'abord, il ne lui répondra pas plus qu'il ne lui téléphonera. Elle sera encore plus inquiète et anxieuse devant son silence. C'est ça qu'elle veut? Elle relance l'affaire. Un peu de drogue. Cependant son intelligence essaye de la rappeler à la raison. — Il veut rien savoir, c'est évident. Il rit de toi. Tout en elle l'avertit qu'elle se fera mal, qu'il faut plutôt qu'elle l'oublie, qu'elle passe à autre chose et vite.

Elle va tout de même lui écrire. Ce n'est pas bien dangereux puisqu'il est absent de Montréal. Il lui a dit qu'il partirait se reposer sur son bateau, à la fin de l'été. Ça lui laisse quelques jours et, de toute façon, la lettre ne l'atteindra probablement jamais.

Cher Christophe,

Tu es apparu dans ma vie au moment où l'écriture s'est mise à prendre beaucoup d'importance. Alors voilà, je t'écris parce qu'il faut que je me libère d'un sentiment que j'éprouve indéniablement. Je suis amoureuse de toi. Il semble que j'ai eu le coup de foudre puisque, depuis cette première fois où je t'ai vu, tu n'as cessé d'occuper une grande partie de mes pensées. Je connais, c'est vrai, peu de choses de toi. Cependant, je sais que tu es particulièrement indépendant et que tu n'as pas envie de t'encombrer de paroles, de gestes, de personnes. Ton bateau, tes chums, ta blonde régulière et te voilà heureux. Malgré tout, je n'arrive pas à te chasser de mon esprit.

C'est ridicule de t'écrire cette lettre, mais en même temps pourquoi pas. Je ne m'attends à rien de ta part. Seulement que tu saches que j'ai été amoureuse de toi, cet

été. Don't think twice, It's all right, chante Bob Dylan.
Dans le fond, ça ne peut que te faire plaisir et si tu veux
être mesquin, tu pourras toujours t'en servir pour te
payer ma gueule avec tes amis. Je prends le risque puis-
que j'aimerais te connaître plus. Il y a quelque chose en
toi qui m'attire. Quelque chose qui me donne envie d'être
douce et tendre. Tu te souviens? Même Superman a envie
quelquefois de se laisser aimer, non?

Je n'ai plus rien à te dire pour le moment. Tu connais
maintenant le grand secret qui me rend, hélas, absolu-
ment vulnérable devant toi. Et puis, si tu as réussi à me
faire battre le cœur, tant mieux!

Je t'embrasse,
Élise

En relisant sa lettre, Élise réagit. Qu'a fait Christophe pour lui manifester son intérêt? Bien peu en fait. Il est venu s'asseoir près d'elle à deux reprises au bar. Point. Elle lui a envoyé un texte, lui a acheté un disque qu'elle est allée lui porter elle-même à la marina, lui a téléphoné. Et pour ce qui est du nombre de fois qu'il a pensé à Élise par rapport au nombre de ses pensées à elle, mieux vaut ne pas insister. Et une lettre s'ajouterait à cela? Tant pis. N'a-t-elle pas le droit, si ça lui tente, de se casser la gueule? Élise a envie de lui dire ce qu'elle éprouve. Maudite obsession! Elle devrait attendre que ça lui passe. Mais pourquoi a-t-elle si peur de sa réaction à lui? Elle agit comme si elle lui était inférieure, comme si elle valorisait son comportement à lui plutôt que le sien. Parce qu'il est distant, hautain, macho souvent, elle se sent toute petite et n'ose pas lui dire ce qu'elle pense, ce qu'elle veut. Ça va loin! Elle considère presque comme une faveur qu'il se soit intéressé à elle à deux courtes reprises. Qu'est-ce donc qu'il lui arrive? A-t-elle si peu de respect pour elle-même? Et que fait-elle de toutes ces belles théories féministes qu'elle croyait ancrées profondément en elle? Ce ne sont vraiment que des idées puisque la pratique n'arrive pas à suivre. Quelle pitié! Il faut donc qu'elle ait la tête bien mal faite, pour en être réduite encore à un comportement de ridicule petite femelle. Élise pense au ton de sa lettre presque tout en excuses et, choquée, elle la déchire.

* * *

Dimanche soir. Les cours reprennent le lendemain matin. Finies les vacances. Et pourtant, il fait si beau qu'on se croit toujours en plein cœur de l'été. Élise voudrait demeurer à Saint-Ours jusqu'en janvier. Juste flâner tout un semestre. Pas de cours. Lire, écrire, réfléchir. Sans ses filles, elle profiterait vraiment d'une telle période. Mais elle ne peut se le permettre. Pas d'argent. Elle chasse son rêve. Et l'anxiété sournoise la reprend. Elle a envie d'un homme. Toujours la même histoire! Tout est pour le mieux sauf ça mais «ça» gâche tout. Elle est nerveuse, tendue. Oui, un homme manque à son bonheur. Impossible d'être satisfaite sans être obligée d'aller dans les bars, de faire un tas de contorsions inutiles. Elle veut trouver un amant qu'elle verra à l'occasion, à qui elle fera signe quand elle se sentira seule et qu'elle aura besoin de tendresse. Il doit bien en exister un quelque part! Christophe évidemment est exclu. D'ailleurs, avec la fin des vacances, cette aventure cul-de-sac se meurt. Élise en a plein le dos de rêver. Elle a envie de quelqu'un avec qui tout sera simple. Elle restera sur ses gardes cette fois et ne se mettra pas à délirer. Tout peut arriver avec la rentrée. Rien n'est prévisible. Elle est libre comme jamais auparavant et veut à tout prix passer un bel automne. Des vestiges de religion lui font marmonner: — Ô mon Dieu, faites qu'il y ait des choses intéressantes à venir! Elle sourit devant la spontanéité de son souhait. Comme si un bel homme allait arriver à sa porte! Pourquoi a-t-elle lu tant de contes de fées? Elle n'arrive plus à s'en défaire. Elle retombe toujours dans les chimères qu'elle combat pourtant de toute sa raison. Cas désespéré. — Ça m'en a tout l'air!

En fait, comme chaque fois, son retour à Montréal la perturbe. À la ville, tout se complique pour elle, ou peut-être qu'elle complique tout. Dès qu'elle y met les pieds, le calme gagné à la campagne s'éclipse. Elle tourne en rond et finit par aller aux *Beaux-Esprits*. Elle panique d'avance. Elle se dit qu'elle a bien le droit de sortir. Et le merry-go round reprendra. C'est ce qu'elle veut d'une certaine façon, mais elle résiste. Recommencer le même jeu, chaque semaine? Et en même temps, quel autre choix a-t-elle pour rencontrer quelqu'un? Elle sait bien, pourtant, que ce ne sera qu'aventure après aventure et qu'elle risque de finir bien désabusée. — Ah! que c'est compliqué! Il doit y avoir une faille quelque part dans son raisonnement. Mais où? Comment agissent les autres femmes seules? Se garrochent-elles autant? Un beau paquet de folles! Et les gars, eux, c'est bien ce qu'ils font, non? Et en plus grand nombre. Sont-ils aussi angoissés ou trouvent-ils cela normal? Élise sait que ce n'est pas de sitôt qu'elle trouvera la solution qui lui convient vraiment. Improviser comme d'habitude. Tâtonner. Quel casse-tête! — Si cette sacrée voyante, au mois de juillet, avait pu voir aussi! Imposture. L'inconnu la fait paniquer. Elle voudrait savoir d'avance tous les détails de sa vie. Elle est contrariée de ne pas le pouvoir. — Patience, Élise! Prends ton temps. Tout peut arriver, à la lettre. Une ère nouvelle pointe après celle de Christophe.

Deuxième partie
Antoine ou la réalité

En sortant du Cégep, Élise va se faire couper les cheveux. Elle espère que cela lui remontera un peu le moral car elle est très déprimée. Puisqu'elle a rayé Christophe de son esprit, elle se trouve encore plus démunie qu'avant. Même plus de rêve à entretenir. Alors, une aventure d'une nuit a suffi pour déclencher la crise de nostalgie dans laquelle elle se débat. Tout a été quelconque pourtant, sauf que ce garçon l'a enlacée trop tendrement avant de s'endormir. Elle avait oublié combien elle aimait dormir dans le bras d'un homme. Non, il n'en a pas fallu plus pour que Jacques ressuscite et l'envahisse encore une fois.

Que devient-il? Presque cinq mois maintenant qu'elle ne l'a pas vu. C'est, bien sûr, sa volonté à elle. Élise ne veut pas courir le risque de retomber sous son charme. Elle ne peut expliquer pourquoi, dès qu'elle le voit, ça la foudroie. Même à la veille de leur rupture, elle s'en souvient très bien, c'était à Saint-Ours, quand il est apparu dans la porte pour le repas d'anniversaire de Stéphanie, elle l'a encore trouvé séduisant. Toute cette hostilité en même temps qu'elle ressentait envers lui. Que de frustrations accumulées! Comme du venin qui empoisonne. Elle a vécu cette dernière soirée passée avec lui dans un état tel, qu'elle s'est promis que ce serait la der-

45

nière. Elle était si désemparée qu'une fois de plus, elle n'a même pas été capable de lui parler. Elle lui a envoyé un mot, le lendemain, pour lui annoncer sa décision: ne plus le revoir. Et Élise a essayé de voir clair dans cette relation qui n'a jamais été simple.

Sa conclusion a été la suivante: il était le coupable, lui et son égocentrisme mâle. Il ne pensait qu'à lui. Il n'a pas voulu essayer de la comprendre et de l'aider. Élise lui a adressé une première lettre dans laquelle elle lui a dit précisément cela. Mais elle n'était pas plus calme après. Elle a continué sa réflexion. Non, elle méritait plutôt le blâme. Elle est restée plantée là, dans une relation qui ne l'a vraiment jamais satisfaite, par insécurité. Elle a enduré toutes les frustrations pour ne pas être seule, parce qu'elle avait trop peur. Une seconde lettre a suivi, plus humble, dans laquelle Élise s'excusait de sa lâcheté.

Jacques a envoyé un mot pour dire qu'il s'expliquerait plus tard. Le plus tard n'est jamais venu. Elle n'aurait pas pu le supporter de toute façon. Ne plus le voir, jamais. L'oublier. Cela lui ferait du bien d'apprendre, par exemple, qu'il est en amour, qu'il se marie, qu'il veut un enfant. Fini pour toujours Élise et Jacques. A point of no return. Elle a l'intuition que Jacques a réussi à passer à autre chose et qu'il se débrouille très bien comme Marc, son mari, s'est, immédiatement après leur séparation, bien débrouillé lui aussi. D'ailleurs, tout le monde s'en sort, sauf elle. Peut-être parce qu'elle s'accroche trop à son passé? Sa phase introspective la mène sur des sentiers bien abrupts. Elle veut se connaître davantage pour mieux fonctionner, mais c'est le contraire qui arrive. La panique à chaque tournant. L'angoisse, toujours. Et les enfants qui ne sont plus là pour la remettre sur terre. Si elle pouvait au moins les prendre dans ses bras et les embrasser. D'elles, il ne reste que le hamster et la perruche dont Vanessa s'inquiète puisqu'elle en a parlé dans ses deux lettres. Élise s'en occupe bien, presque trop.

Tout ce qui dépend d'elle maintenant! Sa pensée glisse vers ses enfants. Elle leur parle.

Allô, mes filles! Je m'ennuie déjà de vous. J'ai l'air fine après tout ce que je vous ai dit sur ma grande hâte d'être seule! Je vous ai pas menti toutefois. C'est important de se retrouver seule à un moment donné. De ça je reste convaincue, mais vous me manquez quand même. Je pense souvent à vous. Je vous imagine toutes les deux, les yeux grand ouverts, dans Paris. J'aurais tant aimé être votre guide. Je vous aurais tout montré. Mais c'est con ce que je dis là. Ce sera pour une autre fois. Votre père fera tout ça très bien. Personne n'est indispensable, même pas une mère... J'essaie de deviner comment vous parlez à vos nouvelles amies. Ça m'intrigue. Est-ce que vous faites comme dans vos jeux, quand vous vous mettiez à parler à la française? Je crois que tu dois le faire, Stéphanie. Tu aimes tellement jouer, une vraie comédienne. Toi, Vanessa, je te vois plutôt argumenter avec les petites Française, pour leur dire de s'efforcer de comprendre ton accent comme toi tu fais pour le leur. Tout ça doit être drôle. Mais qu'est-ce que je dis, je parle de vos amies et je viens d'avoir le flash que l'école, pour vous, c'est même pas commencé. Vous êtes probablement en Bretagne, au moment précis où je pense à vous. C'est beau la Bretagne, profitez-en. Oh! les filles, si vous saviez combien je suis seule. Vous étiez, sans le savoir, mes bornes. Sans vous deux, je risque de me perdre.

Ainsi défilent les pensées d'Élise quand, après être sortie de chez le coiffeur, elle prend la route de Saint-Ours. Les nuages bas et lourds sont comme ceux qui parcourent son esprit égaré. Les yeux brouillés par les larmes, elle regarde tous les mariages d'oiseaux traverser le ciel. Déjà l'automne.

*   *   *

Élise a beaucoup moins le temps d'écrire. Ses occupations se sont multipliées avec la rentrée. Il y a les cours à préparer, l'adaptation aux nouveaux étudiants, les réunions auxquelles elle doit assister. Elle est déjà fatiguée. Le stress sûrement. Il ne peut y avoir une autre explication puisqu'elle sort d'une longue période de vacances. En toute honnêteté cependant, elle doit dire qu'une série d'évènements justifient le peu de moments qu'elle a eu pour écrire et cette fatigue prématurée. Un nouveau personnage a fait son apparition. Il est venu déranger sa vie et troubler celle de Julien. Le tourbillon a repris.

Le début de l'histoire remonte au jeudi midi de la semaine précédente. Julien et Élise partent pour le Cégep où il y a un lunch syndical pour marquer le début de la session. Dans l'auto, Julien lui dit avec un air bizarre qu'elle ne pourra interpréter que beaucoup plus tard: — Hier, après mon cours, je suis allé prendre un verre avec Pierre. — Qui ça, Pierre? — Ben oui, tu le connais, il fait de la politique avec Marc, ton ex. Élise ne comprend strictement rien. Julien décrit le Pierre en question et elle finit par voir de qui il s'agit. Oui, elle le connaît. Elle lui a enseigné, il y a cinq ou six ans, et elle l'a d'ailleurs revu quelques jours auparavant, au café étudiant, où il lui a dit avoir été engagé pour enseigner au département de sciences politiques. Mais comment Julien s'est-il retrouvé avec un marxiste? Elle essaie de mettre les morceaux du puzzle ensemble et écoute Julien très attentivement. Il raconte sa conversation avec Pierre mais, ce qui est frappant, c'est la récurrence dans sa narration de la phrase suivante: — Il est complètement fou, ce gars-là. Elle décèle chez Julien une étonnante excitation. Élise n'est toutefois pas au bout de sa surprise car Julien ajoute que récemment il a passé une soirée entière, avec Charles, à vider une bouteille de scotch. Pierre avec Julien? Avec Charles? Un autre! Pierre, son bel étudiant si militant! Elle est abasourdie mais elle sait qu'elle a trouvé la seule façon d'expliquer que Pierre ne laisse pas Julien indifférent. Et de ça, Élise est certaine.

Elle arrive donc au local du syndicat, un sourire aux coins des lèvres, encore interloquée par ce que Julien vient de lui apprendre. Comme s'il attendait Julien, Pierre s'y trouve justement. Et Charles, et Marie. Élise les salue et en jasant avec Marie, elle observe. Oui, il y a connivence, familiarité même, entre ces trois-là. Pierre embarque tout naturellement dans les propos délirants de Charles et de Julien. Où est passée l'austérité des marxistes? Vers le milieu de l'après-midi, Pierre suggère qu'ils aillent continuer la fête dans un bar. Ils ne peuvent, dit-il, se quitter ainsi. Mais Charles doit rejoindre Maxime, et Marie, prendre ses enfants à la garderie. Il ne reste qu'eux trois. Très *Jules et Jim*, ils traversent le pont Jacques-Cartier en chantant et entrent bras dessus, bras dessous, à la *Cour*.

Élise s'arrête parce qu'elle a faim. Un sandwich et un verre de vin font vite l'affaire. Elle veut surtout aller marcher dans les champs derrière chez elle. Il fait bon et la lumière est dorée et si douce. Mais elle a du mal à supporter tant de beauté sans personne avec qui la partager. Elle rentre donc, tendue, incapable de continuer son histoire. Elle doit parler de cette soirée passée avec Julien et Pierre et aussi, expliquer comment, un peu saoule, elle les a invités à venir à Saint-Ours, le week-end suivant. Elle n'y arrive pas. Ça ne l'intéresse plus. Elle veut plutôt enregistrer tout ce qui se passe dans sa tête.

Élise pense à Jacques dont elle s'ennuie malgré tout, à Christophe à qui elle pense malgré tout, à ses enfants qui lui manquent malgré tout, à sa solitude qui lui pèse plus que tout. Bien triste rengaine! Tout ça n'est guère intéressant. Plate comme elle, arrivée à cette conclusion en se regardant dans le miroir. Son air de santé de l'été l'a quittée. Elle a des cernes sous les yeux et ses traits sont tirés. Elle se sent seule, laide, vieille, fatiguée aussi, ce qui explique peut-être son état dépressif et son âme torturée. Mais est-ce que ses amis sont mieux qu'elle, ce soir? C'est dimanche et il n'y a rien de bien brillant à faire. Alors elle se contente de faire rien, juste écrire et en être satisfaite. Mais il y a l'agitation intérieure qui gâche tout. Pourtant, il doit bien y avoir des avantages à la solitude? Son amie Marie souvent la souhaite, sans y parvenir. — Tu sais, moi j'ai mon mari et les enfants, mais c'est pas mieux. Tu peux pas savoir combien j'ai envie d'être seule quelquefois. Insatisfaction profonde pour tous? Non. Élise vient d'avoir la vision de Christophe, son superman particulier. Il ne semble ni inquiet, ni insatisfait, lui. Ça, elle ne le digère pas: son contrôle de toutes les situations. Elle revient encore à Christophe! — Que je suis donc tannée de penser à lui! Comment faire pour le rayer à tout jamais de mon esprit? Le temps! Elle a oublié cette donnée dont Christophe évidemment lui a déjà vanté les mérites, elle ne se souvient plus à quel propos. Elle va le battre avec son arme à lui: attendre patiemment que ça passe.

Sur ce, elle décide de se remettre de force à son histoire avec Julien et Pierre... Rien ne vient. Alors, pour ne pas laisser de vide, elle insère ce qu'elle a écrit une semaine plus tôt dans le feu de l'action.

Week-end à Saint-Ours avec Julien et Pierre. Pour se reposer! Rien encore n'a ressemblé au repos, sauf les quelques heures de sommeil gagnées sur le party continuel. C'est pas mon beat. Je suis, ou plutôt, j'essaie de suivre. Quelque chose me retient. Je freake en fait. Seule avec deux vrais fous. Un trio infernal pour moi mais pas pour eux. Qu'est-ce qu'on fait? On boit, on mange, on fume du pot, on se promène dans le village puis dans les champs, on écoute de la musique, on dort un peu aussi quelquefois et on rit beaucoup. Très simple! Ça fait début des années 70. Je suis toujours en retard! J'aime ça, mais on dirait que c'est trop. Mon côté sérieux en arrache. Ça n'a pas cessé depuis jeudi et on est dimanche. Y aura-t-il un crash final? J'ai l'impression que ça va me prendre la semaine pour m'en remettre.

En ce moment, j'écoute Pierre qui parle sans arrêt. Julien est trop saoul pour répondre. Je l'ai rarement vu

dans cet état. Ils viennent de décider de faire un texte
ensemble. — Chacun sa phrase, dit Pierre. — Ça va faire
un ben beau texte, répond péniblement Julien. Moi aussi,
j'écris, mais pas pour les mêmes raisons. Eux laissent sor-
tir leur folie, moi, j'essaie de conjurer la mienne. Je veux
calmer la panique qui me gagne. Julien et Pierre ont un
comportement de gars sur la brosse, ce qui est très dérou-
tant pour une fille. Pour moi, en tout cas. Je les regarde
s'amuser, je les écoute parler pour ne rien dire et je ne
comprends plus ce que je fais là.

* * *

Des trous apparaissent dans la vie d'Élise. Elle sent
que progressivement, depuis la rentrée, elle perd le contrôle. Elle s'emmêle elle-même. Et aujourd'hui, la visite
et le téléphone d'Antoine!

Il est venu la voir à Saint-Ours. Ils ont beaucoup
parlé. Trop peut-être. À la fin de l'après-midi, Antoine
est parti précipitamment. Elle ne comprend pas très bien
pourquoi. Mais si elle réfléchit présentement, c'est avant
tout pour savoir ce qui lui arrive à elle. Il lui a parlé de
couple. Il y croit encore malgré ses expériences négatives.
Cela a touché quelques-unes des cordes sensibles d'Élise,
son romantisme entre autres. Elle a envie de se laisser
convaincre. Oui, évidemment, le grand amour existe avec
ses «je t'aime pour toujours». Si c'était pour elle? Elle
pourrait s'abandonner, compter sur quelqu'un, laisser
tomber sa carapace et, enfin, ne plus être seule. Mais elle
connaît aussi sa fragilité et sa naïveté. Elle prévoit ce qui
va arriver une fois de plus. Elle se remettra à vivre en
fonction de quelqu'un, pour quelqu'un. Son attitude est
trouble. Elle se donne à un homme comme les sœurs se
donnent à Dieu! Elle ouvre son âme toute grande et celle-
ci s'envole. C'est pour se faire accepter, pour se faire
aimer qu'elle agit ainsi. Le résultat? Toujours le même.
Elle se perd irrémédiablement sans même y prendre plai-

sir parce que l'insécurité la gagne toujours. Quand ça devient insupportable, elle rompt.

Élise comprend mieux son comportement de l'été. Elle fait semblant de chercher quelqu'un, comme tout le monde, mais elle ne veut pas trouver. D'où ses histoires impossibles, ses fantasmes douloureusement alimentés qui lui tiennent lieu d'amour. Quelques heures et c'est fini. Chacun pour soi. La seule façon de survivre. Pas le temps de commencer à s'observer, à se trouver des défauts. Dans ce domaine, Christophe a été un maître efficace. Il n'a même pas donné sa confiance, sa gentillesse pour quelques secondes. Il n'a même pas eu cette générosité-là! Avec lui, rien. Les brakes, toujours. Élise a tenté une percée et a attrapé l'armure. Aucune faille chez ce surhomme si différent qu'elle a voulu comprendre afin de mieux l'imiter. Mais son éducation n'est pas terminée. Il manque les travaux pratiques. Antoine approche et elle craint de couler l'examen final. Elle est envahie d'une angoisse terrible parce qu'il lui a tendu la main. Elle se sent piégée. La perche va-t-elle servir à la noyer? Ce qu'elle fuit, c'est la peine qui viendra après. Une période de bonheur intense puis encore le grand vide, le désespoir. Elle n'a plus confiance parce qu'elle a manqué son coup deux fois. Avec Marc, elle a tout mis dans un projet à vie qui n'a pas marché. Blessée une première fois. Grièvement. Confirmation avec Jacques. Elle se retrouve, à chaque fois, seule avec ses deux filles, complètement désemparée parce qu'elle n'a pas appris à se protéger. Miraculeusement, une toute petite flamme est toujours restée allumée en elle, dans son sanctuaire caché. Des années qu'elle a pris pour la raviver. Elle brûle maintenant d'une façon convenable. A-t-elle le droit de risquer la nuit noire? Recommencer avec Antoine? Elle a peur de tomber et de ne plus pouvoir se relever. Et si un jour le coup était trop dur, les plaies trop vives? — Non, Antoine, non, éloigne-toi. Va-t'en!

Il a dû entendre ce message. Un tel degré de méfiance l'a sidéré. Elle lui a montré, sans bien s'en rendre compte, toute sa peur. Il a fui pour cette raison. Mais pourquoi vient-il de téléphoner pour l'inviter à passer le prochain week-end chez lui, à sa maison de campagne? Et pourquoi a-t-elle accepté d'aller sur son territoire?

Je fuis dans les repaires de mes blessures fraîches
Je me sauve dans les recoins de mes désirs femelles
Je coule avec mes larmes niées dans les sillons
de mon angoisse
Je me protège avec des fenêtres devant les yeux et
des portes devant le cœur
Mais je te rencontre par hasard

* * *

Elle est assise à sa table de travail. Hagarde presque. Même si elle n'a plus écrit depuis presque un mois, il n'en arrive pas moins des choses importantes. Pourtant, elle n'a plus rien noté, ni dans son journal, ni dans les pages d'Élise. Rien, pas une ligne. Où est-elle donc rendue? Où? Pourquoi cette douleur en elle, soudainement? Cette panique qui vient de la prendre? Les larmes lui montent aux yeux et elle a envie de crier. — Qu'est-ce qui m'arrive encore?

Ils s'aiment, elle et Antoine. Tout est parfait. Mais elle a brusquement senti la nécessité de le laisser écouter *Champagne Charlie* pour venir de toute urgence se confier au papier. Un besoin pressant tout à coup de laisser des traces de son existence, de peur de la voir disparaître entièrement. Elle est en train de devenir exactement ce qu'elle fuit: la femme d'un homme. Niaiseuse, une fois de plus. Elle se sent même, en ce moment précis, coupable de ne pas être avec lui. Coupable et trop torturée pour pouvoir continuer.

* * *

Antoine a pris la place de Christophe dans la vie d'Élise. Mais c'est bien différent. De Christophe, elle s'est servie pour écrire, pour ne pas trouver l'été trop long et trop plat. Elle était dans un laboratoire et il était son catalyseur. Il la faisait réagir et, après, elle observait les effets. Avec son aide inconsciente, elle décortiquait son propre comportement. Elle n'a éprouvé aucune gêne à agir ainsi parce qu'il n'a eu rien d'autre à fournir que son attitude un peu trop caricaturale. Cher Christophe! Elle l'aime bien à présent parce qu'il lui a fait faire un grand bout de chemin.

Maintenant, elle régresse. Elle est tombée en amour comme on tombe dans un abîme et elle se débat dans sa chute libre. Plus d'écriture, sauf le texte précédent qui témoigne très bien du désarroi qui souvent s'empare d'elle depuis la visite d'Antoine, à Saint-Ours. Il a fait sauter le laboratoire. Elle a protesté, résisté même, essayé de le décourager, rien n'y a fait. L'amour est venu. Comme par un philtre qu'ils auraient bu ensemble, versé par une main invisible. Élise accepte donc ce qui arrive, heureuse mais inquiète, car à chaque instant elle doute de son amour à lui, pour elle. — Antoine, dis-moi que tu m'aimes. — Je t'adore, mon bébé. Elle reconnaît, bien sûr, que ce «mon bébé» est discutable, mais elle aime ça et en redemande. Elle se complaît, se vautre dans le bonheur. Enfin son immense besoin de «je t'aime» est comblé. Enfin! Ainsi, dans des oscillations d'angoisse atroce et de bonheur extrême, vont les amours d'Antoine et d'Élise. (Aux féministes, aux vraies, aux dures, à celles qui contrôlent tout comme Christophe, qui ont toute la force et la lucidité du monde, qui doivent avoir à ce point une grande envie de lancer le livre si ce n'est pas déjà fait, Élise dit: — Pitié! Dans ma dégringolade, je reste votre sœur.)

Cette histoire est quand même surprenante et nécessite quelques explications, surtout pour comprendre son déroulement peut-être trop accéléré. Élise et Antoine se connaissent depuis plus de vingt ans! Ils étaient voisins, à l'époque du collège. Toutefois, ce n'est pas avec lui qu'elle était amie alors, mais avec sa sœur. Elles étaient dans la même classe. Antoine est leur aîné de trois ans et ne se gênait pas pour le leur laisser sentir. Depuis, Élise a perdu de vue la sœur qui, une fois mariée, est allée s'installer à Calgary où elle habite toujours. Elle a revu Antoine à l'occasion et, chaque fois, elle l'a trouvé hautain et froid. Toujours elle a eu l'impression qu'il ne s'intéressait pas du tout à elle, qu'elle l'agaçait même. Et soudainement, aux *Beaux-Esprits*, un revirement complet. Les *Beaux-Esprits*! Élise s'arrête pour penser à l'importance de ce bar. Christophe, et maintenant Antoine. C'était dit que ce serait là qu'elle rencontrerait l'homme de sa vie. Élise rit. Elle se met à fredonner: «Aujourd'hui, j'ai rencontré l'homme de ma vie...» Donc, Antoine, ce soir-là, a complètement changé d'attitude envers elle. La première fois peut-être qu'il voyait la femme en elle. Élise a senti le changement et a souri, surprise. Et cette petite caresse qu'il lui a faite à la nuque. Elle s'est cabrée malgré elle, puis ressaisie pour ensuite s'ingénier à cacher son trouble. Son ancien voisin lui faisait de l'effet? Elle l'a regardé. Il n'était pas si mal. Il lui a dit: — On ira manger ensemble un soir de la semaine prochaine, si tu veux? Elle a répondu, soudain distante: — Oui, c'est ça. Christophe venait de s'approcher pour leur demander ce qu'ils prenaient. Elle a commandé une bière mais Antoine n'a rien pris. Il partait parce qu'il travaillait à une grosse production pour la télévision et il devait tourner tôt, le lendemain matin. Grosse bise. Promesse de se revoir. Seule, elle pouvait de nouveau s'occuper de Christophe. Elle s'est approchée pour lui parler mais il a été si bête qu'elle l'a quitté pour aller vers Julien et Pierre qui venaient d'entrer. Oui, Élise était en mal de Christophe comme chaque fois qu'elle le voyait. Cela achevait pourtant, puisque deux semaines plus tard, elle l'a définitivement mis de côté pour Antoine.

Mais en attendant, c'était encore lui qu'elle avait dans sa tête de pioche. Ce soir-là, en rentrant chez elle,

elle a écrit ceci: — Tu sais pourquoi, Christophe Leblanc, je trouve ça dommage que tu ne veuilles pas qu'il se passe quelque chose entre toi et moi? Parce que j'ai envie d'un trip de cul avec toi. Je veux dire d'une expérience érotique. Elle s'enfargeait, voulait se reprendre. Y aller mollo. Elle trouvait difficile de décrire des scènes cochonnes et aussi de les écrire, comme si soudainement le stylo devenait de plomb. Exactement comme le dit Vava, dans son roman. Elle a continué malgré tout. — On pourrait faire des tas de trucs ensemble. Par exemple, tu m'enlacerais. Dans la salle de bain. Debout évidemment. Juste pour rire. Mais nos deux sexes, l'un sur l'autre, ne seraient pas dupes. Frissons. Baisers pleins de langues. Puis tu t'écarterais juste un peu de moi pour me mordre la pointe des seins. Au début très doucement, puis avec de plus en plus de passion. Moi, je caresserais ton sexe droit et dur. Ma main, heureuse, ferait présager l'effet que, dans quelques instants, tu aurais en moi. Le désir! Bien s'occuper du désir, de sa montée. Suivre le rythme, l'alimenter. Pas trop toutefois. Et je dirais: — Viens en moi maintenant et entends nos deux corps brûlants, prêts à s'embraser.

Ou encore ceci et elle a enchaîné en donnant d'autres détails de ce qu'elle imaginait. Ils sont tous les deux étendus et enlacés. Ils s'embrassent partout. Le désir monte normalement. Ils sont presque au point de ne plus pouvoir le tolérer. Elle l'empêche à ce moment de la pénétrer. — Non. Ne bouge plus, regarde. Elle commence lentement à se caresser. Les hanches, le pubis et puis, d'une seule main, d'un seul doigt, le clitoris. Son sexe comme un coussin de satin. De satin chaud. Elle se met aussi à parler. Décrit ce qu'elle ressent. — C'est doux. Ça glisse et mon vagin se gonfle, se gonfle. Il commence à se contracter. J'ai très envie de toi, tu sais. Approche maintenant, mais pas trop vite. Oui, comme ça. Viens. Entre et cogne-moi doucement. C'est bon. VIENS. On va venir ensemble.

Elle lui a dit pour finir: — Tu vois, espèce de con, c'est ça qu'on manque. Tant pis. Assez.

Élise trompe Antoine avec Christophe! Instantanément, son plaisir cède la place à l'angoisse. Elle commence cependant à pouvoir l'analyser. Oui, elle a une certaine nostalgie de l'époque de Christophe. Elle était libre alors. Dans un gros cahier, elle s'amusait à écrire l'histoire d'Élise et, aussi, tout ce qui lui passait par la tête, même ses fantasmes sexuels! Et ce soir, comme pendant l'été, elle reprend goût à ce jeu. Elle aime être devant une page blanche. Elle en a rempli plusieurs, à sa grande surprise. ÉCRIRE. Cette activité devient synonyme de vie secrète qu'elle n'arrive pas à alimenter tant elle est occupée à la cacher. Son amour pour Antoine exige la mise à mort de l'embryon d'écrivain qu'elle a eu, ces derniers mois, la velléité d'essayer de devenir. Non!

Que se passe-t-il? Les faits. Antoine est allé se coucher. Il se sentait mal pour des raisons obscures. Il lui a dit: — Demain, ça ira mieux. T'en fais pas. Mais Élise s'en fait. Elle a ressorti son gros cahier. Ça n'a pas été tout seul. Élise a dû recourir à sa mémoire car ce qu'elle a à raconter est vieux d'au moins six semaines. Déjà loin tout ça. Elle vit maintenant avec Antoine. La conséquence directe est qu'elle n'a plus ni le temps, ni l'énergie pour écrire. Elle doit de toute urgence trouver une solution. Accorder de nombreux moments à l'homme qu'elle aime. Pas tous cependant. S'organiser. Que ça devient donc compliqué! Il y a, en plus des cours à donner, le sport qui lui prend de nombreuses heures. Elle joue régulièrement au racquetball avec Karla et Jean-François. Et ils partent tous les week-ends à la campagne, elle et Antoine. Là peut-être, comme ce soir, elle pourrait écrire. Mais la tentation est grande de ne rien faire. Elle relaxe si bien depuis qu'elle ne fait que parler, lire, être avec Antoine. Elle n'a gardé de l'écriture que sa correspondance avec ses filles. Ça, c'est sacré. Première chose qu'elle fait tous les lundis matin. Mais les filles sont bien loin et ne peuvent rien pour elle, Élise, qui panique pendant qu'Antoine dort.

Elle est tombée dans le panneau: elle n'écrit plus vraiment. Elle connaît pourtant l'importance que cette fonction a pour elle. Sa lucidité! Mais elle ne peut s'enlever de l'idée que, si elle continue, Antoine s'éloignera. Il aura l'impression qu'elle lui cache des choses, elle qui lui dit tout. Il ne pourra le supporter. Il partira. Oui, c'est ça. Il partira. À cette pensée, son cœur se serre tellement fort qu'elle a du mal à respirer et, par anticipation, elle devient très malheureuse. Elle l'aime. Déjà, pour lui, elle a abandonné sa maison de Saint-Ours pour le suivre dans la sienne. Louée pour l'hiver, sa petite maison blanche, pleine de souvenirs. Elle pourrait tout sacrifier pour l'embrasser, le caresser, se coller tout contre lui. Elle adore sa façon de parler, de la regarder en baissant la tête pour lui dire: — Le sais-tu que je t'aime? Elle a besoin de ça. De tout ça. Couché en haut, loin d'elle, il lui manque. Elle devient de plus en plus nerveuse. Va-t-il changer d'idée, ne plus l'aimer, l'abandonner? Marie l'a mise en garde. Elle lui a dit que si elle continuait d'avoir peur, elle communiquerait ses sentiments à Antoine et elle provoquerait ce qu'elle craignait le plus. C'est peut-être ce qui arrive ce soir. Elle lui a passé son angoisse. Ne lui a-t-il pas dit, pourtant, qu'elle n'aurait plus d'angoisse avec lui, qu'il était fort et qu'il contrôlerait tout? Elle l'a cru. Pourquoi l'aurait-il dupée? Élise épuisée ne veut qu'une chose: aller s'allonger près d'Antoine pour apaiser toutes les araignées infernales qui tissent dans sa tête des toiles inextricables.

* * *

Incapable de dormir, Élise se relève. Étrange coïncidence. À la fin du texte précédent, elle se couche et ce soir, elle se lève. Un mois après! Ça ne va pas. Bousculade. Les idées se heurtent au rythme du cœur dans la poitrine. Elle est près d'Antoine mais ne peut lui parler. Il ne comprend pas. Trop compliqué son univers mental à elle. Élise étouffe. Que se passe-t-il? Qu'est-elle devenue? Elle aime Antoine mais... Ça commence les mais! Mais il est donc straight. Tout est sérieux avec lui. Depuis quelques jours, ça accroche. Ils ont beaucoup parlé des enfants. Il veut savoir qui elles sont. Élise panique. Vanessa et Stéphanie sont loin d'être des anges. Des enfants extraverties qui donnent leur opinion sur tout. Bien vivantes et bien bruyantes. Et si ça ne marche pas avec Antoine? Et s'il ne les aime pas? Et si, à cause de ça, rien ne va plus entre eux? L'inquiétude éloigne Élise d'Antoine. Pourtant, elle a envie de lui plusieurs fois par jour. Elle ne peut supporter qu'ils se couchent sans faire l'amour. Elle a l'impression qu'ils sont en train de devenir un vieux couple. Ils ont fini leur lune de miel. Au souper, Antoine a parlé d'atterrissage. Il a manifesté le désir de passer la soirée à la maison, tranquille, à lire un roman policier. Déjà le quotidien. — Oh! Antoine, il ne faudrait pas que je m'ennuie avec toi. Aime-moi, parle-moi, baise-moi!

Élise se ressaisit et repense à tout ce qui la bouleverse. Avec Antoine, elle a l'amour et la sécurité. Seule, elle aurait une activité intellectuelle sûrement plus grande, quelquefois bien du fun et de profondes périodes de dépression. Mais pourquoi accepte-t-elle d'être différente avec ou sans Antoine? Elle devrait agir comme elle a envie de le faire. — On fait ce qu'on veut dans la vie! S'il l'aime vraiment, il acceptera. Elle en doute. Elle s'affole et se perd dans ses raisonnements. Oui, tout a été bien trop rapide. Alors qu'elle arrivait à peine à apprivoiser sa solitude, vlan! elle est tombée en amour. Vivement réagir. Tout noter, systématiquement. Trouver le temps. Et lire, et aller au cinéma, et manger avec ses amis. Depuis qu'elle vit avec Antoine, elle les néglige tous: Marie, Julien, Charles et aussi Mimi, Paul. Elle en a assez de se contenter de conversations de corridor au collège ou de coups de téléphone rapides. De toute évidence, elle est complètement envahie par son amour pour Antoine. Elle doit lui parler. Lui dire comment elle se sent. Il comprendra. Sinon...

Ce texte est la suite logique du précédent. D'ailleurs, sans les précisions apportées, impossible de savoir que tout un mois les sépare, tant l'état d'esprit est le même. Élise écrit uniquement quand elle perd pied. Elle résiste à la noyade. Écriture-soupape. Un moyen plus ou moins artificiel de garder le contrôle. Des témoignages de plus en plus espacés malgré sa volonté de continuer de tout enregistrer. De l'écriture volée à la vie de couple qu'elle mène maintenant et qui la fait capoter périodiquement quand elle se rend compte du prix qu'elle paye son bonheur. Mais elle n'a pas le choix. Elle doit continuer dans cette voie car elle ne peut imaginer de porte de sortie. Peut-être ne le veut-elle pas, après tout?

* * *

L'angoisse, toujours l'angoisse. Élise se meurt. Je ne puis plus tenir dans cette fiction. Je me délabre, me désespère. On ne peut devenir écrivain sans s'asseoir devant une feuille, sans tenir un stylo. Des bribes. Je n'écris plus que des bribes. Mon cerveau se fragmente. Il n'y a plus d'Élise. Plus qu'une folle perdue dans l'amour d'un homme et qui n'arrive même plus à se ménager quelques replis pour continuer à être. Élise m'était nécessaire.

J'ai choisi la vie sans histoire. Comme les gens heureux qui n'en ont pas, dit-on. Me contenter d'être moi, bonne maîtresse, bonne mère, bon prof. Mais ça ne marche pas non plus. Parce que j'en ai une histoire. Et je ne sais plus quoi faire avec. Et je ne peux pas l'oublier. Une histoire. Mon histoire. L'histoire d'Élise que j'aime tant. Qu'est-ce qui m'a pris aussi de vouloir écrire? Prétentieuse. Copieuse. Tricheuse. Je ne suis même pas capable! Je n'ai pas fait exprès. À force d'enseigner les romans des autres, de côtoyer des écrivains, à force de gribouiller des insanités dans un éternel journal, l'envie a

*fait son chemin. J'ai voulu essayer, moi aussi. C'est
arrivé la première fois comme ça...*

Elle souhaite être encore mariée. Installée conforta-
blement avec mari et enfants. Elle est fatiguée d'être seule
à essayer d'être heureuse. Elle se dit que bof, c'est son
destin. Elle ne sait pas quoi faire. Elle a envie d'écrire un
roman. Elle n'a pas de sujet. Elle se lève et sort sur le bal-
con. Il fait beau et chaud. Elle attend. Elle écoute. À chaque nouveau bruit de moteur, elle s'imagine que l'auto va
s'arrêter, qu'il va en descendre un bel inconnu. Elle
attend toujours. Déçue, elle rentre.

Elle écrit sans savoir quoi. Pour s'occuper. Pour
essayer de meubler sa tête vide et en même temps pleine
de rêves ridicules. Elle aligne les mots comme on aligne
les pas en faisant une marche qui ne mène nulle part. Le
papier et le temps passent. Rien. Toujours rien qu'un
creux ou un trop plein. Comme le chaud et le froid.
Quand on ne peut plus les distinguer. Elle écrit pour
apprendre. Et si les mots répondaient à ses questions. Et
si toute la sagesse du monde s'emparait d'elle de force,
s'installait pour de bon. Ne plus avoir à chercher puisque
tout serait là, dans un ordre méticuleux, obsessionnel.
Plus une seule petite place pour le moindre doute. Tout
compris.

Elle écrit toujours. Elle est de plus en plus fatiguée.
Les enfants l'ont énervée. Elle les aime mais elles sont si
présentes que ça accentue son absence à elle. Trop
bruyants les rires, le violon, la télé. Elle n'est jamais seule
mais de plus en plus vide. Elle croit être vampirisée. C'est
ça. Elle a beau se défendre, tout essayer pour reprendre
pied, les deux petites vampires attaquent et boivent jusqu'à la dernière goutte de son sang. Elle se demande
même s'il ne passe pas de petits morceaux d'os ou même
de peau. Disparaîtra-t-elle progressivement dans ce processus?

Elle écrit et son cœur bat fort. Le sang se refait. Il
doit être plus clair, moins rouge. Il coule hors de ses vei-

nes comme l'eau d'érable au printemps. Personne pour le retenir, pour mettre la pompe en marche arrière. Elle écrit toujours, épuisée, des mots d'une encre bleue comme le mauvais sang. Écrire jusqu'à en mourir, comme la réduction de l'être à l'action de faire avancer la main sur le papier, sans même tenir compte du degré de lisibilité.

Elle s'arrête pour regarder ses veines. Elles sont glonflées et bleues. Elle a peur soudain de ne plus produire assez de bon sang, rouge et propre. De l'encre dans ses veines. Du sang sur le papier. Elle saigne un texte car elle écrit sa vie, astreinte à ne pas bouger. Tête penchée, elle suit la lente montée des mots venus d'on ne sait où, mais qui pourrait bien envahir entièrement sa vie si elle n'y prend pas garde. Une nouvelle présence en papier. Une tête bourrée d'encre prête à couler, des écluses toutes grandes ouverte sur des textes incontrôlables et sans intérêt.

Elle écrit vite et ne respire presque plus comme si ses côtes se rétrécissaient pour l'étouffer. Elle a mal au doigt, comme à l'école, pendant les examens, quand la corne s'installait sur son majeur. Elle écrit en rouge maintenant pour voir l'effet. Des mots de sang pour des lecteurs avides. On n'échappe pas à son destin. C'est beau, le rouge. Texte scindé par la couleur. Les mots viennent moins vite. Fatigue? Elle ne sait pas. Le rouge peut-être? Ça irait mieux en vert. Mais elle n'a pas de stylo vert. Elle essaiera sûrement. Sa grand-mère irlandaise aura des choses vertes à lui dicter. Comme de la sève. Il faut que la sève soit verte comme les feuilles qu'elle alimente. Aller au bout du rouge après le vilain bleu et passer au vert. Comme ses yeux. Elle aimerait voir tout en vert avec ses yeux verts. Elle écrit cela et elle sait que ça n'a pas de bon sens. Une écriture verte jaillie de la forêt de son enfance où, peut-être, elle trouvera une nouvelle vitalité. Et peut-être que les vampires s'éloigneront. Elle ne peut les imaginer buvant du sang vert. Mieux que l'ail, les crucifix, de l'encre verte pour chacun d'eux, les petits, les moyens, les grands qui lui rôdent autour, prêts à l'engloutir. Car il n'y a pas que ses filles. Les parents, les amis, les étudiants, les chums. Tous dangereux. Elle écrit en rouge, mais elle écrira en vert, envers et contre tous. Elle est tout à l'envers car son écriture insidieusement a fait chavirer ses pensées. Mettre un point final, pour l'instant.

C'était avant Élise. Dans un no woman's land fictif, un elle fragile. De l'écriture quasi automatique pour faire dégorger mon cœur trop plein. Un an avant que Christophe, sans le vouloir, sans le savoir, ne me fasse trouver un sujet. J'ai succombé et maintenant je voudrais nier, tout oublier. Revenir comme avant, quand je n'y croyais pas. Mais voilà, on ne peut défaire ce qui est déjà fait. J'ai goûté au fruit défendu. Mon sale texte me rappelle mon orgueilleux projet. Je suis complètement écartelée par mes contradictions. Écrire? Mais pour dire quoi? Que je l'ai enfin trouvé, le Prince Charmant? Mais ce bonheur est lui-même bien terni par le spectacle de ma propre régression. Blanche-Neige, ou Cendrillon, ou la Belle au bois dormant n'est pas parfaitement heureuse. Est-ce possible? Je cesse tout et je me roule un joint pour m'endurer. De moins en moins facile.

* * *

On est déjà en février et il fait si beau, si doux. Exceptionnel. Mais Élise est croche. Toute croche. L'inévitable s'est produit. Trois mois sans une ligne. Tout l'hiver presque. Elle n'a pu empêcher l'arrêt de l'écriture. C'est arrivé malgré sa volonté avec les résultats qu'elle connaissait d'avance. Elle a eu cent fois le goût d'écrire, mais elle n'a pas pu. Son bonheur l'en empêchait. Le temps a passé, mais il y a peu de traces des évènements. De fugitifs souvenirs. De vagues propos. Plus rien pour attester la véracité des faits. La mémoire est tellement capricieuse. Peut-elle s'y fier? Par exemple, comment s'est passé ce voyage à San Francisco, à la mi-novembre?

Ces lieux sont tellement importants pour elle. Retourner là où elle a habité pendant trois ans avec Marc. Là où Vanessa est née. Elle ne sait plus quels ont été ses sentiments pendant ces dix jours. Elle se souvient seulement du cœur serré à cause de la trop haute fréquence des souvenirs qui déferlaient, la secouant comme un séisme. Émotions de deux niveaux bien différents puisque dix années les séparaient. D'une part, Marc, les amis américains, les études à Berkeley, l'arrivée du bébé, d'autre part, Antoine, les Irish coffees dans les bars, les longues promenades, deux touristes en voyage de noces.

Le retour des enfants subit le même traitement de la part de la mémoire. — Comment c'était donc? Cela prendrait une madeleine ou la phrase d'une sonate pour ressusciter les faits et gestes dans toute leur exactitude. Oui, le retour des enfants, comme Noël et le Nouvel An et les vacances passées à quatre à la campagne, demeurent flous. Bonheurs. Tensions. Joies. Malaises. Elle a été si occupée à faire marcher tous les rouages en même temps qu'elle n'a pas pris le temps de raconter. Rien retenu. Rien vu. Tout fonctionne mais tout se dérègle aussi.

À cet effarement s'ajoute cette sensation qu'Antoine devient un étranger. Elle n'arrive pas à se rapprocher de lui. Non seulement l'écriture ne va pas mais la vie non plus. Elle a des envies de se laisser submerger. À cause d'une chicane banale, cassée la corde de la vie. Le bonheur tient à si peu. Son bonheur à elle, du moins. Elle investit tellement dans l'amour que quand celui-ci flanche, il entraîne tout le reste avec lui. Faillite.

Antoine n'a pas voulu l'écouter. Même un peu saoule, même un peu stoned, elle a eu envie de lui parler la veille, après l'amour. Il l'a fait taire. — Je suis fatigué maintenant. Laisse-moi dormir. Élise a été blessée. Elle s'est retirée, silencieuse, tout au bord du lit. Surtout ne pas lui toucher. Elle en a souffert. Elle s'est réveillée malheureuse et a ramené le sujet, au déjeuner. Antoine a répondu qu'ils s'étaient parlé toute la soirée et qu'il ne voyait pas, à 3h du matin, ce qu'elle avait encore à dire. Il a été froid, cassant. Élise est restée avec sa peine. Elle sait qu'il ne viendra pas à sa rencontre. Chaque fois qu'il y a eu conflit, c'est elle qui a fait les premiers pas vers la réconciliation. Chaque fois. Comme le premier week-end passé ensemble qui a failli tourner au désastre. Elle a tout redressé. Comme, aussi, ce souper raté au restaurant, et après, la nuit où elle a tant pleuré. Comme tout le temps. Elle, toujours elle, pour briser la glace et rétablir la situation. Elle se souvient maintenant. Antoine lui a dit qu'il était boudeur. Il est plus que ça. Un dur. Un tough. Elle connaissait, bien sûr, cette réputation d'intransigeance, de rigidité qu'il avait dans le milieu du cinéma. Le producteur le plus bête en ville! Mais elle pensait que, bon, ce n'était pas pareil. Business is business. Mais bête avec elle? Elle a subitement peur de lui. Elle pressent un malheur et elle a envie de pleurer parce que même en sacrifiant tout pour lui, même en l'aimant à la folie, ça ne marche plus. Ça ne sert plus à rien parce qu'elle se sent quand même triste et seule.

* * *

Élise se parle tout bas avec ferveur. Elle transcrit. Se concentrer, a suggéré Jean-François. Se retourner davantage vers elle-même. Cesser cet éparpillement. Oui, elle doit se concentrer sur ses corrections, sur ses enfants, sur tout ce qu'elle accomplit. Ne plus se laisser distraire par le lendemain, aussi terrifiant soit-il. Elle ne peut, après tout, savoir ce que lui réserve l'avenir. Le meilleur et aussi le pire. À vingt ans, avait-elle prévu Marc et les enfants, Jacques, Antoine? Elle peut retourner voir toutes les voyantes du monde. Rien. Impossible de rien savoir d'avance. Se contenter pour le moment d'exister. Seule à la maison, en train d'écouter Nilsson Schmilsson, elle écrit. Comme à l'époque de *Champagne Charlie* et de Christophe. Elle est vivante. Ses filles en sécurité chez Marie. Elle a parlé à Antoine et ils se reverront. Pour dédramatiser. Parce que Montréal est petit. Parce qu'elle a des choses à lui dire. Parce que cette relation est demeurée inachevée. Parce qu'il n'est pas mort. Parce que les séparations aussi font partie de la vie. Il faut qu'elle arrive à dire à Vanessa et à Stéphanie qui n'y comprennent rien: — Oui, j'ai revu Antoine. Élise pourra peut-être, après, mieux leur expliquer ce départ inattendu. Elle ne doit pas avoir peur de se retrouver devant cet homme même après ce qu'il lui a dit. Elle n'est pas galeuse pour autant!

Une fois de plus, la scène s'impose à elle. Antoine s'assoit près d'elle qui se réveille. — J'ai quelque chose d'important à te dire. Je t'aime plus. Je vais m'en aller. Élise se redresse et suffoque. — Quoi? Qu'est-ce que tu dis? Elle ne veut pas. N'y croit pas. Elle rêve sûrement. Il est là, devant elle, la figure décomposée. Il se lève et commence à ramasser ses affaires. Elle a peur du sentiment qui monte en elle. Une pure terreur. Un cauchemar effrayant mais elle ne dort pas! Sa tête éclate. Tout se confond. — Je t'aime, mon bébé. On va être ensemble pour la vie. Je t'aime plus. Je vais m'en aller. Je te trouve belle. Je suis bien avec toi. Je veux pas passer ma vie avec une femme que j'aime pas. Je t'aime mon bébé. On va être si heureux que les gens vont être jaloux. Je vais m'en aller. Je t'aime plus… aime mon bébé… pour la vie… m'en aller… femme que j'aime pas… plus…

Cela s'est passé il y a seize jours exactement. Et depuis, elle a tout revécu des dizaines et des dizaines de fois. Elle frissonne à chaque fois. Le choc a été si violent qu'il l'a sortie de sa torpeur. Non, elle n'a pas vu venir ce coup. Les quelques moments de lucidité dont témoigne son écriture auraient dû être pris plus au sérieux. Seul son corps a refusé d'être complice. De plus en plus souvent, elle a eu mal. Un œil veillait, installé au creux de ses entrailles. Sa chose à elle qui lui barrait le ventre. La crevait. Son cerveau, lui, n'a rien voulu savoir. Durant le dernier mois, à une ou deux reprises, elle s'est approchée de la vérité. Elle a tellement paniqué qu'elle a aussitôt refermé la terrifiante fenêtre.

Elle aurait dû s'apercevoir qu'Antoine se leurrait lui-même et qu'il la leurrait. Oui, elle le reverra, mais pas en chien battu, en femme courageuse qui veut savoir. — Dis-moi, Antoine, c'était quoi toutes ces images de paradis terrestre que tu faisais miroiter devant moi avec autant de conviction? Au début, elle a résisté pourtant. Puis, parce que ça avait l'air tellement vrai, elle lui a donné sa chance. Il semblait si fort, si sincère, si sûr de lui. Pourquoi, après tout, rejeter quelqu'un qui dit vous aimer à ce point? Elle s'est laissé bercer par les serments d'amour et s'est finalement endormie. Elle se diluait dans une fausse sécurité, dans un sommeil malsain durant lequel elle entretenait de naïfs rêves de bonheur. Mais elle était si bien, assoupie ainsi, à côté d'Antoine qui l'aimait. Erreur. Il ne l'aimait pas. Il l'a réveillée brutalement un matin d'avril pour le lui dire. Terminus. Tout le monde descend.

Elle est loin de lui maintenant, mais plus proche d'elle. Pas certaine d'aimer ça. Manque d'habitude. Peut-on être proche de quelqu'un quand on est si loin de soi? Est-ce que ça ne fausse pas toutes les relations? Seule, elle ne risque rien. Et elle a du plaisir à écrire, comme avant. Avant tout, elle désire s'occuper de ses filles et d'elle-même. Une vraie bonne mère pour les trois. Ses yeux et ses oreilles s'ouvrent grand. — Le monde est neutre, Élise. Il n'y a que l'éclairage qui change, a dit Jean-François, pour essayer de lui redonner confiance. Elle s'y mettra et le colorera de rose et de vert. Un décor pastel pour elle, Vanessa et Stéphanie.

Dans les circonstances, Élise se satisfait de constater que le «elle» réapparaît. Il n'a été rendu possible que par une étape essentielle durant laquelle, pour ne pas sombrer, elle a écrit des lettres à Antoine. Plusieurs par jour. Pendant deux semaines. Pour continuer la conversation trop brusquement interrompue. Pour vider son cerveau congestionné par d'intenables bouchons d'émotions. Des lettres pour elle qu'Antoine n'a jamais lues. Des lettres comme celles-ci.

* * *

Je suis à Ogunquit. Un an après. Je pense aux lettres que je devrais travailler pour les insérer dans mon roman. Les lettres! Je m'en fous. Ne veux plus rien savoir. J'écoute les musiciens de jazz au Tidewater. *Trip. Jim, le flûtiste, me plaît. Avec Mimi, je suis allée fumer du pot. Invitées par les musiciens. Stoned. Le flûtiste me plaît, ça c'est sûr. Il me regarde, je le sens, pendant que j'écris au verso d'un chèque. Pas d'autre papier. Les lettres! Je n'ai plus envie de jouer là-dedans. Je veux finir mon roman au plus vite. Passer à autre chose. Je suis déjà ailleurs. Le beat. Mimi parle à un New-Yorkais. Jim joue avec sa flûte. Ça m'excite. Conne. Je le regarde. Je suis coincée. Il m'a vue et me fixe à son tour. Tout ça me rappelle une soirée de jazz avec Miles Davis. Quand j'étais avec Marc. Sainte-Adèle. Une drôle de maison toute brune, en bardeaux, comme les maisons d'ici. C'est loin. Cette soirée m'avait troublée. C'est... Je ne sais plus ce que je voulais écrire, je suis trop stoned. La flûte m'hypnotise. C'est beau. Il y a une grosse différence avec tout à l'heure. La musique est beaucoup plus lancinante. Le pot a fait partir les musiciens. Je ne comprends pas pourquoi les gens ne fument pas plus. C'est tellement le fun. Mimi dit que ça fume plus qu'avant. Que ça recommence. Moi, je sais pas. Le trajet sinueux de la flûte. Un serpent. Le serpent fait danser la flûte. Le serpent a fumé lui aussi. Il faut que j'arrête pour applaudir... Plus de musique. Puis, une cascade de piano. — And now what are you doing? demande Mimi au New-Yorkais. De quoi parlent-ils? Moi, je suis ma cascade de notes et j'écris sur des chèques. Le carnet sera fini bientôt. Sur quoi écrire après? Je ne sais pas comment s'appelle ce bizarre d'instrument. Un balai avec des clous à la place des branches. Ça bouge et c'est comme une harpe. Mimi et le New-Yorkais parlent de Springfield maintenant. Où est-ce qu'ils en sont ces deux-là? J'ai un peu mal au cœur. Il faut que j'arrête de boire. J'ai bu depuis le happy hour, deux margaritas, du vin blanc, de la bière. Drôle de mélange. Le flûtiste me regarde. Est-ce mon imagination? Je suis rendue à mon quatrième chèque. Je continue? Il n'en reste que huit. C'est trop. Je suis fatiguée et j'ai de plus en plus mal au cœur. Ça va être intéressant si je vomis! Un couple d'Américains straight danse. Lui porte un coupe-vent et des jeans trop grands, slack dirait Vanessa. Elle, un pantalon blanc et un chandail rose. Couple plain. Qu'est-ce que je fais de ces lettres? Jim est vraiment spécial. Cheveux gris, barbe grise. Quarante, quarante-deux ans. La femme straight est saoule. Elle dit aux musiciens très fort: — You guys, play some good music, boogie, reggae. Je crois qu'elle se rend ridicule. Oui. On vient tous d'en parler, le New-Yorkais, Mimi et moi. Le musicien noir qui s'appelle Ted dit en regardant le New-Yorkais: — A thorn between two roses. Les roses, c'est qui? Mimi et moi? On rit... Mimi trouve que Jason, le pianiste, joue comme Keith Jarrett. Moi, je me contente de le trouver beau. Elle parle de ses nouveaux Nikes au New-Yorkais. Elle les trouve super. Je pense que je n'aime pas les running shoes, moi. Loin de la flûte tout ça. Elle vient de recommencer sa danse. Les straights n'apprécient pas. Les gens autour doivent me trouver bizarre: à minuit, dans un bar, à la noirceur, j'écris. Je me rends ridicule, moi aussi. J'essaie de me cacher et de bouger le moins possible. Les straights dansent encore. Je pense qu'ils se sont trompés de place. Mimi et le New-Yorkais ont demandé une toune spéciale. Ils n'écoutaient pas et le grand Noir, Ted, leur dit en souriant: — Listen, tout en continuant de frapper sur ses congas. Ça doit écœurer de jouer quand les gens n'écoutent pas. Comme quand les étudiants veulent rien savoir. Parler dans le beurre. Comme quand je manque la balle au racquetball et qu'on crampe, Karla et moi. Une balle dans le beurre! Insultant. Je ne crois pas que je vais travailler mes lettres. Ça ne me tente pas. Trop cucul. Je trouve déjà que ce roman est épouvantablement niaiseux par bouts. Non, je n'en remettrai pas. Antoine ne saura jamais le contenu de mes lettres. Tant pis pour lui. Oui, finir ce roman au plus vite. Écrire autre chose. Je sais pas quoi. Mais écrire comme Marguerite Duras! Même si ça paraît. Les influences sautent toujours aux yeux, de toute façon. Décrire un évènement très simple... Mimi me dit que le New-Yorkais a confirmé sa pensée. Oui, le pianiste est influencé par Keith Jarrett. Je ne sais même plus si j'ai écrit que Mimi trouvait que Jason jouait comme Keith Jarrett. Il fait trop noir pour me relire.* Summertime. *C'est beau, ça se peut plus. Le flûtiste est devenu clarinettiste. Cet instrument ne ressemble pas à la clarinette de Stéphanie. De toute façon, je mêle tous les instruments à vent. Épaisse, c'est un saxophone! Ted me fait de grands sourires. Plus drôle à écrire que les lettres, d'autant plus que dans quelques pages arrivent des extraits de mon journal.* Heavy! *Non, vraiment, les lettres seraient de trop. Je ne les écrirai pas. —* Have fun, baby, *dit Mimi au New-Yorkais. Je ne m'en mêle pas. Je comprends rien dans leur conversation. Plus que deux chèques. —* At the beginning, it was low profile, *dit Mimi, avec geste à l'appui. C'est vrai qu'ils ont eu du mal à démarrer, les musiciens, au début de la soirée. Maintenant, c'est la jam. Ça change tout le temps. Comme la vie. Comme moi. Espoir. Après la pluie, le beau temps... Je termine parce que je commence à m'énerver. Je fais coïncider la fin de mon texte avec la fin du carnet. Et après, qu'est-ce que je vais faire? Qu'est-ce qu'il va arriver après le show? Sais pas. Continuer à vivre. Pas le choix. Mais le sourire de Ted, le grand Noir... Mais le regard du flûtiste... Mais la tête de Jason à la toison d'or...*

* * *

Élise n'a plus besoin d'écrire de lettres. Plus besoin de revoir Antoine. Plus besoin de faire tant de vagues. Cette histoire est finie. Un jour, même sa peine disparaîtra. Tout compte fait, c'est bien ainsi.

Oui, tout a craqué. Les morceaux ont volé dans un tel éclat qu'elle a cru ne plus être capable de refaire le puzzle, que c'était l'éclatement définitif. Ce qu'elle a vécu avec Antoine est incompréhensible. Un tel abandon de sa part. Une telle confiance en lui. Elle s'est laissée apprivoiser. Il l'a, mine de rien, obligée à changer. Occultait son écriture. Il le savait pourtant. À Saint-Ours, elle lui a montré ses cahiers et même sa chemise secrète: son roman. Elle n'a plus jamais osé en parler. Lui non plus. Il la ramenait continuellement sur ses terrains à lui. Voulait l'embarquer dans le cinéma. Elle n'a pas cédé. Elle s'est domestiquée mais bien mal. La bête sauvage, vivante, fougueuse, est toujours là. Il n'a pas aimé. Trois tigresses, elle et ses filles. Il a fui. A eu peur. Mais les rejets sont difficiles. Trop. Ce départ a pétrifié Élise. Seule la douleur a pu combler le vide, l'envahir à son tour. Elle a eu mal à se tordre, à hurler, à ne plus pouvoir mettre un pied devant l'autre. Sa parole n'existait que pour crier à l'aide, pour demander à chacun son chemin. Mais où est Antoine? Pourquoi l'a-t-il quittée? Pourquoi refuse-t-il de la consoler? — Antoine, reviens! Il n'est pas revenu. Ne l'a pas consolée non plus. Le cauchemar ne faisait pas partie de son sommeil.

La réalité s'est imposée lentement, avec ses nécessités quotidiennes. Elle s'est relevée, étourdie, faible, amaigrie. Elle a regardé autour. Le décor a tenu le coup. Tout est mystérieusement retombé à la bonne place. Les morceaux de puzzle ne jonchent plus le sol. La tempête intérieure s'est enfin calmée. Elle s'est mise à se mouvoir en calculant ses pas, chancelante. Elle a dit aux filles: — Je vais mieux maintenant. Et Vanessa et Stéphanie se sont timidement remises à jouer, soulagées de constater que leur mère était enfin debout, un fragile sourire aux lèvres. C'est à ce moment qu'elles ont su, toutes les trois, que le pire était passé. Qu'il y avait des dégâts mais réparables. Elles s'aiment. Le plus important.

Ces lignes laissent Élise songeuse. Vanessa et Stéphanie vont-elles éviter les écueils sur lesquels elle s'est si souvent frappée et tellement blessée? Attendront-elles d'un autre la reconnaissance ou seront-elles capables de se tenir bien droites? S'effaceront-elles jusqu'au point de ne plus savoir qui elles sont? Quel affreux modèle elle leur offre! Une grande fille qui s'est souvenue trop longtemps des contes de fées. Quelle ridicule mère! Élise souhaite pour ses enfants la force qu'elle n'a pas eue. Leur éviter l'interminable accouchement qu'elle vit trop douloureusement. Que Vanessa et Stéphanie n'aient pas de freins pour les ralentir, pas de boulet à traîner! Que ses filles soient des vraies femmes libres, capables de s'aimer elles-mêmes d'abord!

S'aimer d'abord. Oui. Doucement, Élise apprend à se connaître et à s'apprécier. Des retrouvailles. Une femme qui voit enfin les priorités qu'elle ne veut plus jamais oublier. Elle a souffert au point de souhaiter vouloir être bien à tout prix. Finis les cyclones émotifs qui la dévastent si totalement. Son beau cadeau du ciel pour ses quarante ans qui approchent et qu'elle craint tant, ce n'était pas Antoine comme elle l'a cru, mais elle. Bienvenue, Élise!

Troisième partie

Le journal d'Élise

Élise est arrivée à Ogunquit quelques jours auparavant, l'auto pleine à craquer. Un vrai déménagement. Elle a pris le temps de s'installer. Dans sa chambre, elle a aménagé son bureau avec un soin particulier. Puis, intimidée, elle a défait sa boîte d'écritures et posé sa nouvelle machine à écrire sur la table. Que ça fait sérieux!

Le temps est gris mais ça lui convient. Il ne peut pas faire mauvais tout l'été et elle a beaucoup de travail pour finir son roman. Elle commence par relire les deux premières parties. Beaucoup de passages la laissent insatisfaite. Elle doit les retravailler. Mais dans l'ensemble, elle trouve que ce n'est pas si mal. Elle sort ensuite ses cahiers et les regarde de très près. Oui, pour être fidèle à sa démarche, elle doit en révéler le contenu. La seule façon d'expliquer son retour à l'écriture et de rendre sans distorsion le climat mental de ce qu'elle a vécu. L'idée des extraits a tranquillement fait son chemin.

Ça lui a pris toute une année pour sortir de la dépression dans laquelle elle s'est finalement enlisée après le départ d'Antoine. Elle s'est laissée aller à sa souffrance parce qu'elle savait qu'il n'y avait pas d'autre façon de survivre. Un deuil. Son amour était mort et elle ne voulait pas suivre ses traces. Elle a dû lutter et ses armes ont été son stylo et ses feuilles blanches. Cette période n'a pas été stérile. Le laboratoire était réouvert. Ses écritures sont devenues prolifiques. Quatre gros cahiers. Elle ne risque pas de manquer de matériel, car il y a de tout dans ce journal. Des écritures psychanalytiques dans lesquelles on retrouve ce qu'elle a ressenti quotidiennement. Élise s'est efforcée de contrôler ses sentiments en les détaillant de façon quasi obsessionnelle. Elle doit maintenant choisir les extraits qui lui permettront de continuer son histoire. Les choisir mais aussi les transformer. En inventer si nécessaire, puisqu'il faut que certains personnages reviennent.

Elle a donc deux mois pour reprendre les passages du début, rédiger le *Journal d'Élise* et, the last but not the least, trouver une fin. Elle rentrera à Montréal à la fin de l'été, bronzée oui, mais surtout avec un roman fini et dactylographié sous le bras. Élise en a décidé ainsi.

LE JOURNAL D'ÉLISE

le 5 mai

J'ai fait un rêve. C'est Noël. On est tous réunis. Toute la famille d'Antoine. Il y a un lion dans la pièce. Je me sens seule, perdue. Antoine ne s'occupe pas de moi. Et le lion est toujours là. Je dis: — Et s'il devient mauvais? On n'écoute même pas ma question. Je vois alors un bébé bien mal en point, couché dans un carrosse, directement sur le métal. Je reconnais l'enfant. C'est Stéphanie, ma fille. Elle me regarde sans bouger. On a peur toutes les deux. Je la prends dans mes bras pour la protéger.

Je crois qu'elle est dans une mauvaise passe. Je dois délaisser ma peine pour m'occuper d'elle et aussi de Vanessa, même si elle semble moins affectée.

...

Je suis vraiment découragée. J'espère que ce sont les menstruations qui s'en viennent. Je me demande comment je vais faire pour continuer sans me plaindre. Sans devenir une vieille emmerdeuse. Je me demande aussi comment je vais arriver à faire ce déménagement toute seule.

...

J'ai Antoine plein la tête, ce soir. Comme si tout avait été parfait avec lui. Comme si, sans lui, je n'étais rien. J'ai hâte à l'automne. Je serai passée à travers l'été qui me fait tellement peur et installée dans un appartement vierge de tout homme. Juste pour moi et les filles. J'aurai peut-être aussi vendu la maison de Saint-Ours. Un poids maintenant, cette maison. J'ai du mal à la réhabiter. Comme si elle se vengeait parce que je l'ai abandonnée pour une autre.

...

le 9 mai

Je suis beaucoup moins excitée et angoissée que cet après-midi. Quand l'angoisse me prend, il ne faut pas que j'oublie que ça passera. Changer d'air. Faire un tour d'auto. Aller au cinéma. Me battre à tout prix.

....

Ce soir, je regardais les gens entrer au cinéma: des femmes seules, des hommes seuls, des groupes de deux ou trois femmes. Tous des gens qui ne vivent probablement pas en couple. Moi, c'est mon drame. Je suis comme Ajar, je crois que le seul un possible est le deux. J'y crois vraiment à la vie de couple malgré trois échecs ou, pour être plus positive, malgré trois essais.

...

J'écoute Bach. Je devrais m'acheter de nouveaux disques. La plupart des miens me rappellent Antoine. Je suis incapable de les écouter. J'ai vraiment besoin de calme. De recueillement. Écrire est ce qui me ramasse et m'apaise le plus. Bach, ce soir, c'est très beau.

...

Je veux mon prochain appartement très dépouillé. Comme la maison de Saint-Ours. Blanc. Me défaire de tout ce qui est de trop. Le dépouillement extérieur, je le veux intérieur aussi. Me détacher de ce qui m'empêche d'avancer. — Quand on veut aller loin, on emporte peu de bagages, m'a dit un jour Jean-François. Une chance que je l'ai, celui-là. Pour la sagesse. Je veux retrouver une philosophie de l'essentiel. Devenir zen comme Paul?

...

le 10 mai

Il ne me reste plus qu'à écrire, encore une fois, pour calmer ma douleur. Antoine ne cesse de m'envahir à tout moment. Ça arrive comme une vague et, à chaque fois, je perds pied. Je crois que je suis accrochée au rejet. S'il y avait mis la forme, s'il avait pris la peine de me rassurer un peu sur moi, est-ce que j'aurais moins mal? Je ne sais que répondre à ça. Mais je lui en veux d'avoir manqué à ce point de délicatesse. Il est entré dans ma vie brutalement et il en est ressorti de la même façon. Le début aurait dû me laisser pressentir le dénouement. Il a été efficace en tout cas. Le coup a porté. La blessure est belle, sans bavure, évidente. Il faut la laisser se refermer. Ne pas jouer dedans. À ce point, je ne peux que regretter notre manque commun de lucidité. J'apprends «the hard way».

...

le 15 mai

Les cours viennent de finir. Je me sens comme quand je terminais l'école à quinze ans. Désemparée. Chacun part de son côté. Oui, l'été me fait freaker.

76

....

Maudit Antoine que je ne te trouve donc pas drôle d'avoir cessé de m'aimer. Me faire ça en avril, alors que je ne peux même pas compter sur Marc pour me relayer auprès des enfants. Et le déménagement en plus. Et la maison en vente. Maudit Antoine!

En tout cas, je n'attends plus le Prince charmant. Il m'a prise sur son cheval et il m'a crissée en bas. J'ai compris. Je ne l'attendrai plus jamais. Toujours ça de gagné.

....

le 16 mai

J'ai mal dormi. Encore réveillée à quatre heures trente. La déprime. Je suis allée, hier soir, chez Jean-François et Karla. Il y avait là deux de leurs amis que je ne connaissais pas. Des Suédois. J'ai eu de la difficulté à faire comme si de rien n'était. Même parler me force. Moi!

...

Antoine est venu briser mon pauvre équilibre de l'été dernier. Que je lui en veux donc. Je suis embarquée dans cette histoire avec toute l'ardeur d'un dernier amour. La cicatrice restera pour me rappeler ma sottise. Si seulement ça cessait d'élancer.

...

Je dois essayer de fumer moins et de ne plus prendre de pilule pour dormir ou pour me calmer. Y arriver à force de volonté. C'est la première fois que je souhaite que le temps passe plus vite. Vivement que je me retrouve l'année prochaine.

....

le 19 mai

Hier, je suis allée à Saint-Ours avec les enfants. Je recommence à aimer cette campagne. Je vais reprendre la maison en main puisqu'elle ne semble pas vouloir se ven-

dre facilement. *Il faut dire que la conjoncture économique ne m'aide pas. Oui, j'irai y passer une partie de mes vacances. La lumière du Richelieu me fait toujours du bien.*

...

Petite et fragile. C'est ce que je suis devenue. Une vraie régression. On n'a qu'à me parler gentiment et je pleure. Pourtant, tout me demande en ce moment d'être forte. Les enfants, le déménagement, Saint-Ours.

...

Je ne trouve plus rien de drôle. Il faudrait peut-être que je sorte. Je vais téléphoner à Julien. C'est vrai que lui aussi est seul, maintenant. Il en arrache depuis que John est parti. Peut-être qu'on aura du fun ensemble. Deux vieux chums. Je vais lui suggérer les Beaux-Esprits, *ça fait une éternité que je n'ai pas mis les pieds là.*

...

le 22 mai

Je suis dans une vague de sécheresse. Vide d'écriture. Vide de tout. Mais physiquement, ça va mieux. J'ai l'air un peu plus reposée et je me sens moins laide et vieille. Je ne fume toujours pas. Je mange et je dors bien. J'ai toujours du mal à contrôler mon angoisse surtout le matin. Je pense à Antoine moins souvent mais encore trop souvent. J'ai encore peur de tout.

....

Je lis Proust. Ça m'aide à comprendre les mécanismes de l'amour. La douleur de perdre la personne qu'on aime. L'importance du temps pour guérir. Une chance que je ne suis pas comme Mallarmé: je n'ai pas lu tous les livres, moi! Me reste au moins ça, parce qu'en ce qui concerne la chair...

J'ai de la peine et je pleure. J'ai peur aussi. Peur de vieillir. Peur de manquer d'argent. Peur de rester seule. Peur de ne plus jamais rencontrer un homme qui me prendra dans ses bras. Antoine a fait sortir toute ma vulnérabilité. On dirait que je ne suis plus que peine et peur. Salaud d'Antoine! Tu m'as laissée tomber comme si j'étais la dernière des dernières. Tu as créé le besoin de toi et quand il a été bien ancré, tu t'es enlevé subitement et je suis restée plantée là dans un grand vide, avec toute la douleur du monde, tous les doutes du monde. Si je savais comment combler ce vide. Si seulement je savais.

 ...

J'ai du mal à écrire. La source est tarie. Je n'ai plus rien à dire sur moi. Peut-être que je devrais me remettre à la fiction.

 Elle n'avait rien à dire, alors elle a cessé d'écrire.

 Côté roman, rien ne va plus. Mais, en m'amusant, je viens de composer une petite chanson.

> On s'est aimés amour
> On s'est aimés à mort
> Par ton amour amant
> Tu m'as tuée pourtant
>
> Toujours la mort maintenant
> Jamais l'amour vraiment
> Rien que la mort barbare
> Ah! que le temps est lent
>
> Un jour d'alors bien mort
> J'aimais l'amour toujours
> Fini l'espoir d'avant
> Ah! que l'amour est lourd
>
> Par ton amour à mort
> Tu m'as tuée amant
> Adieu amour d'un an
> Adieu amant du vent

...

Je lis Perls, Gestalt Therapy, *et j'essaie de vivre here and now. Très difficile. Tout le malaise vient de l'angoisse que crée l'inconnu propre au futur. On voudrait savoir et, parce qu'on ne le peut pas, on imagine toutes sortes de scénarios tous plus morbides les uns que les autres. Surtout si on est déprimé. C'est ça qui nous empêche de vivre l'instant présent. Ça me semble intelligent comme méthode. Here and now. J'ai du travail!*

le 13 juin

...

Hier, je suis allée manger avec Michel que je n'avais pas vu depuis presque un an. J'ai fini par coucher avec. En fait, j'ai pleuré toute la nuit dans ses bras. Mais il faisait l'amour avec tant de tendresse que finalement ça m'a fait du bien. Puisqu'il fallait casser la glace, un jour, valait mieux que ce soit avec quelqu'un qui m'aime beaucoup. Avec lui, je savais que je pouvais me laisser aller. Y a encore des gars fins.

Il veut louer la maison de Saint-Ours pour juillet et août. Je crois que je vais accepter. Avec le déménagement, je n'aurai pas le temps de m'en occuper et ça paiera mes vacances à la mer avec les enfants. Une affaire de réglée.

...

le 14 juin

J'essaie d'être proche de mes sentiments, de ce que je ressens, comme on le suggère dans la Gestalt. J'ai peur en ce moment. L'avenir me terrorise. Tant de choses terribles qui pourraient m'arriver. Je suis envahie par des idées noires. C'est à ce point affolant que j'ai envie de pleurer. Je pleure. J'essaie de décrire ce qui m'arrive. La tête me fait mal. Mon estomac, mes poumons surtout sont contractés. J'essaie de respirer plus librement, de suivre le rythme de ma respiration. L'inspiration est particulièrement pénible. Comme si l'air ne pouvait plus entrer. Expirer par contre me soulage. On dirait que je veux mettre fin à tout le processus de la vie.

...

Ce qui m'arrive me prouve que je dois rester proche de mon corps. Il me parle bien distinctement. Je dois prendre tout le temps qu'il faut, devenir très attentive, apprendre à l'écouter.

le 19 juin

Ça ne va pas du tout. Je suis venue pleurer sur le Mont-Royal parce qu'il est quatre heures et que la maison est pleine d'enfants. Ça montait comme une indigestion qu'on sent venir et qu'on ne peut empêcher. Oui, Antoine. Antoine toujours. Antoine dont je n'arrive pas à me libérer. Ça m'oppresse, me ronge, me gruge. Me prend toutes mes énergies.

Patrick veut qu'on aille manger ensemble, ce soir. J'irai, je pense. J'ai besoin de distraction. Maintenant je vais aller marcher pour me détendre.

le 21 juin

Je reviens du défilé de la Saint-Jean. Pas fameux. Ceux de mon enfance étaient beaucoup mieux. J'ai rencontré Charles et Maxime. On a parlé de Julien. Il s'épuise en aventures cul-de-sac. Sa façon à lui d'oublier John. J'aimerais avoir son énergie, quand même...

Charles m'a demandé si je m'étais remise à mon roman. Il trouve important que j'arrive à le faire. C'est un peu à cause de lui d'ailleurs, si l'an dernier, à cette époque, je m'étais aventurée là-dedans. Il m'a encouragée à le reprendre. Un jour peut-être. Maintenant j'en suis incapable.

J'ai revu Jacques aussi. Avec sa nouvelle blonde. Ça m'a fait un choc. J'étais figée. Je ne savais que lui dire. Il a trouvé que j'avais maigri. On s'est vaguement promis d'aller manger ensemble. Pas tout de suite. Plus tard. Je me rends compte avec plaisir que je n'éprouve aucune agressivité à son égard. Pour me libérer, je devrais peut-être régler mes comptes avec Antoine?

le 9 juillet

Pour la première fois depuis quelques mois, je vais bien. Dans le ciel gris, quelques nuages roses. Le retour de Marc est évidemment pour quelque chose dans mon changement de mood. Depuis que les enfants sont chez lui, je peux enfin penser rien qu'à moi. Ces six mois ne se sont pas déroulés comme je les avais prévus. Bien plus difficiles.

Il y a aussi mon nouvel appartement! Je l'aime beaucoup. Tout prend forme. Mais que j'ai travaillé! Une chance que Patrick était là pour m'aider à l'occasion. Elle est précieuse, cette relation. C'est quand même drôle qu'on arrive à faire l'amour si bien tous les deux, en étant uniquement bons amis. Peut-être parce que je ne me sens pas menacée. Je ne sais pas. Toujours est-il qu'avec le déménagement, je n'ai pas eu le temps d'écrire une seule ligne. Je n'avais plus d'endroit pour m'installer. Tout était sens dessus dessous.

Je pars demain pour le lac Saint-Jean. J'ai hâte de retrouver Mimi. J'aime tellement ces interminables conversations qu'on finit toujours par avoir toutes les deux. Si seulement il peut faire beau. Je suis fatiguée. J'ai le goût de m'étendre au soleil et de me baigner.

Oui, ça va mieux. Il était temps. J'arrive même à prendre un peu de recul par rapport à Antoine. Je suis tombée dans un grand trou et j'ai bien du mal à me sortir de là. J'avais démissionné de moi, encore une fois. Je ne le ferai plus, pour rien, ni personne. Jamais.

le 14 juillet

Ces jours derniers, j'ai beaucoup rêvassé, étendue sur le bord du lac Saint-Jean. Je me suis posé des tas de questions. *Qu'est-ce qu'il faut que je fasse dans la vie? Est-ce suffisant d'enseigner? Et l'écriture? Je dois continuer de réfléchir. Apprendre l'humilité. Je suis ce que je suis.*

Pendant les quatre heures et demie qu'a duré mon retour, j'étais complètement obsédée par Antoine. Tout ressassé une fois de plus. J'ai toujours cette impression de n'avoir pas mérité ce qui m'arrive. Dans An End to Innocence, *l'auteur, Sheldon Kopp, dit que ce qui arrive n'a aucun rapport avec le fait d'être gentil ou pas. Ça arrive, point. C'est d'être innocent que de croire que quand on agit bien, on est récompensé. Je suis vraiment en train de grandir. Tout ce que je lis porte sur ce sujet et je suis sidérée d'apprendre tout ça maintenant. Ça me fait très mal. Ma naïveté se meurt. La petite fille devait vieillir un jour. Je dois accepter ma nouvelle maturité. J'en ai besoin pour continuer.*

Mes livres de poche américains me nourrissent. Je les dévore. Je ressens un tel vide intérieur que je veux le combler. Ces auteurs ont dû beaucoup souffrir, eux aussi, pour décrire de pareilles expériences.

le 18 juillet

Le livre d'Éric Fromm m'a beaucoup impressionnée. Le dernier chapitre surtout: la pratique de l'amour. Il dit que pour arriver à aimer, il faut trois choses.

La discipline: *se faire un horaire, se lever à heure fixe, lire, méditer, marcher, écouter de la musique, pas d'excès d'alcool ou de nourriture. Il dit finalement qu'il faut arriver à aimer cet horaire, à en avoir besoin.*

La concentration: *arriver à être seul, fermer les yeux et faire le vide, sentir sa respiration, avoir la sensation du Moi, centre de mon pouvoir, créateur de mon univers. Il faut se concentrer sur tout ce qu'on fait et rester sensible à ce qui se passe en soi.*

La patience: *tout ça demande du temps, ne vient pas du jour au lendemain.*

Éric Fromm parle aussi de l'importance de laisser tomber son narcissisme pour voir les choses telles qu'elles sont, objectivement. Et cette objectivité demande raison et humilité. Aimer dépend finalement de notre capacité de grandir et, en plus, il faut la foi. Il faut croire aux autres, croire en soi. Croire en soi est la condition de l'habileté à promettre. Il faut devenir sûr de son propre amour. Ce qu'il ajoute ensuite me semble capital, pour moi en tout cas. La base de la foi rationnelle est la productivité. Voilà. Il faut arriver, parce qu'on croit en soi, à faire des choses. Ça me ramène à mon roman. Je devrais croire en moi assez pour m'y remettre. Je sens que je vais y arriver mais j'ai beaucoup à faire avant.

le 20 juillet

Ça me fait du bien d'être au bord de la mer. Il fait beau et les filles sont heureuses. Je suis bien contente également de revoir Sandra.

Je continue mes réflexions sur la plage. Je suis relativement calme extérieurement mais, à l'intérieur, ça bouillonne toujours autant. Ce qu'il faut que je trouve, c'est rien de moins qu'une façon complètement différente de vivre. Arriver à un équilibre imperturbable. Et d'abord, voir clair dans cette solitude qui me pèse tant. L'analyser. Voir où ça cloche, où je débarque, dérape et finalement perds les pédales. M'apprivoiser, me cerner, me comprendre, me prendre, m'écouter, m'entendre, me sentir, m'endurer paniquant, me supporter angoissée, me regarder faire pour ne plus être surprise. Prendre le temps et avoir la foi. Oui, croire qu'il y aura encore de bons moments. Les savourer.

....

le 29 juillet

Je viens de rentrer d'Ogunquit et les enfants sont parties immédiatement chez leur père. C'est l'automne à Montréal. Froid, gris et la pluie en plus. Exactement comme à la mer quand j'ai quitté, ce matin.

*Toujours pas d'offre pour la maison de Saint-Ours.
Je suis très déprimée. J'aurais aimé m'occuper de ça
avant la rentrée. Tout régler mes problèmes d'argent. Je
recommence à pleurer et à avoir peur parce que je suis
seule. Comment faire pour vivre? Et moi qui croyais que
ça allait mieux.*

*Qu'est-ce qui m'arrive objectivement? Je suis déçue
parce que la maison n'est pas vendue et, aussi, j'aurais
aimé garder les enfants quelques jours de plus. Je me
rends compte que je me sens perdue dans mon nouvel
appartement, même s'il me plaît beaucoup. Je recommence à me faire des peurs avec tout. Je vais me coucher
et lire.*

le 30 juillet

*Je suis très malheureuse encore. La dépression me
suit de près. Antoine est encore omniprésent dans ma vie.
Je n'arrive pas à accepter et à laisser aller. Ça se jette tout
d'un coup sur moi et je suis envahie. Les larmes débor-
dent, signe extérieur de ce trop plein de peine. Quand
donc vais-je retrouver ma confiance en la vie? Quand
donc les angoisses, les peurs vont-elles me laisser du
répit? Marie dit que je suis comme quelqu'un qui a eu un
accident. Je suis en convalescence. Je me remets lentement. Serai-je jamais bien, vraiment bien, ou est-ce que
je vais rester défigurée intérieurement? Il faudrait que je
manifeste plus de volonté. Que je me fasse un horaire,
par exemple, et que je le suive. Sérieusement. Pour cesser
de paniquer.*

....

le 9 août

*Deux week-ends à Saint-Donat avec Patrick que
j'aime bien mais avec qui je m'ennuie. Entre les deux,
une semaine de grande déprime. Lundi, j'ai même dû me
réfugier chez Marie pour ne pas capoter.*

*J'ai lu beaucoup aussi. C'est tout ce que je fais d'ail-
leurs ces temps-ci. William Styron,* Sophie's Choice.

Bouleversant. Me fait penser à Gatsby *comme composition. Ai lu aussi deux nouveaux américains.* Breakdown to Breakthrough. *Oui, je souffre d'une sorte de dépression causée par le départ d'Antoine mais qui rejoint finalement beaucoup plus de peurs et d'émotions fondamentales.* Breaking through the Age Barrier. *Un livre sur le difficile passage de quarante ans. Étape bien importante. Un coup à prendre et à bien prendre. Tout le reste en dépend et avec mon espérance de vie de soixante-dix-neuf ans, j'ai intérêt à me remettre droite!*

...

L'automne est presque arrivé. Je suis contente. Je ne pensais pas que je verrais la fin de ce maudit été. Je me revois en avril et maintenant, à la mi-août, je constate que j'ai quand même fait du chemin. Mon travail va reprendre et, avec lui, l'impression d'être moins perdue. Je vais peut-être, enfin, me faire cet horaire dont je parle sans cesse, mais que je n'arrive pas à organiser.

J'ai beaucoup de peine de ne plus être aimée et je me rends compte que j'éprouve ce sentiment par rapport à Marc, à Jacques, à Antoine. J'aurais voulu vivre un seul grand amour éternel. Je suis déçue de mes trois tentatives avortées. Est-ce ma faute?

le 16 août

Je me sens moins éparpillée ce soir. J'ai l'impression que je recommence à vivre. Enfin le temps fait son œuvre! Ça fait trois mois que j'ai cessé de fumer. Au moins pour ça, j'ai eu de la volonté.

J'ai envie de faire le point sur mes lectures de cet été. Qu'est-ce que j'ai retenu de tout ça?

1. Essayer de vivre dans le présent. Now. Vivre mes émotions au moment où elles passent.

2. Apprendre à vivre plus pour moi. Écrire et méditer. Me concentrer.

3. Apprivoiser ma solitude. M'apprendre. Me renforcer pour les quarante prochaines années.

Mon moi n'est pas important. Je fais partie d'un grand tout. Tant pis pour le je. Ceci est capital pour m'aider à vieillir, pour m'aider à mourir. Un cycle. Ça finit toujours.

Il faut vieillir pour pouvoir mourir
Parce qu'il faut s'abîmer pour accepter

le 17 août

Je suis très upset ce soir. Je joue avec deux petits boutons que j'ai près de l'oreille, de façon tout à fait obsessionnelle. Je tourne en rond dans ma tête. Je ne suis pas déprimée, je suis tendue. Je n'arrive ni à lire, ni à écrire vraiment, ni à regarder la télé. Rien. Et j'ai peur de sortir. Pour aller où?

Je dois arriver à canaliser mes énergies. Faire des choses, devenir productive. Je m'ennuie de Jacques parce que j'ai rêvé à lui. On était de nouveau ensemble. Bizarre.

Je suis très nerveuse avec les enfants. Peu de patience. Je voudrais être plus douce. Que je suis donc désorganisée, ce soir! MERDE.

le 21 août

Aujourd'hui, j'ai une rechute. Je n'ai pas l'impression que ce sera la dernière. C'est vendredi et les enfants viennent de partir pour la semaine. Je suis seule. Le mot fatal. Je ne peux l'endurer. Solitude des week-ends, solitude des vacances de Noël, solitude des vacances d'été. Il faudrait que, comme Julien, je sorte tous les soirs. Mais voilà, je ne suis pas capable. D'abord, je n'aime pas boire autant que lui et ensuite, après un certain temps, je m'ennuie, même aux Beaux-Esprits. Non, ce que j'aime vraiment, c'est la vie à deux. Ça me rassure. La vie avec quelqu'un que j'aime et qui m'aime. Ce que j'avais avec Marc, Jacques et Antoine jusqu'à ce que...

Bon, mais ceci dit, je suis seule. Et peut-être pour toujours. J'écris ça et je freake littéralement. J'ai mal à ma solitude, j'ai mal à moi. Il faut vraiment que j'arrive à être en harmonie avec l'univers. À décentrer mon attention de mon moi. Il me fait mal, alors j'ai tendance à trop l'écouter.

Objectivement, j'ai tout ce qu'il faut pour être heureuse, mais je ne le suis pas. Il faut que je sois patiente et que j'attende qu'Antoine s'éloigne encore davantage. Les prochaines semaines seront difficiles. Remplies de souvenirs de l'année dernière. Nostalgique et seule. Bien vulnérable encore. Et toujours cette idée de mort qui rôde. Pouvoir mourir, bang, dans un accident ou d'une crise cardiaque. Parce qu'évidemment, je me demande aussi comment je vais pouvoir vieillir.

Ça vieillit malgré moi, un peu plus chaque jour de toute façon. L'accepter une fois pour toutes. Ne plus m'accrocher à rien, ni à ma fragile beauté qui s'en va, ni à mes anciennes amours. Rien. An end to innocence. C'est terrible.

...

Il faut que je sois plus constructive. Que je fasse des choses. «Je cherche, je cherche et je ne trouve pas» chantait, vers 65-66, un jeune Français du nom d'Antoine. À mon tour maintenant de ne pas trouver.

                                        le 30 août

Les cours reprennent demain. Enfin! Au moins, je vais être occupée. Lire, enseigner, corriger. Un horaire de force.

...

J'ai eu un choc en voyant dans le journal que le film auquel Antoine travaillait, vient de sortir. Il a dû être bien occupé, lui. Probablement pas du tout déprimé. Chanceux. Ça me met en hostie quand même de savoir que c'est moi qui ai tout attrapé. Comme ce refrain que chante le groupe ABBA.

The winner takes it all
The loser has to fall
It's simple and it's plain
Why should I complain

Why? Parce que ça fait encore mal.

le 5 septembre

Que me réserve l'année qui commence? Ça fait cinq mois qu'Antoine est parti et un an qu'il a fait sa triomphale entrée dans ma vie, aux Beaux-Esprits. *Une année que je n'aurais pu prévoir en aucune façon. Beaucoup de bonheur et beaucoup de peine. Amour et désamour. Et ce quarantième anniversaire en plus.*

...

le 13 septembre

Écrire encore une fois pour dire ma difficulté de vivre. Je fais tout, cependant, pour redevenir normale. J'enseigne, je m'occupe de la maison, j'invite même des amis à manger. Mais le cœur n'y est pas. Et je suis particulièrement bête avec les enfants. Elles sont tellement vivantes et moi... Je n'ai pas à empoisonner leur existence. Je me sens comme un bébé et je regarde mon corps vieillir.

Je ne peux pas jouer à être bien. Je ne le suis pas. Tout m'est nostalgique. Pour combien de temps? C'est ça qui m'inquiète. Vivre au jour le jour. Here and now. Il faut que je revienne à ça.

...

Le 24 septembre

Je suis très angoissée. Inquiète. Fébrile. Mon aventure avec Daniel en est la cause. Ça m'a dérangée. Comme si je l'attendais depuis lundi. Toujours le même phénomène: vouloir être aimée.

Je suis allée au Dharmadhatu, mercredi. J'ai rencontré mon instructeur de méditation. Mon cerveau bouge sans arrêt. J'ai du mal à faire le vide. Je vais quand même continuer de méditer, peut-être que ça m'aidera à la longue.

Et il y a la maison de Saint-Ours que je dois vider. Tout liquider. Faire des boîtes. Deux déménagements en trois mois. Je suis épuisée. Mais ça me soulage que la maison soit vendue. Ça me fait mal aussi. J'ai vécu là des moments privilégiés. Le passé. Fini, ça aussi.

...

le 29 septembre

Je viens de signer les papiers pour la maison. Ça s'est fait vite finalement. Il ne me reste qu'à aller chercher mes meubles pour les distribuer aux amis. Je vais louer un U-Haul. Julien s'est offert pour m'aider et, aussi, Paul qui conduira le camion.

Maintenant que mes problèmes financiers sont réglés, je commence à faire des projets. J'ai bien envie d'aller à Paris avec Claude, à Noël. Quand on a parlé de ça, cet après-midi au collège, je suis devenue très excitée. J'ai l'impression que c'est ce qu'il me faut: un super projet. Et on se connaît tellement bien, Claude et moi, qu'il ne devrait pas y avoir de problèmes à partir ensemble. On a beaucoup d'intérêts communs: le cinéma et la littérature entre autres. Oui, j'y pense sérieusement. Il faut toutefois que je demande à Marc s'il est d'accord pour prendre les enfants durant les vacances. Pour l'été prochain: Ogunquit. Passer tout l'été là! Je vais écrire à Sandra pour savoir si la propriétaire de sa maison n'en aurait pas une autre à louer. Il ne faut pas que ça coûte trop cher. Mais que ce serait bien, tout un été à la mer! Paris pour Noël et Ogunquit pour les vacances. Je suis enchantée. S'organiser et le tour est joué! Peut-être, après tout.

...

Elle est agitée. Tout se bouscule dans sa tête. Sa nostalgie d'Antoine perd un peu de terrain à cause de Daniel. Mais maintenant qu'elle ose s'approcher d'un autre homme, elle réalise combien elle a aimé Antoine. Oui, à la folie. À la limite du supportable. Daniel, elle le désire, mais ce n'est pas aussi intense. Il manque les mots d'amour. Il n'y en aura pas. Ce n'est qu'une aventure en passant. Il a sa blonde et il aime les eaux calmes. Voir de l'autre côté. Il a, dit-il, connu la passion et n'en veut plus. Elle réfléchit. Cherche-t-elle encore la tempête, les vagues qui submergent tout?

Oui, elle est agitée. Elle veut mettre plus de discipline dans sa vie mais elle n'y arrive pas. Des remous toujours. Méditer. To sit, comme disent les Anglais du Dharmadhatu. Cette activité la trouble. Pendant qu'elle méditait, l'autre matin, elle a pleuré. Elle était là, assise en demi-lotus, à essayer de faire le vide et la peine est venue. Elle sortait doucement, sans heurt, en de longs sanglots. Comme si elle venait de très, très loin.

Elle écrit tout ceci avec un plaisir partagé par l'inquiétude. Le doute revient. Écrire, elle? Non, l'idée n'est pas abandonnée.

Je suis allée manger hier soir avec Julien, Charles et Suzanne. Elle est très bien, cette fille. J'étais contente de lui parler enfin, depuis le temps que je la vois derrière le bar, aux Beaux-Esprits, *sans faire plus que de lui sourire quand j'arrive ou quand je pars. Faut dire qu'elle est toujours occupée ou à aider le barman ou à mettre de la musique. Ça m'impressionne qu'elle soit la propriétaire de ce bar. Ça s'appelle avoir du guts et c'est beaucoup mieux que bien des discours féministes.*

C'est quand même drôle. J'ai toujours rencontré des hommes aux Beaux-Esprits. *Pour me mener où? Avec*

Suzanne, j'ai l'impression que c'est le début d'une amitié importante. Elle semble avoir une maturité que je n'ai pas, même si elle est plus jeune. Et elle veut que je lui montre à jouer au racquetball. C'est le fun.

...

le 17 octobre

Ma chicane avec Vanessa m'a mise K.O. Pauvre chaton, elle n'est pas facile ces temps-ci, mais je pense que j'y suis allée raide. On exagère toutes les deux.

Depuis quelques jours, je suis préoccupée par une idée. Je n'arrive plus à croire à rien, ni religion, ni politique, ni philosophie. Je n'ai aucune certitude. Je ne vois partout que du gris et encore du gris. Toutes les teintes cependant. Tout renferme en lui-même son contraire. Ça me saute aux yeux. C'est pour ça que je ne peux faire partie d'aucun groupe, d'aucune organisation. Je ne peux que regarder tout ça en me demandant comment les gens font. Ça me frappe quand je regarde la télé. Adhérer à une idéologie au point de tuer ceux qui ne sont pas d'accord!

Ça m'est venu au Dharmadhatu. Méditer, oui. Profiter de ce lieu pour faire des pas vers la sagesse. Mais faire partie de la Sangha? Croire en la réincarnation et tout le reste? Impossible. Je pense que je suis sartrienne. Mais croire au néant?

...

le 30 octobre

Encore un vendredi pénible. Le changement de la garde. Les enfants viennent de partir et je me retrouve seule. Je ne veux pas fuir. Il faut que je vive cette solitude pour voir ce qu'il y a dessous. Je vais passer le week-end tranquille, rien qu'à m'écouter.

...

92

Mon joint fait effet. Les portes de l'émotion sont grandes ouvertes et c'est encore ma peine qui sort. Je ne fais rien pour l'arrêter. Cette peine de lui, de moi, pour lui, en moi.

Au printemps, les sentiments négatifs sont venus un à un. L'inquiétude, les maux de ventre, la peur, la souffrance, le désespoir et enfin la peine. Ils doivent donc repartir de la même façon. Je n'ai plus ni inquiétude, ni maux de ventre, ni peur, ni désespoir. Restent un fond de souffrance, beaucoup de peine et le petit nouveau: la nostalgie. Il y a évolution. Bon signe. Je m'en sortirai. Tout ce qui m'arrive est le prix à payer pour le tour de nuage que je me suis offert dans un ciel chimérique, en oubliant qu'il pouvait crever. Ça coûte cher la naïveté.

...

Quand je me permets de penser à Antoine, comme maintenant, je me rends compte qu'il est encore très près de moi. Je souhaiterais lui parler, lui expliquer des choses. Qu'il soit ouvert et qu'il comprenne. C'est ça qui est dur dans certaines séparations trop brutales: les êtres se referment complètement. Pire que la mort parce que c'est voulu. — Je choisis de ne plus être là pour toi, parce que je ne t'aime plus. Dans la mort, au moins, on a le bénéfice du doute.

...

C'est long, revenir d'une peine d'amour. Bien plus long que je ne croyais. Comme la tuberculose, avant. Il faut du temps, du calme, de l'air. Même si je voulais rencontrer quelqu'un, j'en serais incapable. Comme Barbara.

Attendez que ma joie revienne
Et que se meure le souvenir
De cet amour de tant de peine
Qui n'en finit pas de mourir...

Attendre. Il n'y a rien d'autre à faire. Pour les gens autour, pour mes amis, je suis redevenue comme avant.

Mais moi, je sais que je ne serai plus jamais la même. Per-
sonne ne peut m'aider à ce stade. On est toujours seul.

le 1er novembre

J'ai vécu ce week-end de façon très solitaire, à lire
Marguerite Duras et à penser à Antoine. Seule la soirée
d'hier chez Jean-François et Karla m'a changé un peu les
idées. La méditation de cet après-midi n'a fait, elle, que
m'enfoncer dans mon univers frôlant la folie. Pas la folie
de Lol V. Stein cependant. Ma peine à moi arrive à sortir.
Une peine liquide tout en larmes. Tout en mots aussi. Je
parle sans cesse à Antoine. Et si je lui écrivais? Moi et mes
lettres! Que je suis donc fatigante. Tant pis, je lui écris et
je fais comme si j'allais lui porter. Ça va m'obliger à bien
peser mes propos.

Antoine,

Je t'ai beaucoup écrit quand tu es parti. Puis, j'ai
cessé. Fini. J'ai compris que tu n'étais plus là pour m'en-
tendre, que tu ne voulais pas m'entendre. Je n'ai jamais
osé rien t'envoyer d'ailleurs. Ça fait maintenant plus de
six mois qu'on ne s'est ni vus ni parlé. Tout ce que je sais
de toi, c'est que ton film marche bien. Chaque fois que
j'ouvre le journal, il est là pour me rappeler ton existence
que j'essaie si soigneusement d'oublier. Chaque fois que
je mets les pieds au cinéma, c'est la même chose. Tu
reviens régulièrement dans ma vie, malgré moi. Rien à
faire, les annonces vont continuer à paraître et je vais
continuer d'aller voir des films.
Je t'écris parce que ce silence entre nous me fait très
mal. Terrible. Ma lettre ne te parviendra probablement
pas, toutefois. Je n'ai pas le droit de t'achaler avec une
vieille peine dont tu ne saurais que faire. Je suis trop
orgueilleuse aussi. Mais je suis nostalgique. J'étais heu-
reuse avec toi l'an dernier, à cette époque. Tu m'aimais.

Je voulais que tu me le dises. Puis, tu n'as plus été là. Tu m'as abandonnée brutalement. Tu nous as bien fait mal, à moi et aux filles. Comme si tu avais perdu la mémoire, que tu ne te souvenais pas des moments heureux passés ensemble. Comme si tu ne gardais même pas un bon souvenir de moi.

Je suis encore prise avec ces sentiments. Ça m'a rendue inquiète devant l'avenir. Comment croire les paroles d'un homme maintenant? Comment avoir confiance? Je ne sais pas comment tu t'en sors, toi. Tu as peut-être une nouvelle femme dans ta vie. Moi, personne. Un amant de temps en temps, à cause du désir. Mais je ne serai plus jamais capable de donner sa chance à qui que ce soit, comme je l'ai fait pour toi. C'est ça que je te reproche le plus.

Je t'écris et je suis intimidée. Je ne pensais jamais qu'un pareil fossé nous séparerait un jour. On a été si près l'un de l'autre. Je te verrais aujourd'hui et je fuirais. Affreux, n'est-ce pas? Même pas capable de t'envoyer cette lettre tellement j'ai l'impression d'avoir affaire à un mur. J'aurais envie pourtant qu'on se parle pour vrai. C'est ça le drame. C'est impossible, impossible, impossible...

Je n'y arrive pas. Je suis dans un cul-de-sac. Rien à faire. Je dois endurer ce silence comme tout le reste.

le 6 novembre

Novembre. Le temps passe. Stéphanie aussi a une certaine nostalgie d'Antoine. Elle vient de me demander d'écouter une chanson qu'il aimait. Elle se souvenait seulement que j'avais acheté ce disque à la Saint-Valentin. Elle m'a dit: — Tu sais, ce jour-là, Antoine nous avait apporté des roses à toutes les trois. Des rouges pour toi et des jaunes pour Vanessa et moi. J'ai mis plusieurs disques et, finalement, on a trouvé. Randy Newman, It's lonely at the top. *Elle m'a demandé si j'avais toujours de la peine à cause de lui. — Un petit fond, que je lui ai répondu. Elle, elle en a encore.*

...

...

Suzanne dit qu'il faut que je fasse tout le tour de ma relation avec Antoine pour pouvoir m'en sortir. Tout revivre seule. Me reste quatre mois et je serai délivrée. Personne en avril ne me dira qu'il ne m'aime plus au moins. Et il y a le voyage à Paris qui va m'aider. Les fêtes de Noël vont passer sans que je m'en rende compte. Quelle heureuse décision!

le 15 novembre

En faisant ma carte du ciel, il y a bientôt deux ans, Claude m'a dit que j'avais devant moi deux ou trois années très difficiles à traverser. J'ai beau ne pas trop croire à l'astrologie, cette fois, il est tombé dans le mille.
Prendre ce que je vis dans le moment comme un passage. Le centre de ma vie. Me reste peut-être autant d'années à vivre que j'en ai vécues jusqu'à présent. Sur la pente descendante, toutefois. C'est ça, le hic. Et on sait où ça mène. Je suis dans mon bilan. Je sais que je ne veux plus suivre un homme pour un oui ou pour un non. Même pas pour des «je t'aime». Et il y a mes enfants, ma job, mon appartement. Je ne veux plus changer de set-up. J'étais plus mêlée que ça, il y a six ans, quand Marc est parti. Plus fragile aussi. Tranquillement, tout se place. Je deviens autonome. Le bonheur viendra peut-être un jour.

le 16 novembre

Je suis en classe. Mes étudiants font un contrôle de lecture sur L'Attrape-Cœurs. *Je n'ai pas le goût de lire.*

Je n'ai pas le goût de corriger. Je me sens agitée intérieurement. Le cappucino était de trop. Je me demande si je devrais assister à cette réception pour le prix Émile-Nelligan? Ça pourrait être amusant. Tout le monde y sera. Oui, tout à l'heure, après mon cours, je vais passer chez moi me changer et ensuite y aller. Ça me tente de voir les amis. Et ça finira sûrement par un repas au restaurant.

...

le 28 novembre

Fin de semaine sans les enfants. Je ne freake pas trop. J'ai un genre de bronchite et je reste tranquillement chez moi. Je suis crevée.

Et Antoine? Pas vraiment de nostalgie parce que je me souviens que l'année dernière, à la même époque, la lune de miel commençait à décroître. Je voulais absolument aller au party chez Julien, et Antoine avait refusé. C'était vendredi. Il voulait qu'on parte tôt à la campagne parce qu'il était fatigué. Je l'ai suivi, frustrée. Pas osé y aller seule. J'aurais pu cependant le rejoindre le lendemain. C'était le début des interdictions.

Il y a ait aussi le retour des enfants qui approchait. L'attitude d'Antoine m'inquiétait. Il prétendait pouvoir contrôler la situation parfaitement bien. Ben, il n'a rien contrôlé du tout. Un flop. Je me suis retrouvée entre lui et les enfants comme pendant tout le temps qu'a duré ma relation avec Jacques. Après tout, ce n'est peut-être pas possible d'accepter les enfants d'un autre, surtout si on n'en a pas à soi. Je ne sais pas mais ça me fait réfléchir. Je pense que je ne devrais pas mêler mes enfants à mes amours, à l'avenir. Évidemment, ça n'améliore pas mes chances de trouver quelqu'un avec qui je pourrais être heureuse. Bof, on verra. Je n'ai pas envie de m'énerver avec ça, ce soir. Je retourne coucher ma bronchite.

le 29 novembre

J'ai vraiment un problème d'écriture. Chaque fois que je lis les textes de mes amis, je deviens mal. J'ai un complexe d'infériorité. Je me sens moins bonne qu'eux parce que moi, je n'écris pas. Qu'est-ce qu'il faut que je fasse avec ça? Accepter une fois pour toutes le fait que je ne serai jamais écrivain. Oui. J'ai tellement perdu de temps à cause de la lenteur de mon évolution que je n'arriverai jamais à le reprendre.

...

le 3 décembre

Des fois, on dirait que je suis une bonne à rien. C'est ce qui arrive avec mon écriture et c'est peut-être ce qui est en train de m'arriver en amour. Antoine a posé sur moi un verdict: tu n'es pas aimable puisque je n'ai pas réussi à t'aimer. J'ai dû le ressentir de cette façon puisque j'ai tant de mal à m'en sortir. Ça me fait penser à Kafka. Il se sentait, lui aussi, jugé, condamné, mais par son père. Et il écrivait des lettres qui, pas plus que les miennes, ne se rendaient. Il y a même un point de comparaison supplémentaire. Les problèmes de poumons. Lui en est mort, vers quarante ans. Proust aussi, d'ailleurs, avait cette faiblesse. Des hypersensibles, c'est ce qu'on est. Malgré tout, ils ont réussi à écrire des chefs-d'œuvre, eux!

...

le 6 décembre

Il neige et j'aime ça. C'est très joli et ça me rassure. Comme si ça m'enveloppait, moi qui suis tellement perdue. J'ai l'impression que je suis comme Vanessa et Stéphanie: une petite fille. Si je le vois de cette façon, je ne devrais pas m'en faire parce que je n'ai pas d'homme dans ma vie. Elles non plus. Je suis une petite fille qui aime voir tomber la neige.

J'ai fini Le Semestre de Bessette. Très bon mais presque indécent. Ça me déprime en fait. Drôle de vision des femmes. Il pense plus à sa queue qu'aux femmes. Ce qu'on peut arriver à écrire sur soi, quand même! Je ne crois pas que je vais tout mettre en œuvre pour reprendre mon roman. J'ai peur de ce que je pourrais arriver à dire.

...

le 17 décembre

Je suis nerveuse. Je pars pour Paris dans deux jours. Dans quarante-huit heures, je serai dans l'avion. C'est excitant. Mon aventure avec Gilles me dérange. J'ai peur qu'il me rejette lui aussi. C'est probablement pour cela que j'ai été distante, l'autre soir, en partant de chez lui. J'ai essayé de le rejoindre aujourd'hui, mais il ne m'a pas rendu mon appel. Assez pour que je sois inquiète.

Aie, pas de panique! Si ça marche, tant mieux. Sinon, une autre histoire à un moment donné. C'est comme ça qu'il faut voir les choses.

...

le 21 décembre

Deuxième journée à Paris. On peut marcher dans cette ville des jours et des jours. C'est ce qu'on fait d'ailleurs, Claude et moi. On s'entend très bien, comme prévu. Aucun problème.

En traversant une rue, cet après-midi, j'ai vu un gars qui ressemblait vraiment à Antoine. Brin de nostalgie. Fini, n-i ni. Ça m'a fait peur et je me suis demandé à ce moment comment j'allais faire pour passer trois longues semaines à Paris. Quelques heures plus tard, je trouve ça bien agréable. Je change de mood facilement. Il n'y a pas de quoi s'énerver. Here and now.

Samedi. Septième jour à Paris. Pas de déprime. Parfait accord avec Claude. On aime tous les deux marcher. On doit faire plusieurs kilomètres chaque jour. Je regarde, regarde, infatigable. C'est comme une cure par les images. Ça me lave de toute peine, de toute angoisse. Je pense peu à Antoine. Aucune larme aux environs. En fait, Gilles occupe davantage mes pensées. J'espère le revoir en rentrant. C'est drôle, je me sens moins seule en pensant à lui.

Je panique encore quelquefois en me promenant. Je dis: — Qu'est-ce qu'on fera demain et après-demain? Mais ça ne dure jamais longtemps. Je n'ai qu'à me laisser aller. Je suis définitivement dans une période facile comparée aux derniers mois. Enfin!

Ai revu Bertrand. Il vient tous les Noël voir Christine et son fils. Ce n'est pas banal d'avoir un petit Français pure laine comme enfant. Ils s'entendent bien encore, lui et Christine. Moi, je ne parle plus à Marc depuis des années, sauf des enfants. C'est dur. Comme si, à un moment donné, tout était resté en plan. Dans cette relation, j'ai laissé une partie de moi que je ne puis plus récupérer. Avec Jacques et Antoine aussi. Moi, réduite par mes amours passées. Moi, réduite pour toujours.

Je suis allée voir un film russe, Stalker. *Deux hommes, un professeur et un écrivain, menés par un troisième, Stalker le passeur, vont vers «la chambre», lieu de l'espoir. Images d'un univers complètement détérioré, pourri. Film très symbolique. La quête de l'infini. Ils finissent par ne plus y croire. Trois hommes! La seule femme, celle de Stalker, reste à la maison avec l'enfant. L'infini, c'est trop pour nous les femmes? Il faudrait que je revoie ce film. Ça m'a beaucoup impressionnée.*

le 1ᵉʳ janvier

Nuit de la Saint-Sylvestre. Christine nous a invités chez elle, rue du Temple, pour fêter le Nouvel An. Intéressant. Les jeunes Français se comportent comme les Américains des années du flower power. Ils fument, écoutent de la musique rock, parlent peu.

Je me suis rendu compte, à partir de leurs questions, qu'on est privilégiés de faire ce qu'on fait, Claude et moi: strictement rien. Promenades au gré du temps et de nos humeurs. Cinéma, bar, café. Rien de planifié. Aucun ordre du jour! J'adore ça.

Une nouvelle année! Remplie de promesses? J'espère que Gilles pense un peu à moi. Il m'a dit en venant me reconduire à l'aéroport: — Je vais m'ennuyer. J'ai hâte de le revoir. J'ai envie de baiser. Six heures du matin. Je me couche, épuisée.

le 26 janvier

Pas encore écrit depuis mon retour. J'ai attrapé une de ces grippes qui m'a clouée au lit pour dix jours. Ça va mieux maintenant et je suis en grande forme.

Je suis allée au lancement du livre de L.-B. Il y avait là plein de monde que je n'avais pas vu depuis des siècles. Il paraît que j'ai une mine superbe. Tant mieux. J'ai repris le dessus.

Dimanche, je suis sortie avec Gilles. On est à des lieues l'un de l'autre. Lui, c'est sa business qui compte avant tout. Je ne crois pas que ça aille bien loin. C'était évidemment plus beau dans mes fantasmes. Encore une fois. Mais je ne suis pas déprimée. Je suis même plutôt bien, toute seule. Aurais envie d'un amant, rien de plus. Horny!

Je cherche de plus en plus fort ce que je devrais faire pour m'occuper durant les trente prochaines années. Il faut que je trouve.

...

le 28 janvier

Je n'ai rien à faire dans la vie. Rien qui me tienne lieu de centre autour duquel tout ce que je suis pourrait graviter. Je ne suis rien et je n'ai rien à faire. Tout est sous contrôle au Cégep. La maison est organisée. Les enfants vieillissent et ont de moins en moins besoin de moi. Plus de Saint-Ours. Pas de chum. Et mes finances vont bien. Voilà. J'ai du temps et je ne sais comment l'occuper. J'ai une énergie terrible que je n'arrive pas à utiliser.

...

Et si je me remettais à mon roman? Je pourrais au moins mettre au propre ce qui est déjà écrit. Pourquoi est-ce que je n'essaierais pas? Ça m'occuperait. Puisque je n'ai rien à faire, je n'ai rien à perdre. Dans le fond, je me meurs d'envie d'écrire ce roman, de le finir. Enfin avoir accompli quelque chose! Oui, je commence lundi. Mon roman et mon journal que je ne veux pas abandonner.

...

«Lorsque je suis attirée vers un homme, je peux évaluer la profondeur d'une éventuelle relation avec lui d'après le degré de résurgence en moi de la naïveté.» C'est Anna qui dit ça dans Le Carnet d'or, à la page 249. Intéressant. Je ne veux pas l'oublier. La naïveté, ma spécialité à moi aussi.

le 3 février

J'ai recommencé à écrire hier matin. De neuf heures à une heure. Péniblement. Mais j'ai fini dix pages que je me suis empressée d'apporter à la secrétaire pour qu'elle les dactylographie. Je plonge, oui. C'est bizarre comme tout ce qui est écrit dans ce texte me semble loin. J'ai du mal à croire que c'est moi qui ai vécu cette histoire avec Christophe. Je veux finir la première partie dans deux ou trois semaines.

Il y a maintenant deux hommes qui me tournent autour. Gilles et Armand. Quel nom, Armand! Ça me fait du bien mais ça me mêle aussi. J'aime bien pouvoir dire: — Non, je ne sors pas ce soir, je travaille. Surtout que c'est vrai.

...

le 6 février

Je continue toujours mon roman. Ça avance. J'ai l'impression qu'en travaillant fort, ça pourrait donner quelque chose. De toute façon, je ne remets pas ma décision en question. Je l'exécute. Aller au bout. Pour moi.

Je pars pour Boston dans une semaine. Le week-end chez Sandra, et après, je la ramène à Montréal pour quelques jours. Entre autres, on ira à Ogunquit chercher une maison pour l'été prochain. Je suis décidée. Sa propriétaire lui a dit qu'elle en avait deux à louer. Si je pouvais en trouver une à mon goût et pas trop chère. Je rêve d'un été à la mer. Là, je pourrais écrire sans être dérangée. Seulement faire ça.

Je dois aller me laver les cheveux. Je sors ce soir avec Suzanne. Je la retrouve à huit heures aux Beaux-Esprits.

toujours le 6 février

C'est plutôt le 7, puisqu'il est quatre heures du matin. Je reviens de ma soirée avec Suzanne. On a eu du fun. Beaucoup parlé d'amour. De nos anciens chums. J'ai réalisé toute l'importance de Jacques dans ma vie sexuelle. Le seul avec qui je pourrais encore faire l'amour. Il caressait tellement bien. Suzanne et moi, on a également émis l'hypothèse de renoncer aux hommes. Mais on a bien ri. Impossible. On rêve toutes les deux d'un amour partagé. Y a-t-il d'autres solutions? Pour le moment, il y a l'écriture pour moi.

Elle a commencé à écrire au moment où elle a commencé à mourir. Une résurrection.

Je me sens mal ce soir. J'ai passé l'après-midi à me remettre d'hier soir. Je suis encore fatiguée. Ni Gilles, ni Armand ne m'ont téléphoné. J'ai l'impression de ne pas plaire. Je suis allée voir Atlantic City *que j'ai bien aimé. Un peu désespérant toutefois. Et Lancaster qui a tellement vieilli!*

...

Je voulais finir les dernières pages de la première partie, ce soir. Je ne crois pas y arriver. Demain matin. Je tourne en rond dans ma tête et dans ma maison. Je vais regarder la télé et me coucher tôt.

le 8 février

Je n'ai rien écrit hier soir ni ce matin. Je me disperse. Je reviens du cinéma encore une fois. Suis allée voir Reds. *Beaucoup de choses dans ce film. Il y avait toute une série de vieux qui parlaient des deux personnages principaux. L'écran géant rempli de vieilles peaux toutes ratatinées. J'ai une sorte de re-crise de vieillesse et de détresse.*

Elle est très mal. Absolument mal. Sa solitude en premier lieu. Elle s'imaginait pourtant, ces derniers jours, que ça allait mieux. Elle en était rassurée et heureuse. Et puis, tout s'est progressivement gâté. De vendredi à lundi, une lente montée de désespoir. Élise a peur... Elle se demande comment il faut faire pour accepter la solitude et la vieillesse. — La sagesse, dit Paul. Se remettre peut-être à la méditation. Retourner au Dharmadhatu. Le boudhisme tibétain. La réalité de la douleur qu'il faut contrôler. Plus de passion. La sagesse! Pour des raisons obscures, tout ceci lui semble bien triste.

le 10 février

Drôle de journée. J'ai eu du fun au Cégep comme ça ne se peut plus. Avec Claude, Julien et quelques profs de

philo. On riait aux larmes en tenant un discours appa-
remment sur l'écologie. C'est tout ce dont je me sou-
viens.

J'ai bien hâte de partir pour ce week-end à Boston.
J'espère que la maison à Ogunquit sera bien.

Ma vie sentimentale est comme un désert. Le
Sahara, rien de moins. Je le prends mal. Travailler. Mais
pas ce soir, demain. Rien d'autre à dire.

le 21 février

Sandra est partie tout à l'heure. Quelle semaine! Je
l'ai traînée partout. Lui ai présenté mes amis aux Beaux-
Esprits. *Tout ça s'est terminé par le party d'hier soir,*
chez moi. Jean-François et Karla, Suzanne, Julien et son
chum français. Charles qui est venu nous rejoindre plus
tard. Je me donne une journée de repos et j'attaque la
deuxième partie. La partie d'Antoine. J'ai très peu de
matériel. Je ne sais pas ce que je vais faire.

Je suis très excitée à cause de la maison d'Ogunquit.
Tout à fait charmante. Dans le bois, aucun voisin en vue
et deux foyers. Je rêve de cet été...

Élise vient de terminer *Le Carnet d'or.* Éblouie.
Doris Lessing est vraiment magnifique. Écrire de si beaux
livres mettant en scène des femmes dans toutes leurs contradictions. Élise sait de quoi parle D.L. Elle a bien
observé Anna se dépêtrer avec un de ses amants et se com-
pare à elle. Comme Anna, Élise a besoin d'un homme
mais, comme elle, elle n'arrive pas à trouver quelqu'un
avec qui elle aura le bonheur. Oui, Élise aime Anna
comme elle a aimé Martha, cet autre personnage de D.L.
Toutes les trois, elles vont de droite à gauche et se débat-
tent pour un homme, à cause d'un homme, avec un
homme. Élise repense à Dolorès des *Bons Sentiments.*
Proche d'elle également. N'est-elle pas un bleeding heart,
elle aussi? Mais qui donc s'identifiera à Élise?

le 23 février

Stéphanie dans le plâtre pour quatre semaines. Heureusement que cette fêlure n'est pas grave et qu'elle peut quand même marcher. Elle en est ravie. Elle sera intéressante à l'école, demain, puisque tous les enfants vont signer son plâtre.

Je viens de me payer un trip d'enfance. J'étais tellement nerveuse après le repas que quand les enfants se sont mises à niaiser, j'ai claqué la porte. — Je vais au cinéma. En faisant démarrer la voiture, j'ai compris que je n'avais aucune place où aller. Finalement, une fois sur l'autoroute Ville-Marie, j'ai eu envie d'aller à Vaudreuil, la campagne de ma jeunesse. J'y suis allée en pleurant, découragée, désemparée, perdue. Je ressassais ma vie. J'ai revu ma maison, mon couvent, le lac des Deux Montagnes. Tout remontait à la surface. J'étais si heureuse à cette époque, il me semble. Tout était facile.

Je suis relativement calme maintenant. Ça m'a fait du bien. Une chance que j'ai une auto.

le 1ᵉʳ mars

Très mêlée ce soir. Ai du mal à rapailler mes idées. J'ai le goût de sortir, de m'étourdir. S'il y avait quelqu'un pour moi aux B.-E., *à l'Express,* ailleurs.

Elle souhaite qu'on l'aime. En priorité. Elle souhaite qu'on lui dise: — Je t'aime. Tu es la plus belle pour moi. Je ne peux pas me passer de toi. Ne t'en va pas. Elle a envie de dire: — Je t'aime. Tu me plais. Prends-moi. Reste. Fou! Elle sait. Mais, mais, mais ... Elle le veut quand même comme on veut la lune en sachant qu'on ne l'obtiendra jamais. A-t-elle déjà oublié que cette même lune lui est tombée sur la gueule, il n'y a pas si longtemps?

le 7 mars

Ça me tente de raconter ma soirée de vendredi. J'étais aux Beaux-Esprits *en train de parler avec Suzanne*

quand deux gars sont entrés et sont venus s'installer près
de nous. Ils avaient l'air particulièrement intelligents et
quelque peu différents des autres. On s'est mis à jaser
tous les quatre. De musique. Suzanne était derrière le bar
et j'ai suggéré à Francis de changer de place avec moi
parce qu'il semblait s'intéresser à elle. Ça m'arrangeait
parce que l'autre, Martin, me plaisait. Je suis partie avec
lui et Suzanne, avec Francis. On s'est reparlé de ça, cet
après-midi, Suzanne et moi. C'est comme si tout avait été
arrangé d'avance. Elle pense revoir Francis. Moi, je ne
crois pas que je reverrai Martin.

Encore une relation violente. Cette façon de se don-
ner à quelqu'un et de se dire ensuite, salut, bonsoir, c'est
fini. Très dur. J'en arrache avec ça finalement. La même
chose m'était arrivée quelques jours auparavant avec un
journaliste, lui aussi bien intéressant. Salut, bonsoir
aussi. J'aurais vraiment besoin d'une relation plus suivie.

...

L'année dernière, à cette époque, j'avais très mal au
ventre. La fin approchait et je l'ignorais. J'étais sur le
point d'entrer en enfer. Je suis maintenant au purgatoire.
Beaucoup mieux.

le 12 mars

Elle rencontre Christophe aux *Beaux-Esprits*. Sur le
point de se marier avec sa belle blonde. Il ne dit pas un
mot à Élise mais Madeleine parle beaucoup. Elle et Christophe vivent une histoire extraordinaire. Entente parfaite. Communication parfaite. Bonheur parfait. Elle
tient le même langage que lui! Il lui a communiqué sa
force, son assurance, sa suffisance. Élise les regarde.
Christophe est en train de se saouler et ne s'occupe absolument pas de sa blonde, debout derrière lui, qui parle
avec une inconnue, elle. Complètement séparés.

Comment Élise a-t-elle pu faire pour devenir amoureuse de ce mâle parfait? Et où est passé ce sentiment?

Mort. Elle n'éprouve plus rien pour lui. Un reste de curiosité. Une sorte de gêne à cause de Madeleine qui lui raconte tout cela, naïvement, parce qu'elle ne peut pas savoir. Élise a subitement envie d'éclater de rire.

le 15 mars

Les amours de Suzanne et de Francis vont toujours bien. J'espère qu'il restera de la place pour notre amitié. Moi, j'ai mangé avec Gilles, je suis allée au cinéma avec Armand et j'ai recouché avec mon journaliste. Mais c'est Martin que j'ai le goût de voir.

Elle avait quatre amants
   un pour la tendresse
   un pour l'amitié
   un pour l'amour
   un dernier pour avoir mal
C'est celui qu'elle préférait

Je continue de vivre et mon roman avance. Mais la sagesse, ce n'est pas pour demain.
   ...

le 16 mars

Élise revient d'une lecture de textes de son amie Vava. Elle n'a pu supporter. Partir au plus vite. Quitter cette salle. Tout chavirait. Ses amis parlent de chaman, de célébration du lézard, de karma, de champagne et de rhum and coke, d'Hollywood et de Marilyn Monroe. De toutes sortes de sujets flyés. Pourquoi faut-il que son maudit roman à elle ne parle que de peine et de peur, d'angoisse et d'anxiété? Même le mot amour s'y rapproche du mot mort. Son univers semble ne contenir que des propos bien heavy dans un univers fermé à tout, sauf au pire. — T'es ennuyante, Élise!

Est-ce une distorsion de l'écriture? Peut-être. Il ne reste d'elle que ce qu'elle dit pour éviter le naufrage quand elle file un mauvais coton. Elle a décidément une relation particulière à l'écriture. Elle écrit pour meubler le temps et aussi pour démêler la confusion de son esprit. Pour se comprendre. Pour se ramasser. Son écriture est entièrement centrée sur elle parce qu'Élise ose s'approcher d'elle-même seulement quand elle écrit. Plus il y a danger de couler, plus elle est en détresse et plus elle noircit du papier. Religieusement. Comme quand, enfant, elle se recueillait pour parler à Dieu. Mais même à ces moments, elle se parlait. Maintenant, elle s'écrit.

À quand remontent les cahiers? À son adolescence, quand Élise avait seize ou dix-sept ans. Perdues ces pages qu'elle aimerait bien retrouver aujourd'hui. Personne ne pouvait l'approcher à cette époque. L'animal sauvage, caché dans sa retraite, écrivait. Elle aimait être seule, surtout les vendredis, à la fin de semaines très occupées par les études, les amies. Elle faisait le point. C'était après la religion. Elle avait pour toujours laissé tomber toute croyance. Un grand désespoir s'est emparé d'elle et Élise a cherché par écrit des consolations. C'est à ce moment précis qu'elle a vu pour la première fois le monstre: la solitude. Élise était affolée mais moins que maintenant: il y avait l'espoir. Elle n'avait encore eu aucune blessure d'amour. Vierge. Pas de cicatrice. Elle pouvait espérer trouver quelqu'un avec qui elle partagerait tout, jusqu'à sa mort. Rien de moins. Un homme qui serait toujours à ses côtés. Elle écrivait en attendant. La preuve que cette occupation n'était pas vraiment importante pour elle, c'est qu'Élise a jeté tous ses cahiers quand elle a rencontré cet homme, car il est venu. C'était Marc. Rien de tout ça n'était important à partir du moment où elle n'a plus été seule, mais avec quelqu'un qui l'aimait et qui était toujours là. Elle pouvait tout lui dire, d'où l'inutilité du papier-oreille, du papier-présence.

Élise s'est donc mariée, a fait des études en lettres et enseigné la littérature. Elle a tout laissé pour suivre Marc, en Californie. Là elle s'est remise aux études, a donné naissance à Vanessa et terminé sa maîtrise. Revenue à Montréal, elle a eu un second enfant, Stéphanie, a recommencé à enseigner dans un Cégep et, sidérée, a regardé craquer son mariage. Quatorze ans de sa vie pendant lesquelles elle n'a rien laissé de tangible. Rien. Le départ de son mari a fait de la place pour l'écriture. Depuis, Élise tient un journal, mais avec irrégularité. Il reflète fidèlement ses tourments et ses tourmentes. Il y a de longues périodes non couvertes. Toute une année entre autres laissée en blanc. Pourtant Élise se souvient très bien que ce n'était pas sans remous. Elle habitait avec Jacques mais rien n'allait plus. Les périodes blanches représentent les moments où survivre l'occupait entièrement.

Que peut conclure Élise de tout ça? Elle a toujours demandé à l'homme qu'elle aime de la rassurer, de lui donner des bornes. Tout doit venir de lui. Quand elle se retrouve seule, elle a tout le mal du monde à combler le vide. À chaque départ, elle se sent perdue, complètement. Sa solitude exige l'écriture pour devenir supportable. Elle parle à son journal et lui demande de l'aide. En fait, Élise cherche en elle des ressources et le papier lui permet cette démarche. Elle écrit, se relit, analyse et recommence l'opération aussi longtemps que c'est nécessaire pour qu'un autre homme arrive, la prenne et s'en occupe. Fermé alors le journal.

Élise ne tire donc aucun plaisir narcissique à écrire. Elle n'a pas de lecteur. Pour elle et elle seule. Parce qu'elle en a besoin. Elle n'est pas écrivain. Aimer ou écrire, that is the question. Mais l'écriture a été insidieuse. Elle a fait son chemin. Elle n'est pas allée à l'écriture mais l'écriture est venue à elle. S'est imposée progressivement. C'est par un homme paradoxalement qu'elle y est arrivée. Elle n'avait pas la moindre intention d'écrire un roman jusqu'au jour où elle a écrit: «Élise vient souvent aux *Beaux-Esprits* …» Cet instant a été magique. Mais elle l'a fait sans faire exprès. Sans y croire. Comme ça. Et bien timidement le reste a suivi.

Pour occuper son été sans homme. Il a fallu Antoine pour que, de nouveau, elle cesse presque complètement d'écrire. Ne restent que quelques traces laissées dans les moments de désarroi total. Élise a cru une dernière fois que son salut venait d'un homme, ce qui a rendu son travail dérisoire. Il était là. Elle pouvait lui parler, elle pouvait nager dans un bonheur réel, pas ce simili-bonheur qu'est l'écriture. Pauvre Élise, comme elle est naïve!

Elle touche du doigt une nouvelle vérité. Pour tirer profit de l'écriture, il faut peut-être que ce soit pour les autres. Quel choc! Elle n'a plus le choix. Puisqu'elle demande maintenant à ce travail de combler non seulement son temps, mais aussi de lui apporter des gratifications, elle doit montrer ce qu'elle écrit à quelqu'un. Son projet devient sérieux. Cette idée la terrorise littéralement. Jamais personne n'a lu une seule ligne d'elle. Pourtant elle sait que c'est vers ça qu'elle se dirige. Elle a, d'ailleurs, progressivement commencé à transformer son texte. Ce qu'elle écrit n'a plus aucun rapport avec ses cahiers. Elle joue. Elle enlève ou ajoute des choses. Elle invente. Pense aux lecteurs. La clarté du texte. Les nombreuses corrections deviennent techniques. Elle continue de recourir à son journal pour se confier, pour s'analyser, mais ses cahiers se transforment en matériau pour son roman. Elle y puise l'émotion prise sur le vif. Le reste, de la fiction forcément. Les cahiers, c'est elle. Le texte fictif, ce qu'elle laisse filtrer d'elle: Élise.

Elle regarde les deux copies dactylographiées de l'épisode de Christophe. À qui va-t-elle les donner à lire?

le 20 mars

Le printemps depuis 10 heures 46, ce matin! C'est monsieur Ouellette qui l'a dit. J'ai longtemps parlé avec Mimi au téléphone. De mon arrivée à l'écriture. Oui, je suis enthousiaste mais ça ne va pas vite. J'en arrache avec la deuxième partie.

Après le souper, je me suis roulé un joint. Ça m'a rendue horny une fois de plus. Les orgasmes des femmes sont comme des éjaculations. S'ils sont vraiment intenses, ils mettent K.O.

...

Ce soir, j'aimerais trouver un vrai bon film à la télé. Je viens de me rendre compte que je suis toute seule et j'ai les yeux pleins d'eau. Je suis comme une princesse qui attend son prince. Ridicule. Une vieille princesse qui attend un vieux prince. Encore plus ridicule.

...

le 21 mars

Je ne sais pas ce qui m'arrive depuis quelques jours, mais je suis surexcitée. J'oscille entre des hauts et des bas insupportables. Je pense subitement que je suis en train de m'en sortir par l'écriture et je vole de toutes mes nouvelles ailes, puis, je n'y crois plus du tout et je me traîne dans la boue. Le papillon redevient larve. C'est la peur qui attaque.

Marie et Charles ont lu la première partie de mon roman. Quand ils ont voulu chacun m'en parler, je ne pouvais plus écouter. Je craignais qu'ils me disent que c'était infecte. Qu'il fallait jeter tout ça à la poubelle. J'ai cru entendre plutôt que c'était correct et que je devais continuer.

J'ai eu aussi l'idée d'aller m'installer devant la IBM du département. Je suis devenue gaga. Je veux m'acheter une machine à écrire et copier moi-même mes textes.

Ouais. Ce ne serait peut-être pas une mauvaise idée de me calmer les nerfs et de travailler ce qui me fait capoter.

le 22 mars

Le temps régresse et moi aussi. Hier, il faisait soleil, beau, doux. Aujourd'hui, il fait gris, froid et il neige. Je suis le temps. *Je neige. J'avais l'impression ces jours-ci que j'arriverais à prendre plaisir à me dévoiler en écrivant. Et ça me comblait. Depuis ce matin, le doute s'est installé en moi. Est-ce que je me fais des feux de paille comme avec mes amours? Je dois être plus nuancée. J'ai senti le besoin d'écrire et j'aime ça. Peut-être même que j'aurai un jour des lecteurs autres que Marie et Charles. Mais je ne dois pas attendre tout de l'écriture pas plus que d'un homme. J'écris tout simplement mes sauts de carpe, mes craintes, mes joies aussi. Avec le plus de noblesse possible. Il me semble que je n'étais pas destinée au stoïcisme pourtant.*

   ...

le 23 mars

   ...

Non, je n'ai pas à me sentir mal par rapport à Gilles. Il n'a rien fait de spécial pour moi. Rien de plus que moi pour lui, en tout cas. Je n'ai pas à croire que j'ai abusé. Quand j'ai eu une sorte de kik, je l'ai montré. Mon kik est tombé, le sien est né. Trop tard. C'est tout. Il n'a rien fait pour le raviver. Même chose pour Martin, pour mon journaliste ou pour Armand. J'ai été correcte dans toutes ces histoires. Même quand j'ai été bête avec Martin, samedi dernier. Je disais ce que je pensais. Je ne dois rien à personne. Un point, c'est tout.

le 24 mars

Je reviens de voir le Dinner Party. *J'ai été impressionnée. Vraiment. J'ai vu aussi la* Chambre nuptiale. *Une exposition réussie. Quand les femmes se donnent la peine ... J'y suis allée avec Vanessa. J'étais contente d'être avec ma fille à cette exposition comprenant uniquement des œuvres de femmes. Elle, c'est la* Chambre nuptiale *qui l'a le plus intéressée. Elle a beaucoup appris aujourd'hui. Tant mieux. Si elle pouvait éviter quelques étapes difficiles, pas vraiment nécessaires, comme je serais heureuse.*

Je suis calme ce soir. Ce que je voulais. Je n'ai pris ni café, ni pot, ni alcool sauf un peu de vin ce midi. Les cigarettes d'hier ne m'ont pas donné le goût d'en fumer d'autres. J'ai eu mal au cœur. Non, ça ne vaut pas la peine de recommencer.

...

le 26 mars

Je devrais faire en sorte que ce qui se passe dans ma tête prenne le dessus sur le réel. Ne vivre que de mon imagination. Mon seul contact avec la réalité serait ma main pour tenir le stylo et mes yeux pour me guider sur le papier. Écrire tout ce qui se passe là-haut, dans mon cerveau. Inventer les histoires les plus romantiques du monde pour m'en libérer. Ça commencerait toujours bien et ça finirait toujours mal. Un roman qui irait comme ceci.

Découragée, n'en pouvant plus, elle sort. Elle rencontre A ... Tout va bien ... Puis tout se gâte. Fin de l'aventure ... Peine.

Découragée, n'en pouvant plus, elle sort. Elle rencontre B ... X ... Y ... Z ...

Découragée, n'en pouvant plus, elle ne sort pas. Elle s'assoit à sa table de travail et écrit ce roman: *Le Cercle vicieux.*

...

le 29 mars

J'étais un peu saoule, ce soir, aux Beaux Esprits *— je le suis toujours d'ailleurs — quand Charles m'a parlé de mon écriture. Je l'ai laissé faire. Il a surtout insisté sur la simplicité du style, l'économie des moyens utilisés. Il* *aime vraiment. Je suis flattée. Les louanges commencent à arriver et ça fait effectivement plaisir. Je prends de l'assurance aussi. Quand il m'a dit: — Ajoute des descriptions, ajoute ceci ou ça, j'ai été capable de penser: — Non. Le texte est comme ça et il restera comme ça. Ce que je dis est suffisant. Quelquefois même, je trouve que j'en dis trop.*

Ma propre image s'améliore parce que j'écris, c'est évident. Vital pour moi. Continuer alors. On pourra toujours à ma mort publier mon journal! Est-ce que je me prendrais pour Anaïs Nin? Décidément, je vole bien haut. Il ne faudrait pas que je me casse la gueule. Bof, j'aime autant rêver à ça qu'à d'impossibles amours éternelles.

le 30 mars

Depuis quelques jours, Élise est dans un état euphorique. Non seulement elle a écrit un texte, mais des amis l'ont lu et lui ont dit de continuer parce que c'était bien. Elle a été tellement secouée qu'elle en a été paralysée. Incapable de continuer. Puis la paralysie s'est résorbée tranquillement, pour laisser place à une activité aussi fébrile que maniaque. Elle s'est mise à écrire sans arrêt, dans son journal, tout ce qui lui passait par la tête. Elle inventait même des scénarios pour ses futurs romans. Mais plus une ligne du «texte». Plus une seule. Autour, toujours. Élise tournait autour comme on dit: — Tu tournes autour du pot. De peur de quoi? De peur de tomber dedans? De peur d'aimer trop ça? Pourquoi ne continuait-elle pas? Peut-être parce qu'elle est trop énervée tout simplement. Se calmer alors. Faire des plans pour arriver à contrôler son travail et surtout pour le faire avancer. D'abord, une chose à la fois. Laisser dormir la première partie et terminer la deuxième. Leur donner des noms. Oui, c'est ça. La première s'appellera forcément *Christophe*, la deuxième *Antoine* et la troisième? Elle ne sait pas encore. Ce ne peut plus être un nom d'homme parce qu'il n'y en a pas dans sa vie. Pas d'important en tout cas. Elle attendra qu'il s'en présente un! Elle ne sait même pas, en fait, ce que contiendra cette troisième partie. Elle pense peut-être à insérer des extraits de son journal, en les transformant, pour arriver à raconter la suite de son histoire. Une histoire sans fin. Elle sourit parce que, comme ce récit suit sa vie de près, elle ne pourra jamais le terminer. Continuer toujours. Elle cherche un titre: *Pour éviter le temps ...* non ... *Pour ne plus avoir à s'occuper du temps ...* non ... *Pour ne pas voir venir la mort ...* non ... *Pour mieux voir venir la mort ...*

Élise est folle. Une folle comme Proust. Elle le comprend vraiment bien maintenant son projet immense, démesuré, pour attendre la mort. Pour en neutraliser les effets aussi. S'immortaliser par une œuvre! Elle trouve que c'est tellement mâle comme idée. Veut-elle se faire un chemin dans leur domaine? Non, évidemment. Mais elle se berce, prétentieuse. Tant pis. Écrire comme Proust, l'œuvre de toute une vie. La donner par tranche. Analyser et décrire les tourments de l'âme des femmes. Être blâmée comme lui de faire une littérature trop mondaine. La belle tentation, le beau rêve! S'être prise pour une quantité négligeable pendant 40 ans et, après, se comparer à Proust! — Vraiment fou, pense Élise, vraiment. Elle est enchantée de ses pensées complètement flyées, enfin. Elle s'acharne de toute façon, depuis dix ans qu'elle enseigne, à expliquer à ses étudiants qu'en fiction, tout est possible. L'imagination est sans fin. Et elle fait de la fiction! Donc, même si tout ce qu'elle raconte est vrai, personne ne pourra jamais le croire. Alors, pourquoi ne pas oser dire qu'en ce moment elle se prend tout simplement pour Proust, comme la veille elle se prenait pour Anaïs Nin!

le 1er avril

Avril, mois de mes ruptures: Marc, Jacques, Antoine. Mais il n'y en aura pas cette année. Je suis seule

et relativement bien. Je vis difficilement, au jour le jour,
une période de profonds changements. Je m'observe et
j'apprends à travers mes peines incontrôlées, mes déses-
poirs sournois, mes désirs insatisfaits. Je suis toujours en
mal d'être aimée mais je ne veux pas tomber en amour.
J'ai peur. Je mise sur mon écriture et sur mon été à la
mer. Arriver à me tenir debout, seule, sans vertige.
    ...

le 3 avril

    Elle pense à Antoine, en ce jour anniversaire. La conclusion. Élise a pris ses désirs pour la réalité, ses sentiments pour les siens. Être naïve à ce point. Penser être importante pour quelqu'un et qu'il n'en soit rien. Penser être aimée et ne pas l'être. Mais comment peut-on avoir si mal parce qu'on s'est trompé autant? Tout n'est qu'illusion.
    Élise n'a plus de peine. Plutôt un mauvais goût dans la bouche. Ne plus jamais manger de ce fruit empoisonné qu'on nomme l'amour-passion, aussi tentant soit-il. Ça l'a rendue trop malade. Heureusement que ce souvenir n'est pas prêt de disparaître. Adieu, Antoine.

le 6 avril

    J'ai trouvé une bonne définition de l'angoisse en lisant pour mon cours du soir. C'est dans Le Symbolisme dans la mythologie grecque, *de Paul Diel. Je la note pour m'en souvenir.*
    «L'angoisse est le désir sous une forme devenue négative. Les désirs exaltés ne correspondent plus à aucune réalité, donc à aucune possibilité de réalisation. Le désir n'a plus d'issue; il perd son essence même, sa raison d'être, son espoir et se charge de désespoir: il devient angoisse.»
    Il dit que l'angoisse est un état convulsif qui provient de l'exaltation désireuse et de l'inhibition craintive. Je

comprends mes angoisses par rapport à Antoine: vouloir le voir, lui parler et ne plus pouvoir. Mes angoisses par rapport à mon roman: vouloir écrire mais cesser d'y croire, m'en sentir incapable. Je suis moins angoissée maintenant parce que j'ai enfin perdu tout désir pour Antoine, et que mon écriture avance malgré tout. Quand j'éprouverai ce sentiment, à l'avenir, je chercherai le désir qui se cache dessous.

le 19 avril

Je sors, je fume, je bois. Je n'écris plus. J'ai envie de me stoner. J'ai envie d'un homme. Je suis toute seule. J'écris un journal fucké. Je m'emmerde. Je ne sais plus ce que je veux. Qu'est-ce qu'il faut faire dans la vie? Qui a la réponse? Martin était beau, mon journaliste, sexy, Gilles plutôt gentil, Armand me faisait rire. Et puis, rien.

C'est le soir tard que ça me prend. Quand j'ai le goût d'être dans des bras. Merde, il n'arrive rien. J'ai envie de brailler. Sur le vide. Ça fait un an que je n'ai pas été en amour. Et je n'en suis pas capable. J'ai encore mal au départ d'Antoine. Je ne comprends pas encore. Je n'accepte pas. J'ai peur de quelqu'un d'autre. Mais je ne peux pas cesser d'espérer. J'aimerais que ça meure. Ne plus jamais désirer un homme. Être bien toute seule, chaque soir.

Je pleure. Je me pleure. Je voudrais me diluer dans mes larmes. Je suis infirme. Mais ça ne se voit pas. Une infirmité cachée, séquelle d'un dernier accident. C'est drôle que cette image revienne toujours. Jamais, avant Antoine, je n'avais considéré les ruptures comme des accidents. La fin d'un amour était la fin d'un voyage qui ne menait plus nulle part, et qu'on décidait à deux de terminer en essayant de se ménager le plus possible. Pas nécessairement facile à faire. Avec Antoine, le voyage s'est terminé par un accident. Je suis infirme maintenant. Je suis seule et je divague.

Appel du Dharmadhatu. Mon instructeur de méditation voulait savoir où j'en suis! Dieu que tout ça est loin. Je n'ai fait aucune méditation depuis quatre mois. Je devrais m'y remettre. Pour calmer mes angoisses et arriver à me concentrer sur mon travail. Je ne sais vraiment pas si j'irai le voir. Je n'ai rien à lui dire.

J'ai envie de fumer un joint mais les enfants n'aiment pas ça. Surtout Stéphanie. Je vais aller fumer dans la ruelle. Je suis l'adolescente de la famille!

...

Je réfléchis à mon travail et je me rends compte que je ne serai jamais une conteuse d'histoire, une faiseuse d'intrigues. Je ne peux que me raconter en suivant ma propre trajectoire. Projet à long terme. Je me raconte et je me retrouve par cela même. Je veux écrire l'essentiel. Le plus dépouillé possible. Rien de trop. Sans bavures. Sans artifice.

Je pense à moi aussi. Je veux prendre la vie avec philosophie. Vivre même les malheurs en sachant qu'ils s'estomperont, qu'ils passeront. Il ne peut arriver que des choses désagréables, c'est statistiquement impossible. Être stoïque. Marcher en serrant les dents. Courage, Élise, on arrive à passer à travers la vie.

J'aimerais avoir un amant. Quelqu'un pour baiser. Très sensuel. Le voir pour ça uniquement. Sans tourner autour. Je pourrais l'appeler et lui dire: — J'arrive. J'ai envie de toi. Il répondrait: — Je t'attends. Est-ce que je pourrais endurer de ne pas m'impliquer émotivement, de ne pas prononcer ou exiger de mots d'amour? Je ne sais pas. Il faudrait que j'essaie.

Je délire vraiment, ce soir, avec tout ce hash que j'ai fumé. Je délire heureuse.

Je reviens de Québec. Le colloque était quand même intéressant. Mais que d'action en cinq jours! Ben de

l'énervement. Ben du fun. Ai l'impression d'être de trop.
De parler trop. De rire trop. J'ai besoin de me calmer, de
me retrouve seule. Il n'y a pas si longtemps, j'étais rien et,
maintenant, je suis trop. Et je voudrais juste être bien.
Dans le fond, tout ce que j'ai dit ou fait était correct. Je
me sens comme ça parce que je ne suis pas habituée à
prendre ma place, à être, un point c'est tout.

    ...

le 1er mai

    C'est facile de s'apitoyer, le samedi soir. Je suis évi-
demment toute seule. Un leitmotiv dans ma vie: la soli-
tude et la douleur qu'elle engendre. J'ai mal à la gorge. Je
trouve la vie pénible. Mais je ne peux pas la quitter. À
cause des enfants. Le reste, dans le fond, je m'en fous.
Sans elles, je lâcherais peut-être tout. C'est trop rough
pour rien. Partir doucement sur la pointe des pieds. Je
fais des rêves d'aller me suicider dans un pays lointain.
On pourrait croire à un empoisonnement ou à je ne sais
trop quoi. Je ne le ferai jamais, mais ça me passe souvent
par la tête.
    Pourquoi mourir? Parce que j'ai trop peur de vieil-
lir. Parce que je ne suis pas heureuse. Je suis en manque
de. Ça ne se passe pas. Comme si j'avais été chassée du
paradis terrestre. Je ne me console pas. La veuve de per-
sonne. Un deuil perpétuel. Et tout passe si vite. Même les
enfants sont sur le point de me quitter. Me reste l'écriture
qui est intarissable. C'est bien ce que m'avait dit Charles,
il y a deux ans: — Accroche-toi à ça, Élise. Ce que je fais.

le 2 mai

    J'essaie d'avancer mon roman. Rien à faire. Je n'ai
que des idées de suicide derrière la tête. C'est à ce point
que je suis clouée à ma table de travail, incapable de bou-
ger. Grippe et mal de gorge en plus. Ça fait tout un mois
que je suis malade. J'en ai plein mon chapeau.

Il fait beau et chaud. Trop. Ça me fait peur de sortir. J'aimerais mieux que ce soit encore l'hiver. Ça m'agresse, ce soleil, ce temps doux, tous ces gens heureux surtout qui se promènent. Il y a sûrement un élément fatigue dans mon état d'esprit. Finir la session, donner ce cours du soir et partir! C'est mieux que l'année dernière, mais c'est bien relatif. Je vais quand même aller faire une marche.

...

Je suis toujours dans le noir foncé. Je viens de regarder un film à la télé: Extérieur nuit. *Bon, mais déprimant. Tous des gens seuls, comme moi. Je ne sais plus quoi dire sur le sujet. Je l'ai épuisé. Mais le sentiment, lui, est inépuisable. Sans fond. Il suffit peut-être d'être patient. Quand je serai vieille, si je relis ces lignes, je n'en croirai probablement pas mes yeux. Près de la fin, je voudrai sûrement que ça continue. C'est fou tout ça!*

Que je déteste donc le mois de mai. Au moins je suis occupée. Ce cours intensif à donner dans deux semaines qui n'est pas tout à fait prêt. Demain je vais travailler très fort. Pour ne plus penser.

le 6 mai

Je suis malade. Ai vomi une partie de la nuit à cause des antibiotiques. Je les ai jetés à la poubelle ce matin. J'ai appris, hier, que je n'avais plus ce cours intensif. Pas assez d'inscriptions. Je suis bien contente parce que ça ne me tentait plus de le donner. Je peux donc travailler plus sérieusement à mon roman. Il faut que je finisse la deuxième partie avant de partir.

J'ai peur d'avoir un cancer de la gorge. Ça me fait si mal. Peur de mourir? C'est peut-être pas évident que j'en ai assez, après tout. La vie, la mort, tout me fait peur. Je n'aurais pas dû fumer ce joint. Je pensais que ça me calmerait et je fais un bad trip. Je m'en vais à la dérive. Élise, pull yourself together, please!

...

le 9 mai

C'est la Fête des Mères et les enfants sont chez leur père! Je vais bien. Pas du tout déprimée. Un peu exaltée plutôt. Je lis La Femme mystifiée *de Betty Freedan. Il y a d'excellents chapitres. Rien de vraiment neuf cependant. Plutôt de nouveaux points sur les i. Une récapitulation du féminisme! J'en avais besoin. Je dis ceci solennellement aujourd'hui: je vais m'en sortir.*

Je commence à me connaître et à voir mon infantilisme. Je sais d'où ça vient et où ça m'a menée. Si j'avais su avant! Mais voilà, je ne savais pas. Ben tant pis, mieux vaut tard que jamais.

...

le 13 mai

...

Je suis fatiguée ce soir. Ce maudit microbe s'est installé en permanence dans ma gorge, je crois. Il m'aime. Je voulais travailler à mon roman, mais je n'y arrive pas. Stéphanie m'enrage avec ses éternelles difficultés en math. Je ne sais plus quelle attitude adopter. J'ai envie de l'engueuler comme du poisson pourri. Ce n'est pas la solution.

J'ai un programme chargé pour le mois qui reste: grand ménage de la maison, faire repeindre l'auto, habiller les filles pour l'été, finir la deuxième partie de mon roman et assister à toutes les réunions au Cégep. Beaucoup de stress. Une chance que je n'ai pas eu ce cours du soir.

Que j'ai donc hâte de partir! Ça va vraiment me faire du bien. Une coupure avec Montréal. Loin, enfin!

le 25 mai

Je reviens d'Ogunquit. J'y suis allée avec Patrick. C'était agréable de passer de nouveau quelques jours

avec lui, comme à Saint-Donat, l'an dernier. J'étais con-
tente de retrouver Sandra et Kevin. On est allés tous les
quatre manger à Portsmouth après avoir fumé un joint.
Je pensais, à un moment donné, qu'on allait se faire met-
tre dehors tellement on riait.

Et quelle jolie maison j'ai, même s'il a plu tout le
temps et qu'on a gelé comme ça ne se peut plus. Ce foyer
dans la chambre! Romantique. Trop pour une fille toute
seule. Quelle sorte d'été est-ce que je vais bien passer?
Moi, tout ce que je veux, c'est profiter de la mer et écrire.
Je ne demande rien d'autre.

le 27 mai

Deux ans après...
Il est waiter aux *Beaux-Esprits*. Dès qu'elle le voit,
elle est attirée par lui. Beau. Blond. Elle le suit des yeux
sans bouger la tête. À une ou deux reprises, son regard à
lui va vers elle. Réciprocité? Elle parle aux copains mais
sans conviction. — Oui, j'ai hâte de partir... bord de la
mer... chanceuse... Elle suit avec beaucoup de difficulté
mais essaie de garder la face. Élise fait semblant. Elle
pense: — M'a-t-il remarquée? Qu'est-ce que je dois
faire? Ouais, il finira tard. Il passe derrière elle et pose sa
main sur son épaule pour l'obliger à se déplacer un peu. Il
y a tant de monde que circuler n'est pas facile. Elle inter-
prète son geste: — Est-ce mon épaule qu'il a touchée ou
l'épaule de la personne qui lui barrait le chemin? Où est la
différence? Elle rit de ses niaiseries. Elle n'a rien à voir
avec ce beau waiter. Rien.

le 28 mai

Premières écritures à Ogunquit. J'y suis revenue
avec Mimi. Mauvais temps encore. On est bien dans la
maison, toutefois. J'ai du bois. Le feu réchauffe et crée
une atmosphère intime.

Je réfléchis pendant que Mimi fait une sieste. Je repense à la conversation qu'on a eue, cette semaine, Jean-François, Karla et moi. Quand on aime quelqu'un, c'est pour soi. Uniquement. On a besoin d'aimer pour se faire plaisir. Aimer rend heureux. Détermine notre degré de bien-être. Donc, plus on aime et plus on est satisfait. J'aimais Antoine et, à son tour, il m'aimait. Ça nous valorisait tous les deux. Quand il a mis fin à cette réciprocité, je me suis retrouvée devant rien. Un vide. J'avais besoin de lui mais lui n'avait plus besoin de moi. J'ai toujours mon amour mais je n'ai plus personne à qui l'offrir. Je sublime dans l'écriture mais ça ne me convient pas toujours, hélas. Je n'obtiens pas les satisfactions directes que j'obtenais avec un homme. Pourtant, il doit y en avoir puisque tant de gens investissent tout dans la création. Mon écriture ne me rapporte rien encore. Je continue quand même. Ça m'occupe et quelquefois me rend euphorique.

Je vais réveiller Mimi. On ira manger et ensuite écouter du jazz au Tidewater.

le 30 mai

Je rentre d'Ogunquit et je suis contente. J'ai trouvé une solution aux lettres avec lesquelles je me débattais depuis deux semaines. Plus de lettres. Même à tête reposée, j'aime le texte que j'ai écrit au Tidewater. *Je n'ai donc pas raté mon week-end, malgré la pluie et le froid. Pas chanceuse pour la température.*

Je fume. J'achète même des cigarettes. Il faut que je prenne une décision. Je ne peux continuer à fumer en disant que je ne fume plus. C'est ridicule.

Je suis fatiguée. Le voyage de retour m'a semblé bien long et je dois être au Cégep tôt, demain matin. Bien du travail. Mes plans de cours à rédiger pour août. Dans deux semaines, je pars pour l'été. J'ai hâte et j'ai peur.

Il est deux heures et je suis à l'Express. *Je viens de bummer une cigarette au garçon de table même si j'ai encore de la misère avec ma petite gorge. Mon cancer! J'ai travaillé fort ce matin au Cégep. Autre réunion demain. Je me sens speedy. Le cappucino ne m'aidera pas. Je ne suis définitivement pas très rationnelle.*

J'ai parlé longtemps avec Claude après avoir fini mes plans de cours. Il est fatigué et déprimé lui aussi. C'est triste une fin de session, une fin d'année.

J'écris encore. J'écris tout le temps. Ça m'aide à vivre. Peut-être que ça donnera un jour des résultats intéressants. Je pourrai peut-être récupérer des bouts dans mes fictions à venir. Ça me fait penser qu'après avoir terminé mon roman, je devrai me remettre à un autre projet. Lequel?

Je dois rentrer maintenant. Les filles arrivent après l'école. Je ne les ai pas vues depuis plus de dix jours. On aura beaucoup à se dire. Que je ne regrette donc pas ces enfants-là! Le meilleur coup de ma vie. Absolument positif. Et ça m'impressionne toujours tellement de voir ces grandes filles qui n'existeraient pas sans moi. La suite du monde...

Quelle semaine! Tout est en ordre et prêt pour la rentrée au Cégep, et j'ai enfin terminé la deuxième partie de mon roman. La secrétaire est en train de la dactylographier. La période des adieux est commencée. Karla et Jean-François partent dans deux jours pour Vancouver. Je passerai les embrasser plus tard. Heureusement que j'ai vu plein de monde au brunch chez Suzanne. Selon l'expression de Julien: tout le groupe était là. Gilles aussi. On n'a plus rien à se dire. Par contre, j'étais bien con-

tente de revoir Martin. On est partis ensemble et on a fait l'amour bien tendrement.

Suzanne et Francis s'aiment toujours. Ça me rend jalouse mais je suis heureuse pour eux. Je connais le bonheur d'aimer. Je n'en ai pas la nostalgie pour rien! Le compte à rebours est commencé. Dans sept jours, je serai partie... Mais d'ici là, tout ce qu'il me reste à faire!

Quatrième partie

Jason ou les promesses

Ce n'est plus aux *Beaux-Esprits* qu'elle va mais au *Tidewater* puisqu'elle passe l'été à Ogunquit. Et finalement, ni Ted le grand Noir, ni Jim le flûtiste ne retiennent son attention, mais Jason, le pianiste qui joue comme Keith Jarrett. Elle aime ce bar pour lui et pour sa musique.

Un beau soir du mois de juin, Jason vient s'asseoir avec elle après son spectacle. — You're Élise, aren't you? — Yes and you're Jason. — So, you're spending the summer with us in Ogunquit. Ils parlent surtout de musique ensuite. Il est gentil mais réservé si bien que, quand il lui dit à un moment donné: — You should show me your house, some day, so I could come and visit you, pour toute réponse, elle bafouille un pénible: — Yes, I will. Puis on allume les lumières, les fortes. Il faut partir. Pourquoi les bars ferment-ils si tôt dans le Maine?

Ils sortent ensemble du *Tidewater*. Elle ne veut pas le laisser s'en aller. — Why don't you come and see my house, now? — Well, sure. Do you want a ride on my bike? — I have my car. — I'll follow you. Le cœur d'Élise bat fort. La moto, elle, part mal. Jason la suit. Tout droit jusqu'au petit chemin qui mène chez elle, dans les bois. Elle pense au vieux voisin qui entendra le bruit de la moto. Belle réputation! — This is my house. Come in.

Bon, ils sont là tous les deux. Elle ne sait ni quoi dire, ni quoi faire. — Can I offer you a drink? — Oh! you have amaretto. — We can make a fire if you want? — It would be nice. — Why don't you take care of it while I'm fixing our drinks. I'll put some music on. Keith Jarrett, just for you! — Great. Jason n'est pas très habile pour faire un feu. Elle se moque de lui. Il réussit malgré tout et il s'assoit devant, par terre. Élise s'approche. — Gee, it's terrific here. Et il l'attire vers lui sans plus attendre. Elle se frôle contre sa barbe et il la caresse partout. Si doux. Élise est ravie et surprise de ce déroulement rapide. Il était distant au *Tidewater* mais un détail lui revient à la mémoire. Il s'intéressait à elle puisqu'il lui a dit plus tôt: — I wave at you today, in town. Elle a répondu: — Oh yes? I guess I didn't see you. Ce n'est pas tout à fait vrai. Elle a vu ce beau garçon lui envoyer la main mais l'a reconnu trop tard pour répondre. À cause du trafic, elle n'a pu ralentir. Alors elle a prétendu ne pas l'avoir reconnu. Et ils s'embrassent maintenant, dans les bras l'un de l'autre, étendus par terre devant un feu de cheminée.

Ils en veulent de plus en plus. Jason dit à ce moment: — It's not fair, making love and leaving after. Après une brève hésitation, il ajoute: — I have a wife waiting for me at home. Elle aurait dû s'en douter et elle est un peu déçue. Elle dit pourtant: — It's O.K. with me if you leave after. Jason semble rassuré et il glisse sa main sous le chandail d'Élise. Tout en l'embrassant et en lui caressant les seins, il laisse entendre de sensuels hum, hum. Il s'abandonne complètement, les yeux fermés, bien concentré comme quand il joue du piano. Élise est tendue mais plus elle le regarde et plus elle le désire. Ça l'excite d'être avec un si bel amant. Elle l'explore. Il est nu sous son jean. Elle arrive donc sans peine à son sexe, dur et magnifique. — Jason, I want you. Ils se déshabillent en vitesse comme s'ils craignaient de perdre leur ardeur. Enfin ils s'étreignent dans toute leur nudité! Jason ne peut résister au désir de la pénétrer immédiatement et ils geignent tous les deux de plaisir. Comme elle le sent bien, en elle! Et son corps est tellement bon à toucher qu'elle ne s'en lasse pas. Il se retire soudain et, après s'être redressé, il prend la figure d'Élise entre ses mains en la regardant dans les yeux. — It's beautiful, beautiful. Et il va vers son sexe. Il l'avale maintenant à pleine bouche. Puis, bien droit, la tête renversée, agenouillé sur elle, il s'offre à son tour. Il caresse les cheveux d'Élise pendant qu'elle le dévore. Il vient en émettant des gémissements longs et heureux. Le sperme est sur la figure d'Élise, dans sa bouche, dans ses mains et elle l'en enduit partout pendant qu'il continue ses plaintes. Il la serre très fort contre lui et rapidement revient en elle, encore dur et gonflé. Avec des doigts habiles, et tout en l'entraînant dans un mouvement rythmé et lent, il la mène à la jouissance. — Come, Élise, come. Pendant que Keith Jarrett joue toujours son *Köln Concert*, ils continuent de s'embrasser et de se caresser. Decrescendo.

Ils se regardent maintenant en souriant, presque incrédules devant cette première performance. Trop beau, trop bon. Et ils font connaissance. Il vit avec sa femme depuis cinq ans mais ils ne se sont mariés que l'année précédente. Elle lui demande s'ils ont des enfants. — No, but it must be something! Il sait qu'elle en a. Élise lui a expliqué, au bar, que Vanessa et Stéphanie venaient passer le mois de juillet avec elle. Il veut aussi savoir ce qu'elle fait comme travail. Elle parle de son enseignement et aussi du roman qu'elle termine. — What a head you are! lui dit-il en hochant la tête. Elle le voit regarder sa montre à ce moment. Manifestement préoccupé tout à coup. Il revient à la réalité. Élise comprend. — Even if you leave, Jason, I'll still have your odor with me. — I hope I don't have yours! répond-il avec un sourire qui ressemble à une grimace. — Why don't you take a shower, just to make sure you won't have any problem. — You wouldn't mind? De la salle de bain, elle l'entend:

— Élise, you really have a nice house. Elle le contemple pendant qu'il ramasse ses vêtements. Qu'il est donc beau comme ça, nu devant elle. Puis elle se lève et, après avoir dit en riant, devant le feu presque éteint: — You're a fine pianist and a great lover, but you made a lousy fire, elle va passer un long chandail avec un numéro devant, dix. Il termine son amaretto. Tous les deux, ils se dirigent vers la porte. Le départ. — Well, number ten, thank you for everything. — Don't thank me, it was so nice being with you. Tell me instead that you'll come again. — You know I will. Un dernier baiser et il part sur sa bruyante moto. — Good night, Jason. Puis, parce qu'elle craint qu'il ne revienne plus à cause de sa femme, Élise écrit ces lignes. Pour ne jamais oublier son odeur.

* * *

Élise relit *Les États du désert* de Cholodenko. Elle souhaite écrire comme lui. Elle a déjà lu ce livre mais il prend maintenat des dimensions nouvelles. Elle est transportée par la beauté d'un pareil texte. L'auteur allonge d'interminables phrases qu'on dit ressembler à celles de Proust. Mais, en ce moment, elle préfère Cholodenko. Plus moderne évidemment. Et quels surprenants propos il tient sur tout! Sur l'amour aussi. Élise y trouve une sorte de philosophie de la solitude, et ça l'intéresse nécessairement. Certains passages l'ont ravie. Elle remarque que ce qui retient son attention n'est plus la même chose qu'à la première lecture. Avant, c'était les bouts cochons et aujourd'hui, ceux sur l'amour et la solitude.

Voyons. Comment écrit-il? Bonne question. Elle a dit des phrases longues. Essayer de se concentrer. Elle fera donc les phrases très longues même si ce n'est pas son style et même si elle doit, pour cela, chercher très fort jusqu'au moment où elle aura de l'inspiration pour réussir finalement dans son entreprise. Non, celle-là n'est pas fameuse, mais elle continue parce que c'est évident qu'elle n'y arrivera pas du premier coup avec son manque d'habitude de ce genre d'écriture. Son manque d'habitude de l'écriture tout court!

Elle est toujours assise à sa table de travail, devant cette machine à écrire si nouvelle qui lui donne du fil à retordre, mais avec laquelle elle doit se familiariser pour arriver un jour à écrire facilement. La correction de ses fautes lui fait perdre ses idées qui viennent nombreuses mais, une fois arrêtée — comme maintenant où elle a fait deux erreurs: une première en mettant deux é à la place d'un é et d'un e, la deuxième, en substituant un tiret à la place d'un trait d'union, ce qui l'a forcée de s'interrompre pour les corriger et elle en a fait encore une autre, cette fois en écrivant oi à la place de ou —, elle a du mal à savoir où elle est rendue et, surtout, elle ne sait plus comment continuer. Élise recommence donc à neuf, en s'efforçant de faire plus attention pour maîtriser ce maudit appareil, projet qui devient une obsession, mais nécessaire si elle veut enfin enregistrer très vite ce que lui dicte sa parole intérieure. Elle s'écoute et devient sa propre secrétaire qui prend en note tout ce qui sort d'elle, le plus rapidement possible pour ne rien perdre de ce qu'elle entend car, si elle ralentit, les idées s'évanouissent comme quand elle corrige ses fautes, et rien ne l'écœure autant. Cette occupation lui plaît de plus en plus et lui permet de prendre immédiatement ses distances puisqu'elle ne reconnaît plus sa propre écriture. Comme si quelqu'un d'autre le faisait à sa place, quelqu'un d'intéressant. Elle s'abandonne avec volupté à son aventure. Et seule la solitude rend possible de pareils plaisirs.

Élise s'arrête et constate que les phrases à la Cholodenko n'ont pas fait long feu et long jeu. Tant pis. Elle reprend son propos. Oui, elle commence à aimer ce qu'avant elle détestait tant. La solitude se retourne vers elle et devient un atout. Comme elle voit les choses différemment! Elle est enchantée. Elle est bien, seule. N'a pas envie que des amis viennent s'installer chez elle, brisent son isolement et la dérangent dans ses nouvelles occupations. Cependant, elle est contente que ses filles soient là parce qu'elles l'obligent à rester davantage à la maison. Oui, ce sera un été d'écriture comme elle l'avait prévu. Élise arrive à faire des projets juste pour elle, sans se sentir niaiseuse ou égoïste. Plutôt le contraire qui se produit. Cela lui donne une impression de puissance qu'elle n'a jamais ressentie avant. Se pourrait-il qu'elle arrive à ne plus vivre pour un homme? Il semble que oui. L'achat de cette machine à écrire est plus important que toutes ses prévisions. Il change sa vie. Elle écrit pour vrai. Tout prend des proportions qu'elle était à des lieues de voir, il n'y a pas si longtemps. Elle ne doit plus désespérer de rien. Prendre le temps de vivre tout ce qui lui arrive et simplement en rendre compte. Comme cette histoire avec Jason. Il y a eu des suites. Elle est perturbée forcément mais elle s'en sort avec plus d'inspiration et une connaissance d'elle-même approfondie.

Sa nouvelle façon de vivre lui plaît. Élise sait que si elle arrive à contrôler ses émotions, elle n'aura plus à chercher inlassablement quoi faire dans la vie. Elle l'a trouvé. Mais ça n'a pas été donné. Une recherche pénible qui l'a souvent menée sur des sentiers désespérants et bien dangereux. Elle a réussi malgré tout à survivre comme une plante qui en arrache mais qui finalement renaît à la vie. Maintenant, elle a l'intention de fleurir. Il n'est jamais trop tard pour réaliser ce qu'on a toujours voulu. Le brouillard se dissipe, le voile lève. Devant elle, tout semble si normal qu'elle en est presque choquée. Heureuse aussi. C'est donc ça qu'Élise a souvent senti, cette flamme en elle qui brûlait et qu'elle ne pouvait laisser mourir. Tout au fond d'elle-même, il y avait une aptitude naturelle au bonheur. Elle n'a pas avorté. Ce qu'elle vit présentement ne ressemble en rien à une mort. Au contraire. Elle n'a de mots que pour exprimer la beauté de la vie et des choses. Elle n'a plus assez d'yeux pour voir et admirer. C'est ce qu'elle a ressenti cet après-midi, quand, après avoir levé le regard de son Cholodenko, elle a vu, éblouie, la plage et la mer. Comme au cinéma. Si beau, si bien cadré. Elle ouvrait et fermait les yeux pour être bien certaine qu'elle ne rêvait pas. Rien n'a été démenti. Tout était là, parfait, devant elle. Et Vanessa et Stéphanie qui flottaient dans les vagues et se mêlaient si bien à la mer, s'intégraient elles aussi à l'harmonie du paysage. Plus rien ne clochait.

Élise veut une orgie de bonheur. Elle n'a qu'à s'en saisir quand il passe et tout rentrera dans l'ordre. Elle n'a plus à s'inquiéter. Se fier à la vie. Ne plus frissonner devant le futur comme il n'y a pas si longtemps. La face du monde change pour Élise qui a tout son temps pour admirer. Christophe a peut-être compris ça. Ce qu'elle croyait être de l'arrogance n'est peut-être, après tout, qu'une grande conviction dont elle s'approche bien tard, comparée à lui. Il l'a stimulée au point où elle n'a plus jamais cessé de chercher ce qu'il voulait dire. Mais quand on est si harmonieux, pourquoi est-on si avare de détails? Savait-il qu'elle devait trouver toute seule? Peut-être. Dans son bien-être présent, Élise est devenue très généreuse et elle lui laisse le bénéfice du doute. Christophe, comme Marc, Jacques et même Antoine, ont été des étapes essentielles à sa délivrance. Ce sont les hommes de sa vie qu'elle a aimés et auprès desquels elle a grandi. Et il y en aura d'autres, comme son merveilleux Jason. Il n'y a plus de limite à son désir de vivre.

* * *

Il fait un après-midi magnifique. Beau et chaud. Élise est étendue sur la plage avec Vanessa et Stéphanie quand elle aperçoit la femme de Jason qui marche dans sa direction. Élise sait que c'est elle, sa femme. Sandra lui a dit quelques jours auparavant, dans la rue: — Look, it's Cindy, Jason's wife. Élise venait tout juste de lui révéler son secret: — I have an affair with Jason. — But he is married, Élise, a répondu Sandra presque choquée. L'Américaine les connaît bien tous les deux, comme d'ailleurs elle connaît tout le monde à Ogunquit. Elle y passe tous ses étés depuis sept ans. Donc, Cindy s'installe à quelques mètres plus loin. Très jolie. A genuine all American girl, grande, mince, blonde, les yeux bleus. Puis elle aperçoit Jason. Il rejoint sa femme. La première fois qu'elle les verra ensemble. Jason passe devant elle et lui lance un désinvolte: — Hi Élise! Flegmatique, elle répond sur le même ton. — Hi Jason! Et elle les observe du coin de l'œil. Jason retire son jean. Ouf! il a un maillot dessous. Ils vont se baigner tous les deux. Ils forment un beau couple, oui.

Élise meurt d'envie d'aller dans l'eau. Il fait décidément très chaud et les filles insistent. — Viens, maman! — Dans quelques minutes. Elle attend qu'ils sortent de l'eau et ne les perd pas de vue même s'ils sont très loin puisque c'est la marée basse. Mais Cindy revient seule et Jason nage toujours. Elle dit: — On y va. Elle entre bravement dans la mer glacée. Jason suggère devant ses frissons: — Stay in the water, Élise. Elle s'immerge donc complètement. C'est vrai qu'en restant dans l'eau, on finit par s'habituer. Les filles n'en reviennent pas. Leur mère se baigne! — T'es malade, maman, ou quoi? lance Vanessa. Elle est bien dans les vagues, près de Jason. — I'll come and show you my book, tonight. Will you be home around eight? Elle répond qu'elle y sera et, curieuse, s'empresse d'ajouter: — Your book? — Yes, I did it in a week, a long time ago. It's a love story. Élise est abasourdie mais ça lui donne du courage pour dire: — Do you know you're in my novel? A complete chapter on you! — We can add some more, if you want? Wow! Et elle qui craignait de ne plus le revoir. Elle flotte de bonheur. Il sort de l'eau en lançant l'habituel: — See you later, que Vanessa et Stéphanie reprennent en choeur. C'est la première phrase anglaise qu'elles maîtrisent vraiment bien. Élise continue de se baigner avec ses filles.

Quand elles retournent s'étendre toutes les trois, Jason et sa femme ont disparu. A-t-elle rêvé? Elle se le demande au moment où elle écrit ceci puisqu'il n'est pas venu. Une heure du matin. Le *Tidewater* fermera sous peu. Va-t-il la surprendre ce soir? Rien de moins certain. Jason est imprévisible. Chaque fois qu'il s'est arrêté, c'était sans avertir. Mais il pense toujours à elle et il reviendra. Elle n'en doute plus. Pour lui, d'ailleurs, Élise laisse passer toutes les autres occasions, même Tony qui n'a pour elle que des attentions. Il a été si gentil sur la plage, cet après-midi. Ils ont longtemps parlé et se sont dit en se quittant qu'ils se reverraient le lendemain soir, au *Tidewater*. Presqu'un rendez-vous. Qu'arrivera-t-il si elle a une aventure avec lui? Non, il ne peut rien se passer avec Tony. Il n'y a que Jason qu'elle désire. Son sensuel Jason qui fait l'amour comme il joue du piano, les yeux fermés. Elle ne lui doit rien, mais Élise sait qu'elle lui sera fidèle. Tout l'été. C'est sa décision. Au début elle a été déçue de le savoir marié, mais aujourd'hui elle voit les choses autrement. Elle veut un homme de temps à autre, pas quelqu'un qui sera là tout le temps. Jason remplit ce rôle à merveille. Il ne peut pas l'envahir, prendre le temps de son écriture, de ses enfants, de ses lectures, de ses amis. Il ne vient que le soir tard. Alors, même si Élise sait qu'elle va s'attacher à lui, qu'elle aura du mal à quitter Ogunquit à la fin de l'été, elle sait aussi qu'elle aura fini son roman. Forcée par les circonstances, elle apprend à vivre un amour non possessif. Pas de mots, pas de promesses, pas de projets. Impossible. Jason n'est pas libre.

Peut-être qu'un jour elle pourra avoir une liaison plus satisfaisante. Pas maintenant. Elle n'est pas prête. Pas assez solide. Elle est réconciliée avec les hommes, mais elle ne peut risquer une relation avec quelqu'un qui pourrait se glisser dans sa vie et tout faire sauter comme Antoine l'a fait. Ainsi, elle accepte que Jason ne soit qu'un amour d'été et, de plus, elle respecte Cindy. Elle n'a aucune intention de lui voler son homme. Jamais personne ne saura rien de cette histoire, sauf ses enfants et

Sandra. Jason et Élise prennent chacun ce dont ils ont besoin. Elle écoute sa musique, ils font l'amour, se parlent comme deux amis. Rien de plus. Jason est une autre étape dans son cheminement. Comme Christophe, oui, mais en même temps c'est bien différent. Elle sait à présent ce qu'elle fait.

Un bruit de moto. Se pourrait-il que ce soit lui? — Jason, t'es venu!

*　*　*

Elle n'a pas prévu ces derniers chapitres, mais ils terminent bien son roman. La boucle bouclée. Dans sa maison, au bord de la mer, elle met une dernière main à ce manuscrit qu'elle a commencé à Saint-Ours, deux ans auparavant. Plus tard dans la soirée, elle ira fêter au *Tidewater* avec ses amis américains pendant que Jason jouera du piano. Elle repense à cet autre bar, les *Beaux-Esprits*, lieu initial de ses amours avec Christophe et Antoine. Elle souhaite que le lancement se fasse là, chez Suzanne, avec tous ses personnages présents: Julien et Charles, Marie, Karla et Jean-François, Mimi, Claude, Paul, Jacques et même Marc. Tous. Vanessa et Stéphanie aussi. Christophe sera waiter et Yves barman. Seul Antoine est exclu parce qu'elle a eu trop mal. Incapable de le revoir. Il verra dans les journaux que son roman est sorti comme elle a lu que son film avait du succès. Peut-être le lira-t-il même? Pour Jason, c'est différent. Elle l'invitera bien sûr, mais comme il ne pourra pas venir, elle lui enverra un exemplaire même s'il lit très peu le français. Élise les a impliqués dans son aventure, c'est normal qu'ils soient là, à l'arrivée. — Je veux tous mes beaux Esprits autour de moi!

Mais avant, il reste une tâche importante à accomplir. De la même façon qu'Élise se séparera dans quelques jours de Jason, elle doit maintenant se séparer d'Élise. L'été est fini, le roman aussi. Le voyage à deux, terminé. Elle n'a pas toujours été capable de soutenir le personnage. À un moment, il s'est effondré. Élise est disparue ne laissant de la place que pour des balbutiements, des plaintes, des vestiges d'écriture. Une réduction à un je essentiel. Les os de la littérature. Plus de chair. Elle a laissé venir et tout a repris. Lentement elle a vu renaître Élise, plus forte qu'avant. La coulée des mots est réapparue. L'écriture aussi, la vraie, celle qu'on donne à lire. Les cahiers ont repris leur fonction première et n'étouffent plus la fiction.

Elle réfléchit une dernière fois au miracle du elle. L'impression d'être une autre. Cette distanciation qu'elle prend quand elle écrit: — Élise pense... Non, ce n'est plus elle mais une femme, nommée au hasard, sans visage, qui se met à vivre. Elle apprend en regardant Élise. Une histoire de femme à n'en pas douter. Comme toutes les autres, Élise se débat dans un monde fait avant tout pour et par des hommes et souvent elle s'y perd. Une brousse. On ne lui a jamais dit clairement ce qu'il faut faire pour s'y reconnaître. Élise marche donc à tâtons, pas toujours élégante. La quête est longue et il faudra beaucoup d'histoires semblables pour montrer combien le chemin est aride. Pas le choix. Continuer sans se lasser, malgré la fatigue, les blessures, les larmes dans les yeux, avec la certitude toutefois que certaines arriveront un jour sur de nouvelles avenues, faites exprès pour elles, larges comme les Champs-Élysées, où voir devant soi n'est plus un problème. Mais le voyage, si difficile soit-il, reste fascinant. Elle se remettra sous peu au travail et fera un autre bout de chemin avec un nouveau personnage qu'elle nommera Françoise ou Mireille, peu importe. Elle ne sera plus jamais seule. Adieu, Élise!

Livre deux

Première partie

Cindy
ou
le crime passionnel

Pendant que le manuscrit se promène chez les éditeurs, Élise travaille. Rien n'est terminé. Le bel automne avance et le roman s'allonge. Elle l'a donné mais elle rajoute quand même des pages. Elle croyait en avoir assez dit. Elle s'est trompée. Comme si on pouvait mettre fin à une histoire aussi artificiellement! Trop simple. Elle a fait ses adieux à ses personnages prématurément puisqu'elle les a toujours dans la tête et qu'elle se plaît encore dans la peau d'Élise. L'abandonner pour une Mireille ou une Françoise? Pourquoi? Elle ne sait pas qui elles sont et ne veut pas faire leur connaissance. Pas maintenant, en tout cas. Tandis que parler d'Élise, de Jason, de Sandra et de tous les autres, oui. Ils lui appartiennent. Elle peut en faire ce qu'elle veut. Ce sont ses personnages. Des marionnettes! Elle les manipule et souhaite que les lecteurs se prennent au jeu comme les spectateurs d'un guignol. La littérature, un jeu d'enfant!

Élise aime écrire sur ses amants, ses amis et ses enfants. En fait, elle n'arrive à parler que des personnes avec qui tous les jours sa vie se joue. Ils sont là et elle s'en sert. Bien plus intéressant que tout ce qu'elle peut imaginer parce qu'elle est à la fois actrice et auteur. Quand elle s'égare, elle n'a qu'à observer. Se regarder jouer, elle aussi. Personne ne connaît d'avance ce qui est en train de se dérouler. La vie est une pièce absurde. Les acteurs ne sont jamais mis au courant de leur rôle avant la représentation unique et on ne peut écrire le texte qu'après coup. Souvent aussi, Élise a l'impression que tout est raté. Par contre, elle sait que quelquefois tout s'organise très bien, même s'il n'y a pas de metteur en scène. Elle seule, investie de toutes les données, note pour essayer d'y voir clair puisque la pièce ne cessera pas. Elle jouera jusqu'à en mourir comme la Belle au Bois dormant. Mais aucun prince ne viendra la réveiller. Celui-là est déjà mort.

Ainsi Élise renaît une fois de plus. Elle est toujours là avec ses personnages. Elle écrit sur eux tous les jours. Ils ne la quittent plus. Plus vivants que jamais. Et le journal aussi continue. Tout continue. Comme la vie. Comme la respiration. Le reste n'est qu'un banal quotidien sur lequel elle n'a rien d'intéressant à dire. Ce qui se passe dans sa tête est fascinant et elle ne peut attendre l'été prochain, à Ogunquit, pour écrire un autre texte. L'écriture a sa vie absolument indépendante des réunions et de tous les tracas journaliers qui malgré l'ampleur et le temps qu'ils lui volent, n'arrivent pas à tarir la source. Le travail se poursuit insidieusement dans d'autres cahiers. Un expédient dont elle a besoin. Pour l'obtenir, Élise travaille la nuit, gruge sur son sommeil. Les yeux cernés: le prix à payer.

Mais comment expliquer cette passion? Bien facilement. Ce qui était à prévoir est arrivé. Au début, elle croyait que son cœur était resté dans le Maine. Il n'en était rien. The other way around, comme on dit. Elle n'a pu faire autrement que de ramener le Maine avec elle. Jason! Sa raison lui dit de s'en défaire mais elle n'y arrive pas. Elle l'écrit pour le tenir à distance. Jason l'envahit toujours comme durant l'été. L'obsession est de nouveau là. Elle en profite puisqu'il l'inspire. Comme s'il lui injectait une folle énergie, même de loin. Cela lui suffit. Elle n'a même plus besoin d'aller aux *Beaux-Esprits* aussi souvent. Elle est mieux chez elle avec Jason et leur romance fictive. Elle ne fait de mal à personne. Juste une occupation qui épuise un amour impossible mais toujours présent. Élise y travaille chaque jour, avec acharnement, dès qu'elle a quelques moments libres.

Elle s'est mis dans la tête de dire la vérité. De raconter la fin de l'été. L'heure des aveux a sonné. Non, cet amour n'a pas été aussi extraordinaire qu'elle l'a laissé entendre. Sauf peut-être pour la scène initiale qui, elle, est exacte. Durant tout l'été, Élise a été torturée à cause de Jason. Elle l'est encore. La scène d'amour aurait dû être la première et la dernière. Mais, évidemment, il fallait qu'Élise s'enfarge dans l'Amour. Le beau Jason a résisté, cependant. Quelle chance! Ainsi elle a enduré toutes les affres de la passion, une fois de plus. Seul Swann a été aussi fou qu'elle. Et tous les autres, ceux qui n'en parlent pas, mais qui n'en souffrent pas moins.

Le plus fidèlement possible, alors, elle relatera ce qu'elle a vécu et aussi ce qui lui arrive. Pas très organisé tout ça, mais l'est-elle plus? Ne reste nul autre choix que de l'accompagner. Un bateau qui rejoindra un jour son port. Tant que le mot fin n'apparaîtra pas, même en marche arrière comme ce qui va suivre, il faut donc continuer avec Élise, dans les vagues de sa vie.

* * *

Retour à Ogunquit. Compte à rebours. Il reste une semaine à Élise avant de repartir pour Montréal. C'est le soir et elle écrit. Une surexcitation mentale. Elle a fumé et Jason ne vient pas. Elle essaie d'être intelligente. De comprendre. Elle sait ou bien qu'il ne peut ou bien qu'il ne veut pas venir. La même chose. Ce n'est pas parce qu'il ne l'aime pas ou quelque chose du genre, mais parce que ça dure depuis trop longtemps. Il ne peut tout simplement plus endurer. Elle non plus, d'ailleurs. Les amants sont exaspérés. Assez de jouer. Trop de frustrations. Élise ne l'aura même pas vu dix fois en tout. Il viendra bien une dernière fois, pourtant, pour lui dire au revoir. Peut-être pas, non plus. Elle ne sait plus rien sauf qu'elle est immensément attirée par cet homme avec qui elle a aimé faire l'amour plus qu'avec aucun autre. Il a mis un frein. À cause de l'intensité? À cause de Cindy? Parce qu'il a peur? Elle ne peut savoir. Elle a mal. Elle s'est encore fait mal. Forcément. Les émotions!

Elle doit aller se coucher mais impossible. Elle attend Jason. Toujours. Tous les soirs. Une habitude qui ne l'empêche pas vraiment de fonctionner. Qui la rend toujours un peu high. Exactement comme quand elle le voit par hasard. Encore arrivé sur la plage, l'après-midi même. Elle l'a vu venir. — Hi Élise! Comédie. — Hi Jason! Fausse indifférence. Et il a continué vers ses amis. Assez de ce jeu cruel. Élise le fuira elle aussi, cette semaine. Elle travaillera très fort pour ne plus penser à lui. Mais comme elle s'est trompée! Elle s'imaginait qu'il viendrait plus souvent après le départ des enfants. Il se passe exactement le contraire. Elle est déçue de la fin qu'elle avait souhaité plus romantique. Compte à rebours. Dans huit jours, elle sera dans son appartement à Montréal. Fini pour vrai. Ce laps de temps est difficile à traverser. L'inconnu.

Élise s'invente des scénarios. Au pire, Jason ne la verra qu'au *Tidewater*... Non. Ce serait mieux s'il venait lui faire ses adieux chez elle. Ils ne feront même pas l'amour... Est-ce vraiment mieux? Un petit effort. Il viendra et aura très envie d'elle. Ils s'aimeront pour la dernière fois mais ce sera le soir et, comme d'habitude, il sera pressé... En allant de mieux en mieux. Ce sera comme la version précédente, mais le jour, et il aura tout son temps... Un pas de plus, toujours. Il lui apportera un cadeau, un souvenir, pour qu'elle ne l'oublie pas... On peut continuer à l'infini. Il viendra deux fois, trois...

Élise est devant toutes les virtualités. Le mieux et le pire. Mais dans toutes les versions, elle est passive. Elle endure cette situation et elle a mal au ventre. Elle sait que son corps lui fait signe dans les moments de grande tension. Une soupape qui dit: — Attention Élise, ça ne va pas. Elle est archi-stressée. Il y a son départ, Suzanne et Francis qui viennent prendre sa maison, les enfants et les cours, bientôt. Trop. Son ventre accumule tout. Mais pourquoi, en plus, est-elle aussi passive avec Jason? Pourquoi permet-elle cette situation? Elle ne s'accorde aucun moyen d'intervenir comme si elle n'avait rien à dire. Voilà manifestement ce qui ne fonctionne pas dans cette histoire. Elle accepte tout parce qu'il ne la rejette pas. Il revient toujours. Point. La valorisation ne va pas plus loin. Suffisant pour la garder là. Elle ne demande rien. Elle n'ose pas. Lui, Jason, agit comme Christophe. — On fait ce qu'on veut dans la vie! — Oui Jason. Oui Christophe. Élise est dure de comprenure. Que peut-elle dire pour sa défense? Elle a peur d'être rejetée une fois de plus? C'est clair. Ça fait son affaire? Vrai d'une certaine façon puisqu'elle travaille et qu'il ne la dérange pas trop. Elle le trouve beau? Assez trivial, mais enfin! Elle veut se prouver qu'elle est encore attirante et aussi, qu'elle est au-dessus de ses affaires? Elle attire peu et n'est pas cool du tout. Elle pourra raconter à ses amis qu'elle a eu un bel amant tout l'été? Oui, mais va-t-elle leur dire à quel prix? Qu'il est difficile d'avouer autant de faiblesses! Une vraie pitié! Mais juin, juillet, la moitié d'août ont passé, son roman est presque terminé et elle a rencontré des gens différents. Et puis, elle ne s'est pas éparpillée puisqu'elle n'a eu qu'un seul homme, tout l'été. Mais surtout, surtout, comme elle a appris sur elle-même!

Compte à rebours. Dans huit jours, Élise sera à Montréal et elle saura la fin. Pas la toute dernière, toutefois, puisqu'elle a l'intention de revenir pour la fête du Travail. Un autre trou noir.

Élise a fini son roman et elle repart dans deux jours.
Bon timing. Elle ne sait plus quoi faire. Vidée. Elle s'en
va au *Tidewater*. Peu de monde. C'est plat, en fait. Elle
parle avec une fille. Pam, qu'elle s'appelle. Ennuyante!
Elle change de place et s'installe à sa table préférée,
devant les musiciens. Elle regarde Jason qui joue du
piano. Un seul autre musicien, David, à la batterie. Elle
connaît tout le répertoire, maintenant. Elle n'écoute pas.
Trop absorbée par ses pensées. Elle pense à la dernière
visite de Jason, deux jours auparavant. Il est arrivé à
l'improviste, comme d'habitude. À son air sérieux, Élise
a tout de suite compris qu'il venait pour lui parler. Enfin,
il y aurait des explications.

Jason dit: — Élise, je viens rarement parce que je
crains que tu t'attaches trop à moi. J'ai peur de te blesser.
T'as eu souvent de la peine, je le sais et ça me désole.
C'est pas du tout ce que je veux, je t'assure. Je t'aime et je
suis content de m'être approché de toi. Je tiens à toi. Tu
fais partie de ma vie, maintenant. Mais il y a Cindy et il ne
faut pas lui faire mal à elle non plus. C'est mon amie. On
est ensemble depuis cinq ans. La première fois qu'une
femme arrive à m'endurer! Pas facile, tu sais, surtout ces
temps-ci. Je ne suis pas avec elle très souvent. Mais je
vous aime quand même toutes les deux. Jason fait un
geste d'impuissance. Élise parle: — Je sais tout ça Jason.
Je t'aime et je comprends. Je veux pas être possessive
avec toi. Je prends ce qui passe, sans plus. Je ne te
demande rien et je ne pourrais pas endurer que Cindy soit
malheureuse à cause de moi. Je voudrais que tu me fasses
plus confiance, par exemple. Qu'on reste amis, au moins,
si c'est plus possible qu'on soit amants. Élise regarde
Jason. Que va-t-il se passer maintenant? Jason l'attire et
elle se colle tout contre lui. Ils s'aiment, mais autrement.
Avec tendresse, pour la première fois.

Élise a fait sa fine avec Jason. Elle n'a pas parlé du
tout de sa peine, de sa difficulté à accepter la situation.

Rien dit de sa souffrance. Rien dit non plus de son envie de lui, constante. Rien dit de ce grand amour qui l'habite et l'obsède. Oui, c'est ça, qui l'obsède. Elle n'a pas fait exprès pour se taire. Elle a tout simplement suivi le pli. Pensé à lui, pas à elle. Ne pas le culpabiliser. Ne pas le blesser. Surtout, ne pas le faire fuir. Se contenter de peu mais le garder. Elle ne veut pas qu'il disparaisse de sa vie. Tout, mais pas ça! Au moins qu'il continue à l'aimer même quand elle sera revenue à Montréal. Garder un bon souvenir.

Jason cesse de jouer. Il ouvre les yeux. Il la voit. Il s'approche d'elle discrètement. Elle lui dit qu'elle vient de terminer son roman. — Wow, that's great! I'm glad for you, Élise. C'est tout. Déjà trop. Il va vers le bar avec David. Elle se lève et sort. Elle sait qu'il ne viendra pas ce soir.

Elle entre chez elle, dépose son sac sur la table et se regarde dans le miroir pour savoir si elle est encore jolie. Elle pense à la reine, la méchante belle-mère de Blanche-Neige. — Miroir, miroir, dis-moi qui est la plus belle? Elle sourit mais à travers des larmes. Ça pleure tout bas en elle. Elle n'y prête pas attention. Elle fait un feu et essuie machinalement ses joues. Elle met Marianne Faithfull et s'assoit devant le feu dans le grand fauteuil d'osier.

Why d'ya do what you said?... Ah! do me a favor don't put me in the dark... You just tied me to the mast of the ship of fools!

Elle n'essuie même plus les larmes. Les laisse couler sur les rigoles de sa figure.

... Are we out of love now? Is it just a bad patch?

Sa poitrine se gonfle de plus en plus vite. Elle ne bouge pas. Fait comme si de rien n'était. Maintenant ça sanglote.

... Why d'ya do what you did?

Subitement ça éclate. Un volcan en éruption. —
Jason! Jason! pourquoi tu viens pas? Je veux que tu sois
là. J'ai besoin de toi, ce soir. Je suis toute seule pour célé-
brer la fin de mon roman. Je ne veux plus comprendre.
J'en ai assez d'être raisonnable, toujours raisonnable, de
penser à Cindy. Je t'aime et tu me laisses toute seule,
même aujourd'hui. Je suis tannée, tannée, tannée! T'aurais pu comprendre que c'était important que tu viennes.
Cindy, toujours Cindy, ta femme! Moi, j'ai rien dit. Je
ne dis jamais rien. Je ne demande jamais rien. Mais j'ai
mal. J'étouffe de douleur. Je t'ai attendu tous les soirs,
tout l'été. Toujours le même scénario. *Jason ou les promesses!* Quelles promesses? Un amour non possessif?
Tout ça, c'est une farce. Je suis bonne à rien là-dedans. Je
te veux, Jason. Je te veux près de moi, à moi, en moi.
Jason, je t'aime. Je suis écœurée de rationaliser alors que
tout ce qui m'intéresse, c'est toi. Je suis impuissante. Je
sais que je ne t'aurai jamais. JAMAIS. Maudit Jason!
Pourquoi tu t'es pas contenté de ta femme? Ta faute tout
ça! «I want to see your house.» T'aurais dû dire la vérité:
«I want to fuck you.» T'as réussi. Je suis fuckée ce soir.
    Ça crie en elle, ça rage, ça hurle. Élise est par terre et
se tord. Des lames de rasoirs dans le cœur comme dans les
pommes de l'Halloween. Qui s'amuse à lui faire mal?
Qui est ce sadique? Elle? Élise se ferait ça à elle-même?
Est-ce possible? Non. Elle a voulu essayer quelque chose
de nouveau. Un amour différent, détaché, et c'est seulement ce soir qu'elle se rend compte de son échec. Désespérée et jalouse. Pourquoi Cindy et pas elle? Élise crie: —
Oui, pourquoi elle et pas moi? Je dois me contenter des
restes. Je suis la mendiante des restes de Jason. Comme la
mendiante dans le *Vice-Consul.* Si au moins, comme elle,
je perdais la tête et je me mettais à chanter. Si au moins…
    Élise est calme maintenant. La lave est refroidie.
Elle se lève lentement pour ne pas remuer les émotions.
Elle ferme les lumières et le tourne-disque. Elle remet la
grille devant le feu. Comme une somnambule, elle va vers

sa chambre, se déshabille avec une grande économie de mouvements et se couche enroulée sur elle-même. Pauvre petite crevette esseulée.

*   *   *

La fin de l'été pour Élise. Elle rentre à Montréal dont elle a eu un avant-goût la veille, puisque Suzanne et Francis sont arrivés. Mais elle n'est pas tout à fait prête pour la ville. Atterrir doucement. En ce moment, elle est entièrement occupée à quitter Jason et le Maine. Ils s'aiment mais sont désormais séparés. Elle roule et pense à lui. Ne peut faire autrement. Ses réflexes sont bons, heureusement, parce qu'elle n'est pas vraiment sur la route. Elle est restée à Ogunquit. On ne revient pas si facilement du pays de l'amour et de la mer. Le veut-elle d'ailleurs? Non. Elle pense qu'il est trop tôt pour mettre le point final.

Le cerveau d'Élise fonctionne à grande vitesse. Elle regrette de ne pas avoir de magnétophone. Elle aimerait enregistrer tout ce qui lui passe par la tête. Quand arrivera le temps d'écrire son retour, elle n'aura retenu que bien peu. Tout son été défile devant elle pendant qu'elle est en train de quitter son amant mais que quelque chose en elle refuse et s'accroche. Elle est imbibée de cet homme. — Jason, I feel like talking to you... Elle veut qu'ils restent amis et qu'ils se revoient le plus tôt possible. Elle aimerait qu'il travaille fort à sa musique parce qu'elle pense qu'il est très doué mais qu'il est un peu paresseux. — Do something, Jason... Elle l'engueule comme fait une mère avec un enfant qui prend la vie un peu trop à la légère. Elle voudrait qu'il exploite toutes ses qualités, son beau Jason qu'elle ne reverra qu'à la fête du Travail! Peut-être pas, non plus. Quelle idée terrible! Elle la chasse. Ce qu'on ignore ne fait pas mal. L'argument exact des hommes qui ont une maîtresse et qui n'en parle pas à leur femme. L'argument de Jason! Jamais Cindy ne sera mise au courant de cette liaison. Peut-être même que

Jason s'empressera d'oublier cette femme-qui-l'a-tellement-dérangé-dans-sa-petite-vie-tranquille-de-gars-du-Maine-qui-se-la-coule-douce-avec-une-femme-qu'il-aime-bien-et-qui-ne-lui-demande-pas-de-se-forcer-elle. Aux oubliettes cette Élise trop embarrassante! Si ça arrivait? Elle s'agrippe à son volant. C'est bien saint Antoine, le patron des causes désespérées, non? — S'il vous plaît, mon bon saint, mon beau saint, occupez-vous un peu de moi!

Plus elle approche de Montréal, plus elle est fébrile. Elle ne veut pas rentrer chez elle tout de suite. Elle s'arrête dans une cabine téléphonique. — Allo! Karla, c'est moi, Élise. Je suis près de Montréal. Est-ce que je peux venir vous voir? J'ai besoin d'un accueil chaleureux. — Viens tout de suite, on t'attend. Elle remonte dans son auto, soulagée. Elle ira chez ses amis pour effectuer le passage entre Montréal et sa maison. Elle sait qu'elle s'y sentira égarée pour quelque temps. Elle cherchera la mer, le jazz du *Tidewater*, les bruits de moto. Ce sera dur. Elle arrive finalement chez Karla et Jean-François. Ils trouvent qu'elle a bonne mine. — T'as l'air en santé et je t'ai jamais vue si bronzée! Une chance qu'ils ne voient pas son cœur tout calciné pour avoir trop brûlé pour Jason! Elle leur raconte son été, son roman, ses amours. Puis, encouragée par tant de gentillesse et d'amitié, elle s'en va chez elle.

C'est beau! Tout propre et tout blanc. Elle avait oublié. Elle se promène comme une étrangère. La vue du piano ramène Jason. Elle retourne à son auto chercher le dessin qu'il lui a donné le matin même, avant qu'elle ne parte. Elle a au moins ça pour se prouver qu'elle n'a pas rêvé toute cette histoire. Elle devra s'y accrocher parce que c'est tout ce qu'elle a de Jason. Elle serre le dessin très fort contre elle. — Je m'ennuie déjà de toi! Puis elle attaque les bagages. Elle défait tout. Elle regarde ensuite son courrier. Rien d'intéressant. Des comptes, des revues, une lettre du Cégep pour qu'elle n'oublie pas qu'elle est rentrée si tôt à cause de ça. — C'est pas humain de recommencer l'école au mois d'août! Elle ouvre la télé pour savoir ce qui arrive au Québec. — En français, c'est vrai! Oui, elle est revenue.

Tout est maintenant en place. Sauf Élise. Quelle énergie! Pas du tout fatiguée même s'il est onze heures et qu'elle a fait tout ce long trajet. Son été l'a vraiment reposée. Elle veut encore parler à quelqu'un. — Voyons, qui se couche tard? Julien! Elle lui téléphone et lui dit qu'elle a envie de le voir. — Ben amène-toi. J'étais justement en train de me faire un verre. Quels bons amis elle a! Elle accourt. Dehors il fait très chaud et cette température rend la ville voluptueuse. Elle pense: — Moi, je suis mieux de me calmer la volupté pour un bout de temps! Julien, lui, est archi-accueillant comme d'habitude. Ils boivent et se racontent leurs vacances. Il a écrit et elle aussi. Ils ont tous les deux souffert par amour. Puis Julien donne des nouvelles. Il parle de Marie, de Charles et de Maxime, de Vava. Le groupe! Ils rient et sont contents de se voir.

À deux heures du matin, elle revient chez elle, complètement découragée parce qu'elle n'est toujours pas fatiguée. Surexcitée! Elle écrit tout ceci.

*　*　*

Les deux semaines qui suivent sont entièrement occupées par le Cégep et les enfants. Magasinage pour la rentrée, réunions et premiers cours. Élise réussit tant bien que mal à se ramasser suffisamment pour faire son travail. Mais elle ne pense qu'à une chose, retourner à la mer. Elle attend la fête du Travail.

Le long week-end est là, enfin. Elle se précipite sur l'autoroute. Les six heures du trajet lui servent de préparation. Elle se met en état d'amour comme on se met en état de grâce. À dix heures, elle arrive. Elle veut voir Jason dont elle n'a eu aucune nouvelle. Elle va immédiatement au *Tidewater*. Son cœur bat si fort qu'elle a peur qu'il saute hors de sa poitrine et coure vers le piano dès qu'elle entrera. Mais il n'en fait rien. Il s'arrête plutôt de battre quand Élise constate que Jason n'est pas là. Ni lui, ni ses musiciens. Un guitariste et un saxophoniste inconnus jouent à leur place. Elle est livide et la barmaid lui demande si elle est malade. — No, I'm O.K. I'm just tired. I drove six hours. Elle commande une bière et d'un ton qu'elle croit détaché, demande où sont les musiciens réguliers. La barmaid répond que le propriétaire a engagé ces deux musiciens pour tout le week-end. Elle ne sait pas où sont passés Jason et son groupe.

Élise n'en croit pas ses oreilles. Elle n'entendra plus jamais jouer Jason? Finie la musique qui a accompagné tout son été? Elle est triste, si triste qu'elle a du mal à retenir ses larmes. Va-t-elle seulement le revoir, d'ailleurs? Elle essaie de se raisonner. — Jason sait que je suis là. Il va venir me voir, c'est sûr. Des amis la reconnaissent et s'approchent d'elle. Elle leur tient compagnie une petite heure et rentre le cœur en compote. L'attendre? Non, non, elle ne veut pas recommencer le jeu infernal. De toute manière, ce serait inutile. Jason doit penser qu'elle n'arrive que le lendemain, vendredi. Elle se couche épuisée et misérable.

Quand elle se réveille, il fait un soleil radieux. Elle va voir Sandra et elles conviennent d'aller manger ensemble, le soir même. Sandra est libre puisque Kevin n'arrive que le lendemain de Boston. Puis, fébrile, elle se rend à la plage. Elle y rencontrera sûrement Jason. Elle le cherche inlassablement. La tension monte au fur et à mesure que la journée s'allonge. Rien ne réussit à faire cesser le martellement intérieur, pas même la beauté de la mer sous la lumière d'automne. Plus de Jason, ni au bar, ni à la plage. Elle part et fait la tournée de quelques boutiques pour profiter des soldes de fin de saison. Pour s'occuper surtout. Mais rien ne va plus. La jolie robe qu'elle s'achète ne fait pas le poids devant sa détresse. Elle rentre chez elle pour se préparer. Elle arrive chez Sandra à l'heure prévue. — What's wrong, Élise? You look so upset. — I am, Sandra, I am. Elle raconte que Jason semble s'être évaporé. Sait-elle quelque chose? Non, Sandra n'est au courant de rien, mais elle dit à Élise de ne pas s'en faire, que Jason viendra certainement la voir. Élise a besoin de la croire et elle se calme. Elles vont à Portsmouth, stoned. Il fait toujours beau et doux. Une prolongation de l'été. Un cadeau du ciel. Le dîner est agréable. Elles ont beaucoup à se raconter après deux semaines passées sans se voir.

À dix heures et demie, Élise rentre attendre Jason. Il ne peut pas ne pas venir, Sandra l'a dit! Pour passer le temps, elle révise son manuscrit. L'heure avance et toujours pas de bruit de moto. Elle ne veut pas croire ce qui lui arrive. Elle ne reverra pas Jason de tout le week-end? L'enfer! Élise a presque envie de repartir pour Montréal tant elle prévoit que les journées qui vont suivre la meurtriront. — Endurer ce supplice jusqu'à lundi midi? Soixante heures! Trois mille six cents minutes! Des millions de secondes! Impossible, je tiendrai pas le coup. Elle prend un somnifère et se réfugie sous les couvertures.

Elle dort jusqu'à dix heures et se remet immédiatement à son manuscrit. Elle se concentre suffisamment pour permettre au temps de passer. Vers deux heures, elle va à la plage. La température se moque toujours d'elle. Il fait encore beau et chaud. Ses yeux se remettent à chercher Jason. Mais pas plus que la veille, il n'y est. Que va-t-elle faire, seule pour dîner, seule pour passer la soirée? Un cauchemar qui s'éternise. Elle pense tout à coup à son ami, le peintre new-yorkais. Elle part le saluer. Il est seul, lui aussi, et il ira volontiers manger et prendre un verre avec Élise. Ils parleront de peinture, de littérature et de cinéma. — Bon, c'est pas si mal. Ça s'endure.

En allant chez elle, un autre choc l'attend. De la même intensité exactement que celui qu'elle a ressenti quand elle a constaté que Jason ne jouait plus au *Tidewa-*

ter. Son beau pianiste est au coin d'une intersection, sur sa moto, l'air défait. Saoul? Drogué? Mais elle vient en sens inverse. Elle crie en passant près de lui: — Jason! Jason! Il ne la voit ni ne l'entend. Incapable de faire demi-tour, elle contourne tout le pâté de magasins le plus rapidement qu'elle peut. Quand elle revient à l'intersection, il a disparu. Trois directions sont possibles. Laquelle a-t-il prise? Elle va vers la plage. C'est désert. — De deux choses l'une: où il va chez lui, où il va chez moi? Elle se précipite à sa maison pour ne pas le manquer. Il n'y est pas non plus. Élise est décomposée. Jason est bel et bien dans la ville mais il ne vient pas la voir! Des émotions contraires la déchirent. Peine et colère. Larmes. Une fois de plus cependant, elle se ressaisit. Elle prend une douche, se maquille, met la jolie robe qu'elle s'est achetée la veille et va à son rendez-vous. Elle se couche très saoule. Jason fait des efforts pour réapparaître mais elle le chasse en marmonnant: — After all, tomorrow is another day...

Le temps est toujours magnifique et c'est sa dernière journée à la mer, cette année. Elle veut la passer sur la plage. Elle rencontre Sandra et Kevin. Cette dernière, prétextant une marche, s'empresse de l'amener à l'écart et lui dit: — You know what, Elise? I saw Jason last night. Élise écoute parfaitement. Sandra est allée danser avec Kevin et Jason était là, seul et plutôt saoul. Discrètement elle lui a dit qu'Élise était à Ogunquit. Il a semblé surpris. — Oh! I didn't know that. Thanks, Sandra. Puis il a disparu. L'Américaine ne l'a plus revu. Élise tente de rester calme mais son cœur fait encore des bonds. De joie, cette fois. Peut-être qu'elle le verra, alors? Tout n'est pas perdu. Elle s'accroche à cet espoir. Et puis il y a Sandra et Kevin avec qui elle peut se baigner et parler. Patienter aussi.

Les amis d'Élise quittent tôt et elle reste seule sur la plage. Ne veut même pas penser à la soirée. Étendue sur le sable, elle lit sans rien comprendre. — Hi Élise! Elle se retourne et voit Jason, là, devant elle. Elle en a le souffle coupé. Absolument incapable de parler. Il explique qu'il a mal compris, qu'il croyait qu'elle venait seulement le week-end suivant. C'est suffisant pour Élise. Tout est pardonné. Oublié! Elle lui demande comment il se fait qu'il ne joue plus au *Tidewater* avec ses amis. Il s'est engueulé avec le propriétaire et ils ont tous été congédiés. Il n'est pas très en forme. Ces évènements l'ont affecté et il a beaucoup trop bu ces derniers jours. Ceci dit, il ne peut rester plus longtemps. Évidemment qu'on pourrait les remarquer! Mais il passera chez elle vers huit heures, si elle veut. Il a toute sa soirée. Élise répond avec un grand sourire: — I'll wait for you, Jason.

Le lendemain matin, elle est enfin en harmonie avec le soleil. Elle ramasse quelques fruits et court faire ses adieux à la mer. — Une dernière méditation devant l'Océan! Elle est heureuse. Jason est venu et ils ont passé six heures ensemble. Six heures! Pour une fois, ils ont eu le temps de s'aimer et de se parler. Elle en aura pour des mois à se remémorer cette conversation, à tout ressasser. Et peut-être qu'il viendra la voir à Montréal. Elle ne doit pas compter sur ça, cependant. Il essaiera mais il ne sait pas s'il pourra. Cindy! Ménager Cindy dont il lui a beaucoup parlé. Élise ne veut pas se laisser assombrir par la pensée de la femme de Jason. Elle se concentre sur le paysage. — Que c'est donc beau! Elle se remplit la vue de toute cette immensité, de toute cette lumière qu'elle ne reverra pas avant huit longs mois. Oui, les vacances sont maintenant terminées pour vrai.

* * *

Élise reparle quelquefois de son été. Quand elle mentionne un certain pianiste qu'elle a rencontré, malgré les efforts qu'elle fait pour paraître indifférente, ses yeux brillent trop. Ses amis s'en aperçoivent mais c'est sans conséquence parce que, pour Julien, pour Charles, pour Marie et tous les autres, Jason demeure une pure abstraction. Seule Suzanne l'a aperçu et encore, à peine. Personne ne peut comprendre, encore moins aider. Élise garde cachée la flamme qui brûle si fort en elle. Elle s'y réchauffe secrètement et fait semblant aux yeux de tous d'être libre comme l'air, sans aucune attache sentimentale. — Non, Paul, c'est pas un feu de paille, celui-là!

Pendant l'été, c'était plus facile. Elle avait Sandra comme confidente. La grande Américaine savait combien Élise aimait Jason et pouvait lire la tristesse sur la figure de son amie quand il ne venait pas pour un moment. Elle raisonnait Élise, la ramenait à la réalité. — You're falling in love, Elise. Be carefull. You'll hurt yourself. Jason is not for you. — I know, I know. Don't worry. Élise n'en continuait pas moins de faire à sa tête mais elle revenait toujours à Sandra quand elle n'en pouvait plus de se débattre avec son amour encore, toujours envahissant. Elle expliquait à Sandra ce qu'elle vivait avec Jason. Lui avouait que, même absent, surtout absent, elle le désirait au point de devenir folle. Sandra n'est plus là pour l'écouter, la conseiller. Élise lui téléphone encore quelquefois, dans les moments de faiblesse. Elle trouve des prétextes pour entendre parler de Jason. Mais ça ne marche pas. Sandra est retournée à Boston. Elle ne vient dans le Maine que pour les weekends et n'a jamais revu Jason.

Élise est maintenant enfermée entre les quatre murs de son crâne avec son amant et leur amour peau de chagrin. Elle lui parle et ça se traduit par de longues lettres en français puisqu'elle sait qu'il ne les recevra jamais. Elle essaie de rester lucide, de tout rendre positif. Elle apprend douloureusement. Par manque. De nouveau. Oui, comme avec Christophe. Elle analyse, se regarde tomber, se regarde languir, analyse encore, cherche les raisons de cette nouvelle passion et ne sort de son laboratoire que pour s'occuper de ses cours et de ses enfants. Chères Vanessa et Stéphanie, heureusement qu'elles ne savent pas ce que contient la tête de leur mère!

Peut-être qu'elle ne devrait pas se livrer à une telle alchimie. Peut-être que c'est pernicieux, vicieux, nauséeux, niaiseux. Mais elle veut comprendre. Se regarde vivre sans se cacher. Paradoxalement, dans sa vie de tous les jours, à son travail, à la maison, dans ses autres histoires amoureuses même, elle s'aperçoit qu'elle est de plus en plus souvent en pleine possession de ses moyens. Elle progresse. Elle a compris que si tout reste dans sa tête, ce n'est pas dangereux. Ce qui a bien failli tuer Élise, un jour, c'est Antoine avec qui, justement, rien n'est resté dans sa tête. Ce cancer-là, on peut en mourir. Pas l'obsession mentale de Jason. Elle la dérange, la blesse, la torture mais c'est nécessaire pour que toute la folie sorte. Élise n'a pas peur du tout. Au contraire, elle avance. N'écarte rien. Veut tout voir. Pas d'orgueil, plus de fausse pudeur. Une totale acceptation d'elle. À chaque nouvelle révélation, Élise est bouleversée mais heureuse de son courage. Admet: — Oui, c'est moi cette femme-là. Elle rit. Devient forte. Son psychiatre de papier ne lui laisse aucun répit. Elle ne sortira de ça que guérie de sa maladie: vouloir posséder et être possédée par un homme! Toujours elle se cogne et se recogne à son désir, et sa frustration est tellement grande qu'elle doit arriver à l'éliminer. La bataille finale! Elle en viendra à bout comme de tout le reste. Elle vaincra. Toutes ses souffrances rapporteront. Elle pourra prendre et donner, mais juste ce qu'il faut. Rester elle-même, envers et contre tous. Faire en sorte que toutes les énergies avec laquelle elle combat ses amants-satans soient récupérées. Elle est dans une phase nécessaire de sa croissance et elle accepte sa situation.

Personne, non personne, ne peut savoir quelle terrible lutte Élise est en train de livrer. Son unique allié, le papier. Sa seule tactique, écrire.

* * *

Jason,

*I really miss you. Very much. I don't know what to
do with those feelings. Je les reçois. Je pense à toi souvent
quand j'écoute de la musique et que je n'ai personne à
aimer. Me reviennent des flashes de nos étreintes. Elles
me manquent beaucoup. Me manque aussi ta musique,
celle que j'ai entendue tout l'été. Et toi à regarder tout
simplement. Quand je veux me souvenir, je ferme les
yeux et tu apparais. Tu es au* Tidewater. *Tu joues. Tu gri-
maces tout à coup parce que ça ne va pas à ton goût. Que
je t'aimais donc à ces moments-là! Puis, nonchalant, tu
te lèves de ton piano, les bras ballants. Tu as ce sourire
qui te fait les yeux petits et rieurs. Tu t'arrêtes près de moi
pour me demander une cigarette avec pas plus de familiarité que si on ne se voyait jamais ailleurs que là, dans ce
bar. Toujours faire comme si... Toujours faire semblant... Ça me rendait particulièrement timide avec toi.
— Hi! Jason, how are you doing tonight? — I'm fine
Elise and you? C'était si superficiel, si froid, alors que je
te désirais tellement. J'en avais des frissons et j'avais
peur qu'ils me trahissent. Puis quelquefois, quand je m'y
attendais le moins, cette phrase à peine murmurée qui
m'illuminait: — I'll come over, tonight. Je me calmais,
tout à mon bonheur, et j'écoutais la musique qui suivait
comme une introduction à ce qui allait venir, à ces gestes
qui enfin seraient posés pour vrai. Un prélude à l'amour.
J'aurais voulu être le clavier et immédiatement caressée
par toi.*

*Je t'écris en français, Jason. Ça montre bien que tu
ne liras jamais une ligne de cette lettre et c'est triste. Tu en
as décidé ainsi et je respecte ta décision, même si ça me
révolte quelquefois. Je te parle parce que je t'aime. Mais
toi? Je n'ai vraiment jamais compris ce que tu éprouvais
pour moi si ce n'est qu'il y avait une attirance physique
définitive. C'est tout ce que je sais. Jason, où me situais-
tu dans ta vie? Tu n'as jamais répondu à cette question*

que je n'ai jamais osé te poser, par ailleurs. Maintenant, ton silence répond pour toi. Il n'y a pas de place pour moi. J'accepte ça aussi. C'est pareil avec André, un gars que je viens de rencontrer. Comme toi, il est beau et gentil pourtant. Un amant de plus dans ma vie, sans plus. Non, je ne t'ai pas trouvé de remplaçant. Tu es encore le premier.

Jason, je ne t'en veux pas du tout. Je suis tout simplement malheureuse parce que je t'aime encore et que je n'ai pas de nouvelles de toi. Je sais qu'il y a Cindy et je te trouve bien chanceux. Je suis très jalouse d'elle, tu sais. Moi, je n'ai personne. Je pense si souvent à toi pour cette raison. J'attends. Mon amour est en veilleuse. Personne n'en a envie. Il est peut-être en train de s'améliorer en vieillissant, comme le vin. Je me le souhaite. En attendant, je te l'offre pour ne pas perdre le geste de donner. Ce n'est ni fou, ni dramatique. On se débrouille comme on peut et je ne connais pas d'autre manière. Alors, une fois de plus, cet amour est à toi. Prends-le et ne détourne pas la tête. C'est un cadeau.

Élise

* * *

Elle écoute Keith Jarrett et pense à Jason et à André. Elle ne sait pas très bien avec lequel elle se trouve. Quelquefois avec l'un, quelquefois avec l'autre. Ça se complète, se mêle parfaitement. Comme des jumeaux qui prennent chacun leur part, habitués à tout partager. En ce moment, Jason prend le sein d'Élise comme on prend l'eau dans ses mains pour boire à la source. Il l'embrasse tout doucement puis André s'approche et apprivoise l'autre d'une façon presque identique. En de longs mouvements circulaires inverses, ils gravitent autour de sa poitrine heureuse. Elle oscille tout au plaisir de ses deux amants disparus, l'un dans la passé, l'autre dans le futur.

Élise voyage dans son corps. Souvenir et anticipation. Le plaisir est multiplié. Écho des miroirs. Abyme.

Keith Jarrett joue *Prayer*. C'est beau, c'est pas possible, cette contrebasse qui l'accompagne! Comme si la résonance du piano projetait son ombre déformée et sourde sur l'oreille. Couple désassorti mais inséparable. Elle comprend toute la concentration de Jason quand il joue. Il le fait pour entendre la mélodie du dedans et l'accorder à celle des autres musiciens. Pour permettre à l'une d'appeler, l'autre de répondre. C'est tout ça qu'elle voyait sur sa figure pendant l'été, quand, avec un gin tonic et une cigarette, elle le regardait scandaleusement. Les plis du visage de Jason se formaient, se déformaient. Les muscles de tout son corps tanguaient comme des vagues stéréophoniques.

Frissons. Elle a froid soudainement. La chair de poule. Tout chaud pourtant dans sa poitrine. Brûlante sa vulve. Jason et André, les deux jumeaux! Elle se concentre et leurs traits apparaissent. Mais ça fuit toujours. Elle se souvient des gestes de l'amant de la mer et inventent ceux de l'amant de la ville. En réalité, ce sont les mêmes. Elle n'a qu'à interchanger les têtes des deux fantômes. Pourquoi n'y a-t-il près d'elle rien d'autre que la musique, le papier et le stylo?

*   *   *

Élise continue de penser à Jason. Mais curieusement, Cindy devient de plus en plus souvent l'objet de ses réflexions. Elle se rend compte qu'elle connaît très peu la femme de Jason. Elle l'a vue sur la plage et quelquefois aussi au *Tidewater*. Une fois, elle est même allée manger au restaurant où Cindy était serveuse. Pour la voir de plus près. Par curiosité. Jamais, évidemment, elle ne lui a parlé. Ce qu'elle sait aussi, c'est ce que Jason lui a dit d'elle à l'occasion. Surtout le dernier soir quand il a eu ce besoin d'expliquer à Élise qui ils étaient et pourquoi ça marchait toujours entre eux. Parce qu'ils sont très semblables, a-t-il dit. — The same kind of persons. Il prétend que ça tient parce qu'ils ne sont jamais ensemble! Il affirme: — I don't need her. Il reste avec elle parce qu'il veut, pas parce qu'il en a besoin. Élise ne croit rien de cela. Jason n'est pas sérieux. Bullshit! Il s'imagine plus fort qu'il ne l'est en réalité. Élise a l'impression, au contraire, qu'ils ne peuvent vivre l'un sans l'autre. Sandra les appelle des drifters. Oui, ils sont mieux à deux pour dériver. Plus facile.

Mais que sait-elle de Cindy? Jason dit qu'elle est l'aînée d'une famille de sept enfants dont le père et la mère sont alcooliques. Durant son enfance, ils étaient si pauvres qu'il n'y avait pas de draps dans les lits. Cela a fait frissonner Élise. Elle se souvient des familles dont elles s'occupaient, elle et ses amies quand elles avaient dix-sept ou dix-huit ans. Camp d'été pour fillettes pauvres organisé par de bonnes petites bourgeoises. La Colonie du Sacré-Cœur! Cindy aurait pu être une de ces fillettes. Oui, Cindy vient d'un tel milieu. Jason lui? Il a parlé très peu de lui et de sa famille. Tout ce qu'il a dit, c'est que ses parents étaient des gens très humbles. Mais Cindy? Élise veut revenir à elle, pas à Jason.

Elle est grande, aussi grande que Jason. Maigre. Blonde. Plutôt jolie mais quelque chose dans sa figure l'empêche d'être vraiment belle. Sa machoire inférieure est lourde et contraste avec son regard très clair. Il y a sa posture aussi qui cloche. Elle courbe le dos. À cause de sa taille? À cause de son enfance? À cause de Jason! Il n'arrive pas à la faire se redresser. Élise lui en veut presque. Le tient responsable de la maigreur et du dos voûté de Cindy. Sans raison. Comme si elle était solidaire de cette femme avec qui elle a partagé un homme pendant deux mois. Elle aurait aimé lui parler. La connaître. Jason est si particulier qu'elle ne peut cesser de s'interroger pour savoir comment est celle qui l'accompagne dans la vie depuis cinq ou six ans.

Une sorte de passion naît pour ce couple. Comme un détective, Élise accumule tous les indices, tout ce qu'elle sait. D'abord, il y a ce qu'elle a lu sur eux dans le livre de Jason. Ce que Sandra lui a confié aussi. Elle voudrait en savoir plus, cependant. Elle a l'idée subite de demander à Sandra d'autres détails sur Cindy. Pourquoi pas? Elle lui écrira. Comme une enquête qu'elle ouvre pour arriver à tout comprendre, à mettre les morceaux ensemble. Elle veut voir se dérouler devant elle, le film de leur vie. Elle s'immisce dans leur intimité. Elle veut les reconstituer tous les deux, ensemble, dans leur maison. Elle brisera leur magie, décortiquera leurs phrases, les déshabillera. Tout savoir comme pour le corps de Jason qu'elle a mis des semaines à connaître. Toutes les caresses, les longs travellings de ses mains, comme une aveugle, pour y arriver. Plus de secret. Le corps de son amant! Mais même lui, le Jason de ses mains, elle l'oublie progressivement. Il s'échappe, fuit. Comme sa musique aussi... La mémoire doit de plus en plus souvent céder la place à l'imagination. Le reverra-t-elle seulement pour vérifier tout ça?

Quelquefois Élise aurait envie de partir pour le Maine, d'aller chez eux. — Voilà, Jason, c'est moi. Présente-moi ta femme. Laissez-moi vous regarder tous les deux. Que dirait-elle à Cindy? Qu'elle est une amie? La maîtresse? Élise n'en fera rien, évidemment. Elle n'écrira ni ne téléphonera, d'ailleurs. Il donnera des nouvelles, a-t-il dit. À lui de jouer, comme toujours. Elle s'invente des histoires, en attendant. Dans son refuge, elle vit secrètement un ménage à trois. Une double vie qu'on ne peut deviner ni même soupçonner.

* * *

Elle s'est sauvée des *Beaux-Esprits* avant de succomber à la tentation de parler de Jason à Suzanne. Élise veut garder son secret pour elle. Mais si elle est revenue à la maison, c'est surtout parce qu'elle a envie de faire le point, seule. Elle est tiraillée.

Tout va bien avec ses enfants, depuis la rentrée. Vanessa et Stéphanie sont dans une période facile. Occupées surtout par leurs amies. L'époque des «gangs». Et tant qu'Élise ne trouve rien à redire sur leurs activités, pas de chicane. Même chose pour leurs études. Une période de répit pour la mère.

Le professeur maintenant. Côté enseignement, tout se passe bien. Beaucoup de travail mais sous contrôle. Sa vie professionnelle ne lui a jamais donné de soucis réels, c'est vrai, même quand tout allait mal, quand elle s'est séparée de Marc, par exemple, ou quand Antoine l'a laissée. La fonction première de son travail est de faire en sorte que tout tienne ensemble. Il assure sa sécurité mais surtout, l'empêche de sombrer. Lui apporte une certaine valorisation aussi. Quand elle vient de donner un bon cours et que les étudiants la saluent en sortant avec de grands sourires et des: «Salut, Élise!», elle est contente. Elle y croit à la littérature. Elle est comblée quand, surpris lui-même, un grand gars lui dit: — Aie, Élise, c'est bon, ce livre-là! Elle a au moins réussi à transmettre un peu de sa passion. Côté syndical? L'impasse! La panique gagne peu à peu tous les employés. Plus la session avance et plus la grève semble inévitable. Et pour gagner quoi? Les perspectives sont plutôt sinistres.

Malgré sa situation financière menacée, Élise a pris une décision dernièrement. Pendant les vacances de Noël, elle ira passer une semaine à Cuba, avec Mimi. Les fêtes de Noël et du Nouvel An lui font toujours aussi peur et la rendent très nostalgique. Ce qui a facilité sa décision, c'est le souvenir de son voyage à Paris qui lui avait fait un bien incroyable. Alors, elle n'a pu résister à la proposition de Mimi, d'autant plus qu'elle n'est jamais allée au soleil, l'hiver. — Ça, au moins, c'est le fun comme idée. La mer turquoise des Caraïbes au mois de décembre!

Entre ses cours, ses enfants et son projet de voyage, il y a le gros morceau, son manuscrit. Toutes les corrections sont terminées. Il est à l'imprimerie, prêt à sortir en dix belles copies impeccables. Elle les enverra sous peu. Partout. Même au prix *Robert Cliche*. Sa décision est finale. Pourtant, elle continue d'écrire le même livre, sur le même sujet. Ne sait pas du tout ce qui lui arrive. Qu'est-ce qu'elle fera avec ce matériel qui s'accumule? Comme si tout recommençait. Et elle n'arrive pas plus à la vraie fiction. Elle fabrique de la simili-fiction avec le contenu réel de sa vie et de ses fantasmes. Point. Mais comment inventer? Comment ils font les autres? Elle, Élise, n'ose pas vraiment pénétrer dans la pièce sombre et menaçante de l'imagination. Elle y jette bien un coup d'œil de temps en temps, note quelques impressions et referme la porte. Timides rêves éveillés qui ont toujours quelques rapports avec ce qu'elle vit. Elle reste insatisfaite.

Élise veut créer des personnages. Les faire vivre et parler. Imaginer des situations, des intrigues. Faire un roman intéressant qui tiendrait en haleine. Pourquoi faut-il que Jason et maintenant Cindy occupent toutes ses pensées? Qu'ils soient son unique source d'inspiration? Moins Jason donne de ses nouvelles et plus elle travaille fort pour le garder vivant. L'absence de poids réel oblige Élise à faire passer Jason au niveau de l'imaginaire. Il ne vit plus que là, maintenant, et elle n'arrive pas à le mettre au rancart. N'est pas prête à l'oublier. Entre deux maux, préfère le moindre. Le réinventer continuellement sur papier plutôt que de l'abandonner à son Maine et à sa femme. Comme tous ceux qui ont fait partie de sa vie amoureuse, il finira bien par s'effacer. Fade away. Elle le laissera aller, un jour, comme elle l'a fait pour Marc, Jacques, Christophe et Antoine qui n'apparaissent plus qu'épisodiquement dans sa vie et dans sa tête. En attendant, elle traîne toujours Jason avec elle, à cause de l'intensité du souvenir et de la persistance de l'image. Le désire autant. Un goût continuel de revenez-y. André, finalement, n'a pas fait le poids. Il n'a pas réussi à éclipser Jason. Tout au plus à le faire oublier à Élise, à une ou deux reprises de courte durée. Rien dans la vie ne l'excite autant que de penser à son amant américain. Alors, même si son livre est terminé, même si les copies sont presque prêtes à être expédiées, Élise continue d'ajouter des pages.

* * *

Élise a reçu une lettre de Sandra. Elle raconte sa vie à Boston, sa nostalgie du Maine. À la toute fin, elle répond à la demande d'Élise. Elle donne des détails sur Cindy.

Let me tell you about Cindy! (Jason's wife)
1. Clothes: Pretty simple and plain
2. Shoes: plain
3. Hair: always messy and mussed
4. Attitude: apathetic
5. Conversation: not very broad spectrum, simple
6. Intelligence: fair to medium (not super smart)
7. Sense of humor: wonderful — loves to laugh
8. Temperament: calm and stable
9. Friends: hardly any
10. Work: dedicated, always there and never sick
11. Independence: very independent
12. Husband: not seen with very much, hardly ever together
13. Extra-marital affairs: none (as far as I know)
14. Appetite: Pretty small amounts of food consumed
15. Drugs and drinking: gets high, drinks just a little.

That's all I can think of right now. If you need some more, just let me know.

Bon. Peu finalement. Élise savait déjà tout ça ou presque. Elle aurait eu envie de révélations extraordinaires. Elle reste sur sa faim. Tout ce qu'elle peut conclure c'est que Cindy et elle sont très différentes. Élise s'imagine ce que Sandra aurait pu écrire sur elle, pour Cindy. Cela pourrait donner à peu près ceci.

Laisse-moi te parler d'Élise! (la maîtresse de Jason)

1. Vêtements: sobres mais recherchés
2. Chaussures: plutôt originales
3. Coiffure: simple, cheveux toujours très propres
4. Attitude: énergique
5. Conversation: intéressante, parle beaucoup comme tous les Gémeaux
6. Intelligence: au-dessus de la moyenne (quelle prétention!)
7. Sens de l'humour: magnifique, adore rire
8. Tempérament: nerveux, instable
9. Amis: plusieurs, très fidèle en amitié
10. Travail: adore enseigner, bonne réputation
11. Indépendance: semble l'être, mais très grande insécurité
12. Mari: ne s'applique plus, divorcée
13. Chums: n'a eu que Jason, tout l'été
14. Appétit: aime manger, adore le sucré
15. Drogues et alcool: boit et fume du pot, sans abus toutefois.

C'est tout ce qui me vient à l'esprit en ce moment. Si tu veux en savoir plus, dis-le moi.

Cindy et Élise sont vraiment des opposées. Il n'y a que le sens de l'humour qu'elles ont en commun. Le reste? Cindy est blonde, jeune, vient d'un milieu défavorisé, semble peu scolarisée. Élise est très brune, beaucoup plus vieille, bourgeoise et diplômée. La vraie différence entre les deux? Cindy vit avec Jason, elle, et pas seulement dans sa tête comme Élise!

Et Jason dans tout ça? Il est plus du type de Cindy. Il doit être bien avec elle. Pour sa femme, il a écrit tout un livre, abondamment illustré. Il venait chez Élise pour faire changement. Les contraires s'attirent! Il lui a donné un seul dessin qu'elle regarde en ce moment... Tout ce qui reste de leur amour... Lui et elle, assis, nus, enlacés. Elle de dos. Les bras de Jason autour de son cou et sa tête enfouie dans les cheveux d'Élise. Les corps verts sur le tapis bleu et ovale. Et à gauche du dessin, une fenêtre ouverte sur une lumière d'aube, rose et dorée. Jason les a dessinés au lever du jour, dans la clarté vierge, eux qui ne se sont aimés que la nuit.

* * *

Elle pense à Jason et tout à coup la machine à rêve se met en marche. Elle décrit ce qu'elle voit. Jason debout à une intersection. Jeans et blouson marine. Il se demande dans quelle direction aller. À droite ou à gauche? Vers Élise ou vers Cindy? Mais il ne bouge pas. Une scène sans mouvement. Coupure. Il entre chez Élise, dans la jolie maison d'Ogunquit. Il est distant, voire même absent. Il ne sait toujours pas s'il veut voir Élise ou Cindy. Il fait volte-face et se dirige vers la porte. Sans avoir prononcé une parole, il repart. Coupure. Elle le revoit de nouveau à l'intersection. Le même manège. Il recommence à chercher mais sa tête, cette fois, est tournée vers la gauche. Il va vers Cindy. Coupure. Il entre chez lui. Il paraît très grand, beaucoup plus qu'en réalité. Déformé aussi. Ses bras et ses jambes, immensément allongés. Le géant regarde le plancher de sa maison mais Élise a l'impression qu'il la regarde, elle. Jason a soudainement l'air mauvais comme s'il était prêt à bondir sur elle. Il reprend possession des lieux et en veut à Élise de l'avoir éloigné. Elle comprend que Jason ne reviendra plus jamais la voir, ni à la ville, ni à la mer.

Elle le suit toujours. Il reprend sa forme habituelle. Il est à l'aise chez lui. Il dépose ses clés sur une petite table, son blouson sur un vieux fauteuil brun. Il appelle Cindy: — Are you there, baby? Et elle répond: — In the kitchen, honey! Coupure. Il l'embrasse dans le cou pendant qu'elle brasse une soupe aux légumes. Comme au cinéma. Ils sont vraiment très amoureux. Il lui raconte sa matinée. Il est allé à la plage voir ses amis et au *Tidewater* vérifier si le micro défectueux la veille a été réparé. Il a faim. Elle, Cindy, a lu un peu et fait cette soupe. — For you, my love. Coupure. Élise meurt de jalousie devant la scène qui se déroule devant ses yeux. Elle n'arrive pas à la faire cesser. Elle a une boule dans l'estomac et un nœud dans la gorge. Jason n'est pas pour elle. Sandra a raison. Il a tout ce qu'il veut. Ce n'est pas à lui qu'elle doit s'adresser pour offrir son amour. Il en a déjà un. Elle a envie de crier et de taper du pied. Pour protester. Comme un enfant qui se fait voler son jouet. Elle a gagné, la femme de Jason! Ils s'aiment, elle et lui. Il n'a eu cette aventure avec Élise que pour s'assurer que c'est bien avec Cindy qu'il désire être. Dans sa tête, la scène d'amour repasse encore une fois... Assez le visionnement!

Élise veut dormir pour enfin rêver. Mais ça continue... Une fillette court dans un champ de marguerites. Comme au cinéma, toujours. Elle doit avoir sept ou huit ans. Peut-être moins. Un épagneul l'accompagne et ses oreilles battent l'air. Coupure. Slow motion. L'enfant court vers Jason qui lui tend les bras et la fait sauter dans les airs. Ils tournent tous les deux en se regardant dans les yeux. Le chien jappe de plaisir. Jason aime une petite fille blonde. Petite? Qu'est-ce que ça veut dire? Quelle régression! Elle qui enfin a grandi, a la nostalgie de son état antérieur. Blonde? Cindy gagne encore. C'est elle la petite fille blonde, pas Élise. Elle acquiesce. D'accord avec toutes les conclusions. D'ailleurs, elle a toujours fait attention à Cindy. A même réveillé Jason, un soir qu'il s'était endormi après l'amour, car, malgré le fait qu'elle aurait donné sa chemise pour garder son amant près d'elle une seule nuit, elle ne voulait pas que Cindy soit inquiète. — Jason, you're sleeping. Wake up! Il l'avait remerciée, reconnaissant pour la catastrophe évitée: faire de la peine à sa femme. Élise avait-elle une autre possibilité? Aller chercher à tout prix ce qu'elle voulait sans tenir compte de l'Autre? Non. Elle ne pourrait supporter que Cindy ait de la peine. Élise s'est effacée tout l'été, précisément pour cette raison. Rien n'est changé. Elle continuera de le faire. Ni lettre, ni téléphone à Jason.

* * *

Ça ne va pas du tout. Élise croyait que son roman allait la sauver mais à cause de lui, ce soir, elle est angoissée. Elle attend les réponses des maisons d'éditions mais elle ne peut supporter. Personne ne sait ce que le manuscrit représente pour elle, mais on le jugera quand même. Elle a peur. Et si ça ne valait rien du tout? Et si c'était tout juste bon pour les tiroirs de son bureau? Son tourment est terrible. — Pourquoi je me suis mise dans un tel pétrin? Ils vont tous savoir quelle folle je suis. C'était bien assez, un jour, d'envoyer un chapitre à Christophe, non? Elle aurait dû avoir sa leçon. Ce n'est pas un seul homme qui rira d'elle bientôt, mais tous les éditeurs. Tous. Pourquoi ses amis ne lui ont-ils pas dit de garder son texte pour elle? Ils l'ont, au contraire, encouragée à envoyer ce manuscrit. Les traîtres!

Non, rien ne va plus. Rien. Jason ne lui a pas donné signe de vie malgré ce qu'il lui a dit quand elle est partie. André ne s'est pas manifesté non plus depuis quelques semaines. Son roman-suicide se promène. Et que va-t-elle faire avec toutes ses notes, toutes ses idées nouvelles? Jusqu'à maintenant, elle trouvait tellement le fun de continuer de la même façon l'histoire de Jason, de ses relations avec ses filles et ses amis. Elle pensait qu'à un moment donné, elle pourrait en faire un autre roman. Imaginez la belle affaire. Toujours la grande honnêteté. La grande sincérité. La grande authenticité. La grande connerie! Toujours le même déshabillage. Tout ça s'empile et c'est tellement inutile. Triste aussi mais surtout, oui, tellement inutile. Elle est désespérée. N'a plus de but. Elle ne veut plus continuer parce qu'elle devient de plus en plus vulnérable. Difficile à prendre. Comme une tarte à la crème dans la figure, mais pas drôle du tout. Qu'a-t-elle pensé de se livrer ainsi? Elle a besoin d'un psychiatre, pas d'une machine à écrire. Pauvre Élise! Misérable Élise qui s'est une fois de plus mis les pieds dans les plats. Se montrer à tout prix! — Mais ça se peut-tu! Elle a tout dit alors qu'elle n'aurait pas dû ouvrir la bouche. Elle s'est comportée comme les personnages de Patricia Highsmith qu'on a envie de retenir parce qu'ils font toujours des gaffes. Pas Patricia Highsmith, cependant. Elle sait inventer, elle! Se taire, oui. Élise ferait bien mieux de se taire car elle est en train de signer son arrêt de mort. Tout cela est trop. Tout. Elle voudrait aller en catimini rechercher tous ses manuscrits et les jeter à la poubelle. Celui de *VLB*, celui du *Remue-ménage*, celui de *Leméac*, tous. N'en laisser aucun. Effacer toutes les traces. Comment faire pour mettre la machine en marche arrière? Comment faire pour que tout s'arrête pendant qu'il en est encore temps? Que jamais personne ne lise une seule ligne d'elle!

Élise réfléchit. Que peut-elle faire pour se sortir de là? Attendre les réponses, ne plus en parler et tout oublier. Parce que toutes les réponses seront négatives, évidemment. Il ne faut surtout pas que le public s'empare de ça. Là, elle en mourrait. Et si quelqu'un d'un peu malade s'avérait assez fou pour vouloir publier ce manuscrit débile, elle lui dirait qu'elle n'est plus du tout intéressée, que c'est une farce. Elle s'ennuyait et a fait une blague, juste pour rire. Et qu'on n'essaie surtout pas de la convaincre du contraire. — Non merci, c'est gentil de votre part, mais j'ai changé d'idée. — Vraiment? — Est-ce que j'ai l'air de plaisanter? N'insistez pas. Elle promet de ne plus recommencer. — Mon Dieu, j'ai un extrême regret de vous avoir offensé... Oui, j'ai péché par orgueil et je m'en repens. S'il vous plaît, mon Père, une grosse pénitence, tout un chapelet, un rosaire même, pour que j'aie la volonté de ne plus retomber.

Élise imagine les critiques qu'on ferait de son livre. Dans *La Presse*, par exemple. «Les éditions *XYZ* ont laissé sortir un texte incroyable. On se demande s'il n'y aurait pas une histoire entre le directeur de cette maison et l'auteur. Car autrement, comment comprendre que ce texte ait été publié? Élise B... nous raconte, sans aucune pudeur, sa vie et ses aventures amoureuses. Elle croit sans aucun doute nous intéresser alors que c'est d'un plat total. Cette femme se livre naïvement et espère que les lecteurs seront touchés de voir comment elle est poignée et bête. Un véritable affront qu'elle inflige à toutes les femmes en les montrant sous leurs plus mauvais jours. Aucune subtilité dans cette confession aberrante. Dire en plus qu'elle enseigne! Imaginez-la en classe. Laisseriez-vous vos enfants avec un professeur aussi immoral? Et pensez, en plus, à ses propres enfants, car c'est vrai, évidemment, qu'elle a deux filles! Tout est authentique dans ce texte fictif! Quelle maladresse de la part d'une maison aussi sérieuse que *XYZ*. Chers lecteurs, abstenez-vous d'acheter ce livre ridicule qui a l'audace de s'appeler *Les Beaux Esprits*. Il devrait s'appeler *Les Belles Niaiseries*!»

Que dirait le critique des romans *Brodequin*, dans sa chronique du *Devoir*? «Je viens de terminer un roman d'une telle bêtise que je ne sais pas comment en parler. Il est tellement stupide que je ne peux, comme d'habitude, sortir mes grands mots pour en rendre compte. L'auteur est contagieuse. Voyez, je n'ai plus ni vocabulaire, ni idée. Complètement K.O. devant une pareille inconscience. Cette femme, sans tête et sans cœur, se livre entièrement et croit ainsi entrer en littérature. Il ne suffit pas d'être vraie, chère Élise B... pour écrire. Ni d'être une femme. Encore faut-il être intelligent et subtil. Comme moi. Vous n'avez ni l'une, ni l'autre qualité. Retournez à vos romances mais la prochaine fois rendez-les sans paroles, comme Schumann. Et pour ce qui est de la maison d'édition, elle vient de perdre une grande partie de sa crédibilité. Dommage. Cette femme est sûrement bien diabolique pour avoir entraîné tant de gens dans une telle aventure. Serait-elle devenue sorcière à cause de ses séjours prolongés en Nouvelle-Angleterre?»

Élise se sent mieux. Elle vient de se défouler et pense maintenant qu'elle pourra dormir. Oublier pour quelques heures ce qu'elle a commis. Peut-être que la nuit jouera son rôle et qu'elle portera conseil? Rien ne peut être fait à trois heures du matin, de toute façon. Vaut mieux qu'elle se repose et, le lendemain, elle avisera.

Élise relit les lignes précédentes. Peine et peur. Ce qu'elles trahissent. Peur du refus des éditeurs qui lui reprocheront sûrement le côté autobiographique de son texte. Peine de ne pas avoir de nouvelles de Jason. Mais Élise n'a plus envie d'être dramatique. Le soleil est trop beau. Alors jouer est la solution. Embrouiller et continuer de passer le temps en écrivant. Oui. Elle s'est réveillée avec une idée en tête. Pour se sauver, faire la preuve qu'elle peut écrire de la fiction. Elle leur prouvera à tous qu'elle est capable, comme tous les autres écrivains, de se servir de son imagination. Finies les histoires vraies! Tout sera faux, archifaux. Inventé! Toute ressemblance avec des personnes ou des évènements sera une pure coïncidence. Mais sur quoi peut-elle bien écrire?

* * *

Jason,

Tu me disais, cet été, que pour arriver à faire de la musique, il fallait que tu sois complètement égoïste. Totally selfish, c'est l'expression que tu as utilisée. J'étais très choquée de tes propos. Je ne comprenais pas ce que tu voulais dire. J'entendais sans vouloir accepter. Ce soir, je sais pourquoi j'avais tant de mal à t'écouter. Moi, vois-tu, je n'ai jamais pu être ainsi. J'ai vécu avec et surtout pour d'autres: parents, amis, amants, filles, étudiants. Jamais je n'ai su m'occuper de moi, sauf peut-être l'été dernier. Les enfants ne m'ont pas trop accaparée. Je n'avais ni cours à donner, ni maison à entretenir, aucun tracas ménager, rien pour me distraire ou pour m'obliger à passer à autre chose. Je pouvais faire tout le bruit que je voulais, travailler toute la nuit si j'en avais envie ou toute la journée si ça m'arrangeait davantage. Je pouvais me consacrer entièrement à mon roman et à mes autres écritures. Même toi, tu ne me dérangeais pas. Enfin! Disons que j'avais tout mon temps parce que tu n'y étais jamais. Tu venais me voir uniquement quand ça te chantait. Je n'avais aucun pouvoir sur toi. À plusieurs reprises au Tidewater*, je t'ai demandé de venir, mais ces jours-là, pas de bruit de moto. Comme si ma simple demande te faisait t'abstenir. Mais moi, moi Jason, je voulais te voir! Tu n'en as pas tenu compte et pourtant tu savais que ça me blessait. — On fait ce qu'on veut dans la vie! Totally selfish.*

Mais je m'emporte et je m'éloigne de mon sujet. Je reprends mon propos, calmement. Tu as peut-être raison, après tout. Je soupçonne que la seule manière de créer c'est de prendre le temps, d'organiser son espace et surtout de ne pas avoir de responsabilités. Il ne faut penser qu'à soi, comme tu me l'as dit. Quand je regarde ma vie, je me rends compte que j'ai toujours fait l'inverse. Je me suis mariée, j'ai fait des enfants et j'ai un travail régulier qui me demande beaucoup de temps. L'été est fini, maintenant. Je dois m'occuper de nouveau de la maison, faire les courses, corriger les copies, voir à ce que les filles ne manquent de rien. Prendre le temps de leur parler aussi puisqu'elles ont besoin de moi et que je les aime. Alors, je pose la question: est-ce plus important de faire des enfants ou d'écrire des livres? Évidemment la question est piégée et il ne faut surtout pas y répondre. Mais je ne peux m'empêcher, Jason, de penser au silence des femmes. Le silence de celle qui prépare le repas du soir, qui berce un enfant, qui, épuisée, regarde la télé parce qu'elle n'a plus du tout d'énergie. Je sais de qui je parle. Toi, Jason, tu ne veux pas d'enfant même si Cindy le désire, même si c'est elle qui s'en occupait. Quels sont tes arguments? — I don't need a child. I don't want a child! Tu dis que tu n'as pas d'argent mais tu ne veux pas prendre les moyens pour en gagner. Toi, totally selfish,

*moi, totally giving. Parce que je suis une femme et que tu
es un homme? Non, ce serait trop simple. De toute façon,
je suis certaine que tu ne penses pas à ce genre de choses
parce que tu n'as jamais eu de frustrations à ce sujet. Ça
ne t'intéresse même pas, je le sais bien. Ça t'agace.*

*J'essaie de me contrôler. Mais les glissements de sens
de mon texte démontrent mon état d'esprit réel. J'ai
envie de te crier des bêtises. J'en ai assez de toi. ASSEZ.
Jason, j'ai souffert à cause de toi. Jason, écoute, mon bel
égoïste, tu sais ce que je veux plus que tout: te rayer de ma
vie. J'essaie de te dire adieu depuis le premier soir. Sans
aucun succès. Tout ce que j'écris, tout ce que je dis, n'est,
à chaque fois, qu'une tentative nouvelle pour me débarrasser de toi. Je veux épuiser cet amour. Je veux avoir la
nausée rien qu'à penser à toi. On doit bien finir pas
s'écœurer, même du caviar, même du* Moët et Chandon?
*Pour te chasser de mon esprit, j'ai tout raconté, sans rete-
nue, sans scrupules. Personne ne te connaît, de toute
façon. Je t'ai déshabillé, j'ai violé ton intimité. J'ai écrit
tout ce que tu m'as dit, même «je t'aime», tout ce que je
t'ai fait, même l'amour. Rien ne marche. Je pense toujours à toi. Un jour, la fiction prendra le dessus sur la réalité, comme pour Christophe ou Antoine. Tu n'existeras
plus pour moi que dans mon livre. Je n'aurai jamais plus
envie de toi. Mais, en attendant, tu es toujours là et j'ai
mal. Insupportable. Jason, je veux te faire disparaître
parce que tu es un amant trop encombrant.*

*Oh! la bonne idée. Je pense que je viens enfin de
trouver le sujet que je cherchais pour ma fiction. Eureka!*

Fantôme invisible
Je suis vraiment trop blessée
Ne veux plus être ta cible
Ni ne peux continuer

Fantôme incorrigible
J'en ai assez de pleurer
Et de me rendre risible
Il me faut te tuer.

Deuxième partie
Intermission fictive

Cette histoire est celle de deux femmes qui aiment le même homme. Elle commence et se termine dans un village des Laurentides qui ne vit que de tourisme. Entre, il y a un drame, leur amitié et toute une année.

Lui, il s'appelle Jason. Il est pianiste au *Jazzbar*. Il est beau et joue comme Keith Jarrett. Catherine, c'est sa femme. Elle est jeune, grande et blonde. Elle travaille tous les soirs comme serveuse, dans un restaurant. On la voit rarement avec Jason. Ils vivent ensemble depuis cinq ans et demeurent dans une maison à la sortie du village. Jason a un grand chien gris qui le suit partout. Catherine, elle, désire un enfant. L'autre, c'est Élise, la maîtresse. Elle est brune et plus vieille. Disons trente-cinq ans. Une artiste. Elle est arrivée dans ce village au début de juin et a loué une maison dans les bois, tout près du bar où il joue. Besoin de s'isoler. Un projet important à finir pour le début de septembre: illustrer un livre d'enfants. Elle y a travaillé jusqu'à l'accident.

Élise habite donc ce village pour l'été. On la voit quelquefois sur la plage publique. Une grève en fait. Elle n'y reste que quelques heures et seulement quand il fait très beau. Le soir, tard, elle va au *Jazzbar*. Elle boit deux ou trois gins tonic en écoutant le pianiste improviser et s'en retourne chez elle, toujours seule. Élise n'est pas sauvage pourtant. Quand quelqu'un s'assoit près d'elle, elle parle, s'anime. À l'occasion, des amis viennent la voir de Montréal. Mais il n'y a aucun homme régulier dans sa vie. Ça intrigue.

Personne n'a remarqué qu'il se passe quelque chose entre elle et le pianiste. Personne. Ils ne se disent rien de plus que bonjour et bonsoir. Une fois, cependant, ils se sont parlés. C'était au tout début de l'été, mais tout le monde a oublié. Il s'est assis devant elle et lui a demandé où elle habitait. Il voulait, a-t-il dit, lui rendre visite. Elle a répondu comme si ça allait de soi: — Tu me suivras quand je partirai. Je vais te montrer où est ma maison. Ce soir-là, ils sont devenus amants. Ils s'aiment, mais sans mots. Sans beaucoup se voir non plus. Une fois par semaine, rarement plus, toujours sans qu'Élise le sache davance, il vient. Ils échangent des propos souvent banals puis ils font l'amour. Ils ont peu de temps. Il revient toujours vers Catherine. N'a jamais passé une seule nuit avec Élise. Elle n'accepte pas cette situation, mais elle ne fait rien non plus pour que ça change. Elle sait que, de toute façon, cela se terminera en septembre quand elle repartira. Elle tolère, passive, à cause de l'amour.

Ses journées se passent bien. Élise travaille très fort à son projet et elle est satisfaite parce que ça avance. C'est le soir que tout se gâche. Que faire jusqu'à deux heures du matin, sinon l'attendre? Pour occuper son temps, elle lit, regarde la télé. Plus la soirée avance et plus elle est tendue. Souvent, alors, elle sort. Elle va l'entendre. Peut au moins le toucher du regard. Ça ne calme pas vraiment son désir mais, le gin aidant, l'engourdit. Quelquefois elle fait des croquis de lui, discrètement, sur les serviettes de table. Si elle s'interdit de sortir, vers onze heures ou minuit, elle se met également à le dessiner. A fait de lui des dizaines et des dizaines de portraits. Elle se sert de ses croquis et aussi de sa mémoire. — Comment il est Jason? Elle tâtonne, le retrouve toujours et le fixe pour ne plus l'oublier. À deux heures, elle se couche. Il ne vient jamais passé cette heure. Le deadline. Le bout de l'enfer. C'est tout ça que Catherine s'apprête à découvrir.

Le temps passe. La liaison dure depuis deux mois quand une nuit, en partant de chez Élise à quatre heures du matin, il se fait frapper. Sa moto, nez à nez avec une auto. Mort sur le coup. N'a pas souffert, comme on dit. Elles, elles souffrent beaucoup depuis... Élise ne l'apprend que le lendemain, au *Jazzbar*, quand elle vient comme d'habitude prendre un verre et l'écouter jouer du piano. Tout le monde en parle. Le sait-elle? Elle repart immédiatement, sans rien dire, et s'enferme dans sa maison. Catherine s'occupe de tout. C'est seulement après qu'elle va au bar et les interroge, les amis de Jason. Puisqu'il a quitté les lieux à une heure trente, que l'accident a eu lieu à quatre heures et sur une route qu'il n'avait pas à emprunter pour entrer à la maison, d'où venait-il? Les amis ont jusqu'à présent évité la question. Ne voulaient pas se la poser. Mais ils y sont maintenant acculés par Catherine qui, elle, veut savoir. Elle insiste. — Qui habite ce chemin? — La seule qu'on connaît, c'est Élise... — Qui c'est Élise, demande Catherine de plus en plus pâle? — Une artiste qui habite à cinq minutes. — Elle vient souvent ici? — Presque tous les soirs. Oui, seule. — Jason lui parlait à cette femme? Les amis se mettent à se contredire. Ils s'énervent. Certains semblent dire qu'ils les ont vus parler ensemble. D'autres prétendent que non, non, ils ne se connaissaient pas, comme pour effacer ce qui vient d'être dit.

Catherine livide se lève. Elle dit d'une voix blanche: — Oui, tout va bien. Je rentre chez moi. Après son départ, ils restent tous silencieux. Ils savent! Catherine, elle, ne rentre pas. Elle va directement chez Élise, même si elle ne la connaît pas. Les deux femmes, pourtant, se sont trouvées aux mêmes endroits à plusieurs occasions. Il arrivait, en effet, que Catherine vienne au *Jazzbar* entendre Jason quand elle ne travaillait pas ou qu'elle terminait tôt. Souvent Élise y était. Elle la voyait, la femme de Jason. La voyait sur la plage aussi, avec lui. Elle est même allée, par pure curiosité, manger au restaurant où Catherine est serveuse. Pour la regarder de plus près. Mais c'est à sens unique. Pour Catherine, Élise demeure une parfaite inconnue. Tout est sur le point de changer.

* * *

Élise entend le bruit d'un moteur. Elle se lève, va vers la fenêtre et reste figée. Le camion de Jason et Catherine qui en descend! Son cœur bat fort. Elle n'a pas le temps de penser davantage, toutefois. Elle ouvre et, sans l'avoir prévu et sans pouvoir faire autrement, elle tend les bras à Catherine qui sanglote. Élise la maintient tout près d'elle et lui caresse les cheveux. Puis elle l'entraîne dans le salon. Toutes les deux se regardent. Élise pleure à son tour. Catherine dit: — Je l'aimais. Élise répond: — Moi aussi. Et elles s'enlacent, tordues de douleur.

Une fois calmée, Catherine demande: — Elle durait depuis longtemps votre histoire? — Deux mois. Quand je suis arrivée ici. — Vous étiez amoureux? — On n'en parlait jamais. On faisait comme s'il n'arrivait rien. Mais on s'aimait, oui. Seulement, il y avait toi et on ne voulait ni t'inquiéter, ni te blesser. Il fallait que personne ne sache. Tout aurait été plus facile si t'avais été au courant. On aurait voulu t'intégrer. Jason t'aimait toujours autant, tu sais. Mais on n'y est pas arrivé. On n'a pas eu le temps... Catherine écoute Élise et pleure doucement. Elle dit: — Je me doutais de rien. Jason a toujours été fuyant. — Élise répond: — Oui, je sais. Il l'était avec moi aussi. Il était très tourmenté par ce qui lui arrivait, ne voulait pas vraiment. Moi, je l'aimais tant que je ne pouvais pas lui dire de ne plus revenir. C'était au-dessus de mes forces. Je suis désolée. Elle s'effondre et Catherine à son tour la console. À cet instant seulement, Catherine aperçoit tous les croquis qu'Élise a faits de Jason. Elle n'en croit pas ses yeux. Il y en a partout, sur les murs, sur la cheminée, par terre. Élise, tout à sa peine et ne sachant pas que Catherine, ni personne d'autre, d'ailleurs, n'allait venir, les a tous disposés autour d'elle. Surprise dans sa folie! Catherine conclut: — Oui, vraiment, on aimait le même homme. Elles aiment toujours toutes les deux le même homme, mais il est mort. Son absence est la plus forte maintenant et va les retenir ensemble. Elles ont besoin l'une de l'autre pour survivre. Pour s'habituer au vide.

Élise essaie de reprendre pied. — T'as faim? Catherine répond que non mais ajoute: — Il faudrait que je mange un peu quand même. Élise prépare une assiette de fromages et de viandes froides. Elle ouvre aussi une bouteille de vin. Sur le divan, elles grignotent toutes les deux sans grand appétit. Elles s'observent. Finalement elles se sourient à travers leurs larmes. Non, elles ne sont ni rivales, ni ennemies. Elles ont une peine immense parce que Jason est mort. Elles ne s'abandonneront pas. Ne le peuvent tout simplement pas. Être deux. Solidaires. La seule façon de supporter cette douleur. Ça, elles viennent de le comprendre. Élise demande: — Tu travailles ce soir? — Non, je pourrais pas. — Alors reste avec moi. On se parlera de lui. Elles se remettent toutes les deux à pleurer mais de façon moins désespérée parce qu'elles sont ensemble.

Longtemps elles parlent en buvant du vin. Tout bas. Elles font connaissance. Puis, épuisées mais rassurées, elles s'endorment. Le lendemain, Catherine va chercher ses vêtements et s'installe chez Élise. Elle a pris la décision de cesser de travailler et Élise ne dessine plus. Désormais elles sont inséparables.

*　*　*

Catherine et Élise habitent ensemble depuis quelques temps. Elles sont toujours très tristes. De plus en plus pâles, aussi, parce qu'elles ont cessé d'aller à la plage. Le soleil ne leur convient plus. Trop vivant. Trop agressif. Même la lumière du jour les fatigue. Alors elles vivent surtout la nuit, entourées des croquis de Jason. Ils sont tous restés là. Il y en a partout où l'on peut poser les yeux. Elles le regardent et la peine les occupe entièrement. Les deux femmes ont choisi cette façon de s'en sortir. Faire face à deux. Elles savent que ce sera long mais acceptent. Elles parlent de lui. Une interminable conversation jusqu'à ce que tout soit dit, jusqu'à ce que le sujet soit épuisé et la peine avec.

Catherine s'ennuie beaucoup plus de Jason qu'Élise. Elle seule a vécu avec le beau pianiste et ce quotidien lui manque énormément. Élise questionne Catherine. Même s'il est trop tard, elle apprend à connaître Jason et parler soulage Catherine. — Dis-moi, comment il était Jason quand il se levait? Et Catherine raconte, dit tout ce qu'Élise n'a jamais pu voir, jamais pu vivre. — Il ne parlait pas beaucoup comme tu sais. Mais le matin, c'était pire. Il ne disait rien du tout. Il se levait et sortait avec son chien... Il l'aimait beaucoup... Je n'ai pas voulu le garder. Il me rappelait trop Jason. Je l'ai donné à David, son meilleur ami... Après? Il entrait et déjeunait. Mangeait peu. Ensuite, il s'installait au piano. Il jouait rarement longtemps, le matin. Comme s'il avait seulement besoin de se rassurer. Puis il se préparait à partir sur sa moto. Il me demandait si je l'acccompagnais à la plage. La plupart du temps, je n'étais pas prête et je lui disais que je le rejoindrais plus tard avec le camion. Il m'embrassait et sortait. Il préférait partir seul. Je le savais et je respectais son besoin de liberté. Il allait rejoindre quelques amis. Toujours au même endroit. Fumait un joint avec eux, se baignait et disparaissait. Incapable de rester longtemps à la même place. Il allait faire un tour de moto. Quelquefois, il se rendait au bar s'assurer que tout était bien en place pour le soir. Puis il venait me rejoindre.

Catherine pensive s'interrompt. Elle dit: — Mais tu devais nous voir sur la plage? — Oui, je vous regardais et j'essayais de m'imaginer quelle genre de fille t'étais. Mais continue. Qu'est-ce que vous faisiez après? — Il revenait à la maison. Souvent, je rentrais aussi parce que j'avais des choses à faire. Quelquefois alors, il dormait. Quand il était rentré tard. Catherine s'arrête et Élise comprend. Oui, quand il était sorti de chez elle vers quatre heures du matin. Elle entoure Catherine de ses bras et dit en la regardant dans les yeux: — Je m'excuse, je l'aimais. J'aurais dû lui dire de ne pas revenir. — Ça va, Élise, je sais. De toute façon, quand il rentrait tard, je ne me rendais compte de rien, je dormais. J'étais rassurée parce que je croyais qu'il était avec ses amis. Il a toujours fait ça. Je veux dire rentrer tard. J'étais d'accord avec ce genre de vie. J'acceptais parce que ça faisait partie de son métier. Quand on s'est rencontrés, il m'a fait comprendre que c'est impossible de jouer et d'aller dormir immédiatement après. Je n'ai jamais rien dit. Non. Peut-être que j'aurais dû... Tu sais, Élise, s'il a eu d'autres femmes avant toi? — Hum... je crois que j'étais la première. Il m'a dit au début de l'été qu'il ne savait pas trop comment agir parce qu'il n'avait pas l'habitude. — Qu'est-ce qui s'est passé, Élise? Pourquoi il a eu besoin de toi? demande Catherine, les larmes aux yeux. — Je sais pas, répond Élise d'une voix étouffée. Elles restent silencieuses un long moment.

Catherine brise le silence. — On s'est rencontrés bien jeunes. Moi, j'avais seulement dix-huit ans. Pas beaucoup d'expérience. J'en ai pas tellement plus maintenant. Jason a été mon seul homme. Il aimait peut-être ta façon de faire l'amour? Tu dois t'y prendre mieux que moi. Élise est très mal à l'aise. Le sujet est délicat. Elle admire la simplicité de Catherine qui arrive à dire de pareilles choses. Mais elle sait que la jeune femme a touché juste. Elle et Jason faisaient bien l'amour. Indéniable. Elle l'entend encore s'exclamer: — C'est incroyable comme c'est bon! Oui, ça devait être mieux qu'avec Catherine... Mais celle-ci la tire brutalement de sa rêverie: — Tu me diras comment vous faisiez? Élise ne peut que répondre: — Oui, oui, ma chouette. Et elles pleurent toutes les deux leur bel amant perdu avec qui, ni l'une, ni l'autre ne refera l'amour.

Mais le silence trop lourd doit être brisé. — Parle-moi encore de Jason, Catherine. Je connais presque rien de lui. Allez, parle-moi encore. Catherine reprend: — Bon, où est-ce que j'étais rendue? Ah! oui, l'après-midi. Il pratiquait. Il mettait un disque et ses écouteurs et jouait ce qu'il entendait. Il rivalisait avec les meilleurs pianistes. Des heures durant. Quelquefois je venais le déranger. Je lui passais les bras autour du cou et je l'embrassais. Il n'arrêtait pas tout de suite. Il finissait ce qu'il avait commencé. Puis, il retirait ses doigts du piano lentement et m'entraînait vers lui. On s'embrassait et on s'aimait. Le soir, il était trop fatigué... Tu vois, Élise, le partage était bon. Tu l'avais la nuit et moi, le jour. Catherine se tait puis reprend comme si elle venait de faire une découverte. — Il faut que je te fasse un aveu, Élise. Jason était beaucoup plus tendre et amoureux depuis quelque temps. Je ne savais pas pourquoi mais, à présent, je comprends. C'est à cause de toi. T'avais ravivé ses désirs. Vous vous aimiez et moi j'en profitais. Élise sourit et ajoute: — J'ai quelque chose à t'avouer, moi aussi. J'étais très jalouse de toi. À chaque fois que je pensais que tous les soirs tu dormais avec lui, tu peux pas savoir comme je t'enviais. Je l'avais seulement quelques heures par semaine. Quelques pauvres petites heures! Et tout allait bientôt se terminer avec la fin de l'été et mon retour à Montréal. Alors que toi, c'était ton homme... Jason envahit la pièce. Elles sont recueillies pour mieux écouter un enregistrement de sa musique que Catherine a ramenée de chez elle.

La musique cesse. Catherine semble se réveiller. Elle retourne la cassette et regarde Élise. — À ton tour de me parler de Jason, maintenant. Raconte comment c'était quand il venait te voir. — Tu veux vraiment savoir? J'ai peur de te blesser. — Oui, je veux tout savoir. J'ai besoin que tu me parles de lui. Élise se concentre pour mieux faire apparaître Jason. Puis doucement elle commence, comme si elle se parlait à elle-même. — Il arrivait toujours à l'improviste. Je pense qu'il ne savait jamais davance quand il aurait envie de me voir. Il succombait chaque fois. Jamais il n'a fait de promesses. Quand je réussissais à lui glisser un mot, au bar, pour lui dire de venir, il répondait toujours: — Je vais essayer. Mais c'était inévitable, quand je lui demandais, il ne venait jamais. Il ne pouvait souffrir aucune contrainte. Pouvait pas endurer mes interférences. J'ai jamais pu m'habituer à ce comportement. Ça me faisait mal. Il le savait mais n'y pouvait rien. Donc, il arrivait quand je m'y attendais le moins. Le bruit de sa moto m'avertissait de sa venue, ou celui de la porte, quand j'écoutais de la musique. À une ou deux reprises, je n'avais rien entendu du tout et je l'ai soudainement vu devant moi, silencieux, un sourire aux lèvres. J'étais toujours intimidée, souvent figée même. Je disais des niaiseries. Que j'étais contente qu'il soit là, que je l'attendais. Je lui offrais un verre. Il acceptait toujours et je savais ce qu'il aimait. De l'amaretto. Des fois on fumait. La conversation était lente à venir. D'une part, il y avait le fossé du temps à combler et, d'autre part, il m'arrivait de décider de ne plus aller au *Jazzbar* plusieurs jours d'affilée, pour essayer justement de m'en détacher. À ces moments, j'étais encore plus surprise de le voir devant moi. Il me demandait ce que je faisais. Je montrais mes illustrations et aussi, les portraits de lui. Il semblait amusé. Il aurait voulu en emporter un, mais il ne pouvait pas... Celui qu'il préférait, c'est celui sur la cheminée. Catherine et Élise regardent Jason qui joue du piano...

Élise n'arrive plus à reprendre son propos. — Et alors, Élise, qu'est-ce que vous faisiez, demande Catherine? — On parlait. De moi, de lui et de toi, de musique. Je lui demandais comment avait été sa soirée, s'il était satisfait. Je voulais savoir avec qui il avait joué, si les musiciens étaient arrivés à s'entendre. Jamais il ne venait quand ça n'avait pas été bien. Il préférait rester pour parler aux autres et voir ce qui ne marchait pas. Jason tenait à ce que la musique soit bonne avant tout, tu le sais, hein? Pour lui, c'était capital. Alors, oui, c'est de ça dont on parlait... Et après, dit Catherine avec une toute petite voix, après? — Tu le sais, est-ce qu'il faut que je donne des détails? Que j'insiste? — Non, évidemment non, mais j'aurais voulu être là. J'aurais voulu vous voir... Élise, je l'aimais tant et il était dans tes bras! — Catherine, je veux pas que t'aies mal à cause de moi. On devrait cesser de se parler de Jason. — Non, je veux que tu continues. Je veux tout savoir. Je veux... Mais elle sanglote et ne peut plus continuer. — Viens, Catherine, viens près de moi.

Elles se consolent mutuellement. Gratuitement. Tendrement. S'aiment comme une mère aime son enfant, comme une enfant aime sa mère. Elles ont besoin l'une de l'autre. Besoin de chaleur. Aucun homme ne peut les intéresser à ce stade. Trop de sensations autour du cœur laissent le corps insensible, anesthésié. Elles sont toutes les deux en dehors du plaisir physique. Ne s'aiment que dans l'amour de Jason. Exactement comme ça.

* * *

La première fois qu'on les voit après l'accident, c'est à l'épicerie. Personne n'ose leur adresser la parole. Elles sont maigres et pâles. Dans le village, on ne parle que de ça. Un peu scandalisé. Comment ces deux femmes peuvent-elles être liées? Ça les dépasse tous. Elles, elles semblent ne rien entendre, ne rien voir. Se tiennent en dehors de telles préoccupations. Sortir ensemble est pourtant avouer publiquement qu'il y a eu une histoire entre Jason et Élise. Oui, elles en sont conscientes et c'est ce qu'elles veulent. Montrer à tous que l'amour qu'elles ont éprouvé pour Jason ne les éloigne pas mais, au contraire, fait d'elles des alliées. Elles ont aimé un homme. C'est suffisant. Elles tirent l'une de l'autre la force dont elles ont besoin pour continuer de vivre. Les autres? Tant pis s'ils ne comprennent pas.

Un soir, à la fin du mois d'août, Catherine et Élise viennent au *Jazzbar*. La première fois, depuis l'accident. Elles doivent y venir ensemble. Cet endroit est important dans l'histoire. Là où tout a commencé entre Élise et Jason, mais là aussi où, souvent le soir, Catherine retrouvait Jason. Tous les trois aimaient le *Jazzbar*. Les amis de Jason restent figés. Catherine les salue à peine. Élise garde les yeux baissés. Ce qu'elles viennent revoir ce ne sont pas les gens mais les lieux. La même démarche. Ne rien fuir. Elles vont s'asseoir à une petite table, à l'écart.

Elles sont toutes les deux bouleversées. On n'a pas encore remplacé Jason et le disque est quelconque. Elles commandent du vin pour essayer de se détendre un peu. Pour occuper leurs mains aussi. Elles sont littéralement mitraillées par les émotions. Catherine est sur le point de craquer. Alors, parce qu'elle se sent assez forte et aussi, comme pour la plage, parce qu'elle en sait plus long que Catherine, Élise parle: — Toi quand tu venais, tu t'assoyais là. Je m'en souviens. Je t'observais. Moi, devant lui. La plupart du temps, il ne me voyait pas arriver. Tu le sais, il jouait presque toujours les yeux fermés. Quand il avait terminé sa pièce, il m'apercevait et me faisait un sourire. Je n'ai jamais su s'il aimait que je vienne ou si je le dérangeais. Il ne m'en a jamais parlé. Il devait être ambivalent comme pour tout ce qui me concernait. Content, mais coupable à cause de toi. Ça devait ternir son plaisir. Quelquefois je me demande si l'accident... Catherine sursaute. — Quoi, Élise? Qu'est-ce que tu insinues? Jason aurait provoqué l'accident? Non, c'est impossible. Elles n'y croient pas vraiment. Elles exploitent toutes les facettes de leur drame avec courage. Mais là, elles font fausse route. Catherine met fin à l'hypothèse. — Élise, l'automobiliste a été formel. Tout est sa faute. Il a pris sa courbe trop à gauche parce qu'il ne pouvait pas imaginer que quelqu'un surgirait du noir, à cette heure. Il n'a pas pu l'éviter. Jason n'a rien provoqué. Arrête-ça! — T'as raison, Catherine, je sais pas pourquoi ça m'est passé par la tête.

Catherine reste crispée à la suite de cette conversation. Elle est visiblement inquiète aussi. — Qu'est-ce que je vais devenir sans Jason, sans toi, Élise? J'ai peur. — Tu vas venir avec moi. J'y pense déjà depuis un moment et j'étais justement pour t'en parler. Demain on mettra une annonce pour louer ta maison. Ça va être facile, la saison de ski attire tellement de monde ici. Oui, tu viens avec moi.

Les deux veuves sont belles et tristes. Elles fascinent. Elles gardent leurs mains enlacées parce qu'elles ont besoin de ce contact. Le fluide invisible qui circule entre les deux femmes, leur permet de passer à travers toutes les tempêtes intérieures. Cet homme savait-il jusqu'à quel point il était aimé?

* * *

La deuxième semaine de septembre, elles arrivent à Montréal. Juste à temps pour qu'Élise recommence à enseigner. Catherine s'installe dans la chambre d'ami et se met à la recherche d'un emploi. Elle en trouve un dans une boutique de vêtements.

Tous les soirs elles reviennent à la maison, soulagées. Il n'est pas toujours facile, c'est certain, de faire comme si de rien n'était avec les étudiants ou les clients. Chez elles, Élise et Catherine sont en sécurité, à l'aise. Ensemble elles préparent le repas et reprennent leur dialogue sur Jason. Tout n'a pas encore été dit. Quand elles parlent de lui, elles s'installent sur le divan. Toujours le même besoin de se rapprocher. L'émotion est encore intense et la meilleure façon est d'attaquer à deux.

Catherine a quelque chose sur le cœur. — Élise, j'ai beaucoup réfléchi aujourd'hui. C'était tranquille à la boutique. Ça n'allait pas si bien que ça entre Jason et moi, tu sais... Il t'avait dit que je voulais un enfant? —

Oui. — Mais qu'est-ce qu'il t'avait dit au juste? — Ben ça. Que tu voulais un enfant et que lui n'en voulait pas. Que c'était une source de différend entre vous deux. Il disait que, pour le moment, il n'en ressentait pas le besoin et qu'il n'avait pas d'argent pour élever un enfant de façon convenable. Il ne voulait pas non plus prendre les moyens pour y arriver... J'ai l'impression qu'il se sentait traqué. Catherine regarde Élise. — Toi, tu savais tout hein? — Catherine, quand un homme vient vers une autre femme, c'est souvent parce que quelque chose cloche. Il a besoin de se confier. Mais tu sais ce que je pense finalement? Toute cette histoire d'enfant était un prétexte pour lui. Je pense même que s'il était encore vivant, il ne serait plus avec toi. Il serait parti ou sur le point de le faire. Et pas avec moi. Il voulait être seul. Vivre comme un gitan qu'il disait. — C'est dur à accepter ça, mais je pense que t'as raison. Je ne voulais pas le voir. Je lui demandais ce qu'il ne pouvait pas me donner. Et parce que je ne l'obtenais pas, je devenais hargneuse. Il avait du mal à supporter la situation mais il se taisait et fuyait de plus en plus. Avec toi, entre autre. Parce que tu ne lui demandais rien. — Tu sais, Catherine, je n'aurais pas pu endurer plus que toi la façon dont il se comportait. Il te faisait mal mais il me blessait moi aussi. Je me promettais tous les jours de lui dire que je ne voulais plus le revoir, mais je n'y suis jamais arrivée. On l'aimait trop, toutes les deux. Lui, c'était sa liberté qu'il voulait. Je me souviens d'un soir où, sur un ton agacé, il m'a dit: — Pourquoi est-ce que j'ai besoin de ton amour? Pourquoi est-ce que j'ai besoin de l'amour de Catherine? Il aurait voulu se suffire à lui-même. Aucun lien. L'amour en crée, inévitablement. Jason ne voulait appartenir à personne. On l'aurait perdu de toute façon... On va au cinéma? Il faut qu'on se change les idées. Catherine approuve par un signe de tête et un grand soupir de soulagement.

Le temps passe et Jason devient plus léger à porter. Les deux femmes reprennent goût à la vie. Le temps est avec elles. Élise et Catherine commencent donc à sortir. D'abord au cinéma comme après leur dernière conversation. Puis dans les restaurants et même dans les bars où elles rencontrent des gens. Mais elles ne se laissent pas d'un poil. Fragiles. Elles rentrent à l'appartement souvent un peu saoules, en se soutenant mutuellement. L'alcool fait quelquefois réapparaître Jason. Durant ces moments, comme durant l'été, elles se couchent enlacées et s'endorment, rassurées par la tendresse. Ah! que feraient-elles l'une sans l'autre?

* * *

Élise la brune et Catherine la blonde. Elles ont toutes les deux perdu Jason. Mais le temps passe et elles s'en ennuient de moins en moins. Elles s'habituent à son absence. Elles en parlent quelquefois encore, cependant. — Élise, est-ce que tu le trouvais beau, toi, Jason? — Magnifique, oui. Quelquefois après l'amour, appuyée sur un coude, je le regardais. Il me faisait penser à un jeune dieu dans la peinture classique. Tout était si uniforme chez lui, sa peau, ses cheveux, ses yeux. Il était brun doré. Oui, il était beau! — Moi aussi, je le trouvais super. Quand je l'ai vu pour la première fois, il y a cinq ans, j'étais intimidée. Comment est-ce qu'il faisait pour s'intéresser à moi? J'ai fondu quand il m'a adressé la parole. Je pouvais rien répondre. Il m'a demandé à quel collège j'allais. — Élise dit spontanément: — Oui, je sais. Il était très mal à l'aise, lui aussi, parce que tu lui plaisais et il trouvait sa question bien stupide. Catherine regarde soudainement Élise, d'un air inquisiteur, et dit sur un ton glacé: — Comment tu sais ça? Tout naturellement Élise répond: — C'est écrit dans son livre. — Il t'a montré mon livre... à toi? Catherine incrédule crie presque. Elle est à la fois furieuse et déçue. — Élise, c'était mon unique secret. La seule chose que tu connaissais pas. Du moins, c'est ce que je croyais. — Ben oui, je connaissais ce livre, répond Élise. Je l'avais oublié jusqu'à ce que tu parles de votre première rencontre. Ça m'est revenu tout d'un coup. Il me l'avait apporté, un soir. Il voulait que je le vois mais, en même temps, il ne voulait pas. Il a fallu que j'insiste pour qu'il me le laisse. Merde, Catherine, essaie de comprendre. C'est lui qui m'en avait parlé. Il tenait surtout à me montrer les illustrations. Tu sais, je dessine, alors... — Je comprends, Élise, mais je trouve ça dur de tout partager. J'aurais voulu égoïstement avoir quelque chose de plus que toi. Je m'excuse. Attends, je vais aller le chercher et on va le regarder ensemble.

Élise met Keith Jarrett et sort l'amaretto. Catherine revient avec le livre qu'Élise connaît bien. C'est un de ces livres blancs qu'on achète dans les librairies. Un livre à écrire. Jason l'a rempli au complet d'écriture à la main et de magnifiques dessins. Il raconte toute la première année de son amour pour Catherine, y compris ce voyage en Amérique du Sud qu'ils ont fait. Jason a tout inscrit en insistant toujours sur les sentiments qu'ils éprouvaient l'un pour l'autre. Surtout les siens pour Catherine dont il était follement amoureux. — Elle est donc belle votre histoire d'amour! s'exclame Élise après quelques pages. Quand je l'ai lue pour la première fois, j'étais au plus haut point de ma jalousie. Jason jouait du piano, écrivait et même il dessinait. Mais c'était ton homme et ce livre il l'avait fait pour toi. C'est à ce moment que j'ai commencé à me sentir responsable de son infidélité. J'avais l'impression que je vous séparais. J'ai eu le courage alors de dire à Jason que je ne voulais plus le voir. Catherine enchaîne: — Oui, je sais, mais il a dû te dire, comme il me le disait à moi, que la période qu'il avait racontée était finie. Qu'il m'aimait toujours mais plus de la même manière. C'était pas facile de l'écouter quelquefois! Je suppose qu'il avait raison. Notre amour avait évolué dans des directions différentes. Moi, je voulais me rapprocher et lui, s'éloigner. Tu peux continuer Élise. Tu vois, je sais. Il ne faut pas avoir peur de me blesser. —

C'est ça. Il m'a dit que t'étais devenue sa meilleure amie. Qu'il t'aimerait toujours mais... Catherine interrompt encore Élise. — Mais qu'il ne pouvait plus me donner ce que je cherchais. Il me disait même qu'il ne serait pas jaloux si j'allais vers quelqu'un qui pourrait me combler davantage. Ça, c'était pas facile à prendre! Le pire, je pense. Je n'acceptais pas et, en plus, je ne le prenais pas vraiment au sérieux. Maintenant, je sais qu'il l'était. Je ne savais pas que tu existais et qu'il songeait à me quitter. Tout devient clair. Tout. Elle tourne les pages machinalement, très accablée par sa nouvelle lucidité. Élise ne sait plus que dire sinon: — Il ne voulait pas de moi non plus, même si je l'attirais. Il voulait faire de la musique et n'arrivait à intégrer personne dans sa vie. Il avait besoin de liberté. C'était un solitaire, Jason. Moi, c'est ça qui me fascinait chez lui. J'aurais voulu vivre comme il faisait, lui. Il me rappelait un gars que j'ai connu, Christophe qu'il s'appelait. Lui aussi me tenait des propos semblables. Quelquefois je pense que c'est une affaire de gars. Les filles, on est trop possessives, on veut près de nous celui qu'on aime. On est toutes les deux pareilles. — Oui, t'as raison Élise. On est pareilles. On l'aimait trop. Je devenais de plus en plus fatigante, accaparante, et je passais mon temps à lui reprocher ses fuites. J'étais frustrée. J'aurais voulu qu'il me parle davantage, qu'il m'aime plus. Ça me soulage de savoir que tu souffrais, toi aussi. L'autre soir, t'avais raison de dire que, de toute façon, on l'aurait perdu toutes les deux.

Toutes les émotions causées par le livre font que les deux femmes pleurent comme ça ne leur est pas arrivé depuis longtemps. Comme s'il était resté, bien enfoui, encore de la peine, encore de la douleur de ne plus avoir Jason tout près. Tout sort mais sans fracas, calmement. Et elles ne font rien pour arrêter le flot. Il en viendra encore, mais de moins en moins souvent. Le processus normal des choses. Élise et Catherine sont encore plus solidaires maintenant qu'elles n'ont plus de secret.

* * *

Élise et Catherine commence à regarder les hommes autour d'elles. Elles ont toutefois fait un curieux pacte. — Écoute, Catherine, j'ai une idée. On va essayer quelque chose. Quand l'une de nous deux voit quelqu'un d'intéressant, elle en parle à l'autre. Si on est d'accord toutes les deux, on s'essaye. Il faut évidemment que celui qui sera choisi accepte notre condition: les deux ou rien! C'est fou mais, en même temps, ça pourrait être amusant, tu ne trouves pas? Catherine enthousiaste dit: — Oui, oui, ça me tente. Ça va être plus facile ensemble.

Voilà comment elles trouvent moyen de renouer avec les hommes et avec l'amour aussi. Physiquement d'abord. Il y en a eu un premier, puis un second et d'autres. Rarement elles les revoient. Ce n'est jamais le bon jusqu'à ce qu'un soir de janvier... Il fait froid mais elles s'aventurent quand même dehors. Elles veulent entendre de la musique live. Elles choisissent une toute petite boîte, rue Bishop. Elles s'assoient et commandent du rhum pour combattre les frissons. Ça ne prend que quelques minutes pour que Catherine regarde Élise et dise: — Tu vois ce que je vois? Élise se contente d'approuver par un signe de tête. Et elles sourient toutes les deux au jeune pianiste qui ne peut leur résister. Il sourit aussi. Il est juste assez semblable à Jason pour leur plaire et, en même temps, juste assez différent pour qu'elles ne soient pas envahies par la nostalgie. Quel charme! Et cette façon de jouer du piano comme Keith Jarrett...

Il vient s'asseoir avec elles après son spectacle. — Vous êtes drôles toutes les deux. On dirait deux sœurs, version brune et version blonde. Elles se regardent et disent en chœur: — Tu trouves? Ils éclatent tous les trois de rire. — C'est qu'on se connaît depuis longtemps et qu'on s'aime beaucoup, dit Élise. — Oui, c'est ça, ajoute Catherine. Il n'est pas question d'être plus explicites et de dévoiler les raisons qui les rendent intimes. Sur ça, elles se sont mises d'accord. L'homme qui remplacera Jason ne doit pas savoir ce qui rapproche les deux amies. Ils sortent du bar ensemble, Élise, Catherine et le pianiste qui s'appelle Philippe. Elles l'aiment et lui, il n'a pas envie de choisir. Par la suite, les deux femmes vont souvent l'entendre et il revient toujours avec elles. Le partage se fait sans problème. Tantôt l'une, tantôt l'autre. Oui, ils s'adorent tous les trois.

Élise et Catherine ne parlent plus que très rarement de Jason entre elles. Elles sont de nouveau heureuses. Plus, radieuses! Il est comme Jason, mais gai et bavard. Leur belle aventure dure une partie de l'hiver et tout le printemps. Mais, un matin, Catherine et Philippe cherchent Élise en vain. Il ne reste d'elle qu'une note bien en vue sur la table de la cuisine.

Catherine et Philippe,

Je peux imaginer votre surprise. Ça fait déjà quelques temps que je prépare mon départ. J'ai eu une bourse et je pars pour l'Europe. Je n'y serai plus pour toute une année. Ne cherchez pas à me rejoindre. Je vous ferai signe bientôt.

Je vous aime tous les deux.

Élise

Catherine et Philippe se regardent. Comment a-t-elle pu faire ça? Leur faire ça à eux! Ils n'en reviennent pas. Ne sont plus que deux maintenant. Élise en a décidé ainsi. Quelques jours plus tard, Catherine trouve une autre note bien dissimulée dans ses sous-vêtements. Pour elle seulement, cette fois.

Catherine,

Je te rends, à ma façon, celui qu'un jour je t'ai pris. Je n'arrive pas à oublier que c'est à cause de moi si Jason

est mort. Oui, je sais, on l'aurait perdu de toute façon...
Mais quand même. J'espère que tu seras heureuse avec
Philippe, il est si gentil. Il t'aime et il te fera l'enfant que
tu désires depuis quelques années. Ne t'inquiète pas pour
moi. Il faut que je travaille davantage à mes illustrations.
C'est important dans ma vie. Tu sais, je suis un peu
comme Jason, dans le fond. Je suis une solitaire. Je te
reverrai dans un an.

Élise

Le jeune couple s'installe pour l'été dans le village des Laurentides qui ne vit que de tourisme. Tout naturellement, Catherine a repris sa maison et Philippe, la place de Jason au *Jazzbar*. Catherine vient le voir jouer, tous les soirs. Elle ne veut plus risquer de perdre l'homme qu'elle aime et dont elle attend un enfant.

FIN

Troisième partie

Le journal d'Élise II

Elise est de retour à Ogunquit. Elle y vient pour faire exactement la même chose que l'année précédente: fignoler ce que le lecteur vient de lire, ce qui a été écrit en septembre et en octobre, à son retour de vacances. Elle se remet à l'écriture et encore une fois se retrouve devant un vide. Rien entre le début novembre et la mi-juin. Enfin, presque rien. Pourquoi? En voici l'explication.

En rentrant, Élise a continué d'écrire comme sur l'air d'aller. L'énergie de l'été lui a permis de finir son roman. Après, elle a eu l'audace de l'envoyer et la folie de le continuer. Des chapitres nouveaux ont raconté la suite de l'histoire, l'été à peine ébauché dans son livre. Élise est même allée jusqu'à écrire de la fiction sans trop savoir où ça la mènerait. L'énergie de l'été, oui, mais surtout sa passion, son obsession de Jason ont été les moteurs de son activité. Toutefois, un évènement s'est produit qui a stoppé net l'inspiration d'Élise. A brisé l'élan. Jason, dont elle n'avait eu aucune nouvelle depuis la fête du Travail et qu'elle avait fait mourir pour s'en débarrasser, est soudainement arrivé chez elle. En chair et en os. Revenu avec l'Halloween, comme un mort-vivant. Après son départ, cassé le fil. Tension zéro. Elle n'a plus été capable de reprendre son souffle. Le journal est revenu, comme d'habitude, reprendre la première place. Le matériel

brut, non transformé, une fois de plus. Des textes en
«je», plus souvent qu'autrement. Les autres, plus rares,
vestiges de la volonté faiblissante d'écrire pour vrai.
Mais, au moins, jamais l'écriture n'a cessé.

Élise ne se sent pas plus reluisante que l'année dernière, mais ne trouve pas encore de solution-miracle pour
couvrir cette partie de sa vie. Le journal, mieux que rien.
Il faudra de nouveau assister à la renaissance de la fiction, après une trop longue période pratiquement stérile.
Oui, il en sera ainsi. Élise va travailler tout l'été pour donner forme à un contenu invertébré. Tout arranger pour
que ce soit comestible. Mettre la sauce fictive, soigner les
détails. Elle doit faire de deux textes, un seul livre!
Cependant, cette fois-ci, Élise tient son dénouement.
Tout est là. Tout ce qu'on verra d'Élise. Ce qu'elle a vécu
avant d'arriver à la mer. Elle connaîtra peut-être de nouvelles amours, ira sur la plage, décrira son été, mais la fin
restera ce qui s'est passé à Montréal. Il faut bien terminer
une fois pour toutes.

LE JOURNAL D'ÉLISE

le 3 novembre

*Jason est arrivé chez moi hier à cinq heures et il est
reparti ce matin à neuf heures. Comme dans un rêve.*

*J'étais contente de le voir. Il avait les mêmes vieux
habits, les mêmes souliers troués et ses jeans sans sous-
vêtements. On s'est promenés sur Duluth, St-Denis,
Prince-Arthur. On est même allés prendre un verre aux
Beaux-Esprits. C'est lui qui voulait ça. Le Maine rejoint
Montréal. Il m'a raconté que Cindy l'avait quitté deux
jours auparavant. Pour Seattle. Je n'ai pas très bien compris si ça venait de lui ou d'elle. Des deux, je crois. Il a
envie d'être seul et elle ne peut plus accepter. C'est
curieux, je viens de terminer ma nouvelle et je dis juste-*

ment que si Jason n'était pas mort, il aurait quitté Catherine-Cindy. Merde! Il apparaît au moment où je le fais mourir et il arrive ce que j'avais prévu. De la folie tout ça.

Il y a deux jours, pourtant, j'ai pleuré la fin de mon histoire avec Jason. J'avais mis le point final à tout ça. Il était bien mort pour moi, comme il l'était pour ces deux femmes qui l'aimaient. Je fais tout pour m'en défaire et le voilà devant moi. Le prendre comme il est, sans rien lui demander. Je l'ai eue ma nuit avec lui, enfin! Mais tout s'est passé si rapidement que j'ai du mal à m'en remettre. Je suis contente, nerveuse, triste, tout cela à la fois. Encore sous l'effet de la surprise. Je pense à Jason, sur le chemin du retour, qui est venu sans même savoir si j'y serais. Pour une seule nuit. Il vient toujours me voir uniquement quand lui le veut. Comme durant l'été. C'est bien, d'une certaine façon, qu'il ne soit resté que quelques heures. Comme ça, j'ai l'impression d'avoir rêvé. Je suis là à essayer de tout me remémorer, mais on dirait que j'invente. Je le vois marcher, le regarde sourire, le sens bander tout contre moi... C'était il y a quelques heures!

Jason, mon beau gipsy qui ne veut appartenir à personne, est reparti comme il est venu.

le 4 novembre

Je viens de terminer une lettre à Sandra. Il fallait que je dise ce qui m'est arrivé à quelqu'un qui connaît Jason. Pour me soulager, me libérer. Elle n'en reviendra pas.

Je me rends compte que je me suis égarée dans mon écriture. J'ai l'impression de vivre des chapitres de roman. Je ne sais plus ce qui est réel et ce qui ne l'est pas. Je pense que j'y croyais à la mort de Jason. Quand il est apparu, j'ai eu l'impression que c'était un revenant. Je lui ai dit: — Jason? Jason! It's you? Il me regardait sans comprendre ma réaction. — Well, yes, it's me, Élise. You look so surprise! Je ne lui dirai jamais que je venais de le faire mourir pour m'en débarrasser!

197

...

Les filles reviennent aujourd'hui. C'est ma semaine. Je m'en vais jouer au racquetball avec Karla. Ça c'est bien réel au moins!

le 5 novembre

Jason m'a laissé son briquet. C'est écrit dessus «mean and nasty»! Je vais le conserver bien précieusement. Tout ce que j'ai de lui avec le dessin. Jason était bien surpris de le trouver accroché au mur de ma chambre. Il a dit que c'était la première fois qu'il voyait quelque chose de lui, encadré. Suis-je la seule à le prendre au sérieux? ... Ça y est, je sens que ça monte. Oui, je m'en ennuie. J'aurais voulu le voir davantage.

Je me demande s'il est bien affecté par le départ de Cindy? Il ne le montre pas, en tout cas. Il rationalise. Il est venu m'en parler, en fait. Il savait que j'allais l'écouter et le comprendre. Peut-être qu'on est amis pour vrai, après tout. Que va-t-il devenir maintenant? Il ne le sait pas. Il veut partir. Aller au Mexique pour l'hiver. Il ne sait rien. Encore moins s'il sera à Ogunquit l'été prochain. Sa visite était peut-être une visite d'adieu? Peut-être que je ne le reverrai jamais... Je ne dois plus attendre rien de Jason. Rien. Mais ça recommence à me faire souffrir.

> *Va-t'en vieil amant,*
> *Ma peine, ma haine,*
> *Ma vie et mes cris,*
> *Viens-t'en, bel ami!*

> *Viens ici, doux chéri,*
> *Mon ennui, mon oubli,*
> *Ma peur et mon cœur.*
> *Va-t'en, vainqueur!*

> *Sauve-toi, tendre amour,*
> *Ma croix et ma foi,*
> *Mes jours et mes nuits.*
> *Approche-toi, mon roi!*

Je vais manger avec Suzanne, ce soir. J'espère qu'elle me ramènera à la réalité, comme d'habitude.

le 6 novembre

Je n'ai pas pu résister au désir d'écrire à Jason. Pour lui dire que je l'aime. J'ai écrit: I love/like you. Je n'ai pas osé écrire tout simplement: I love you. Je lui souhaite bonne chance pour l'année. Le seul ennui est que je ne sais pas où lui envoyer ma lettre. Il m'a dit qu'il habiterait avec des amis en attendant de partir. Je vais lui envoyer au Tidewater. *Il passera bien par là. S'il a déjà quitté, tant pis.*

...

J'ai raté le film que je voulais voir. C'était complet. J'ai abouti bien malgré moi aux Beaux-Esprits. *Il n'y en avait qu'un, André. Il travaillait. Je suis donc revenue à la maison. Je passe le temps en attendant Vanessa qui n'est toujours pas rentrée. Ça commence les inquiétudes parce qu'une des filles entre tard! Ce n'est pas que je manque de confiance en elle toutefois, ou que je m'imagine qu'elle se pitche en l'air avec le premier venu. Non. Mais je trouve qu'elle est bien jeune pour être dehors, passé minuit.*

...

Je reglisse vers Jason. Il a attendu que Cindy parte pour me faire signe. La séparation a quand même dû être douloureuse... Lui, n'a parlé ni de peine, ni de douleur, ni de larmes. Rien. Mais elle, Catherine-Cindy, je me demande comment elle se sent. Si elle a mal? Moi à sa place, même si j'en avais eu assez du comportement de Jason, je l'aurais quitté, déchirée. Oui, je continue de me sentir proche de cette femme. Je n'y peux rien. Et comme l'indique la fin quétaine de ma nouvelle fictive, je ne peux m'empêcher de me sentir coupable. De la culpabilité mais aussi de la solidarité. Je n'ai jamais douté de l'amour que Cindy éprouvait pour Jason. Je l'aime et elle aussi. Lui?

Jamais je ne le comprendrai. Trop différent. Trop indifférent. Vanessa rentre. Point.

le 7 novembre

Elle a mal. Jason est le responsable, même s'il ne le saura jamais. Depuis sa courte visite, une journée a passé, puis deux, trois... C'est à la cinquième que la douleur est venue. La lettre qu'elle a envoyée n'a rien arrangé. Au contraire. Elle souffre parce qu'il n'est pas là. Parce que personne n'est là. Mal à toutes les absences en elle. Jason est venu et les plaies se sont rouvertes. Son absence a laissé un vide si grand, que ça ne peut pas être son vide à lui tout seul. Impossible. Tous les vides, toutes les absences s'additionnent. Jason a ramené l'Idée insupportable: Élise est une femme seule. Elle se retient de pleurer parce que les enfants sont là. Elle se concentre sur son écriture. Se rend compte de sa confusion. Elle a de la peine et, pourtant, ça lui a plu que Jason vienne. Élise croyait qu'il ne pensait plus à elle et il est arrivé. Non, il ne l'a pas rejetée comme Antoine l'a fait. Il continue de l'aimer à sa façon à lui. Ni plus, ni moins. Mais Élise est possessive. Elle veut davantage de Jason. Pendant l'été, Élise disait que tout ce qu'elle voulait, c'était une nuit passée avec lui. Elle l'a eue sa nuit. Pas encore contente.

Vanessa interrompt le fil des pensées de sa mère pour lui apporter des biscuits qu'elle vient de faire. Élise les goûte et regarde le gris de ce ciel dramatique, traversé par des percées de soleil. Troublant et si beau à travers le rideau de dentelle. En Californie, elle s'ennuyait. Là-bas, c'est trop bleu, trop longtemps, trop souvent. Élise préfère, entre tous, les ciels du Maine à cause de la mer dans laquelle ils se réflètent. Six longs mois avant de les revoir. Et seront-ils encore aussi souvent assombris par l'absence de Jason?

Élise pense à Cindy. Comment se sent-elle maintenant qu'elle n'est plus avec Jason? Est-elle heureuse, triste, soulagée? Et lui qui ne montre rien, est-il vraiment

200

si bien qu'il le dit? Ils se sont aimés. Cette grande algue blonde et ce très beau musicien ont fait un long chemin ensemble. Puis tout a commencé à se défaire. Élise comprend. Elle et Marc sont passés par là. Les fissures qu'on ne veut pas voir qui font tranquillement leur travail. Un jour, on se rend compte que le vase n'est plus recollable. Cindy est seule maintenant à Seattle. Pourquoi cet endroit? Ah! oui, Jason a dit que Cindy y avait des amis. Quand elle est partie, il a suggéré à sa femme de chercher quelqu'un avec qui elle serait vraiment heureuse. Oui, il se sent toujours responsable d'elle. Voudrait la passer à quelqu'un pour avoir l'âme en paix. Mais elle, Cindy, veut-elle cela? Non. Elle aime Jason même si elle peut difficilement vivre avec lui. Comme dans l'*Intermission fictive*. Élise et Catherine-Cindy aiment toutes les deux Jason et il n'est pas mort.

le 10 novembre

J'ai reçu une réponse négative de V.L.B. Par ailleurs, je suis assez contente de ce que Claude a dit de mon roman. Il faut que je repense à son conseil. Faire une introduction. Expliquer un peu la démarche au lecteur. Ce texte est tellement maniaque qu'il doit être difficile à suivre.

...

Jason est parti, il y a une semaine déjà. J'y repense souvent mais c'est supportable. J'attends des nouvelles de Sandra. Je suis curieuse de lire sa réaction. Je me demande si Jason a reçu ma lettre? Je ne me fais pas d'illusions, il ne me répondra pas.

le 11 novembre

Je pars pour Québec, tout à l'heure. Ce n'est ni loin, ni long, mais je quitte Montréal pour quelques jours. Ça me prenait un changement. J'espère qu'on aura du fun et que les congressistes ne seront pas trop sérieux ou cons.

...

L'automne est là, maintenant. Il fait noir tôt et c'est froid. Je ne déteste pas. Dans six mois, je serai sur le point de retourner à Ogunquit. Ça m'inquiète d'avance, à cause de Jason. Je suis vraiment loin de here and now. Mais c'est plus fort que moi. Puisque Cindy n'est plus là, j'aimerais que Jason me dise qu'il passera l'été avec moi. Je rêve en couleurs. Il y a quelque chose dans cette idée même qui ne ressemble pas à Jason. De toute façon, est-il vraiment séparé de Cindy? J'en doute.

le 13 novembre

Elle est revenue de Québec, fatiguée. Elle regarde *Superman*. Parce qu'elle en a assez des discussions sur la langue et la société québécoise. Assez du pessimisme de tout le monde. Assez aussi de ces femmes privilégiées qui parlent de littérature au féminin et de ligne juste. Assez d'essayer de se situer dans tout ça. Juste survivre, ce soir. Sans se forcer. Se laisser aller à suivre les exploits de Superman. Elle, elle n'est ni Superwoman, ni Wonderwoman. Juste une femme ordinaire. Elle s'est fait dire qu'elle était féministe à temps partiel! Bof! pourquoi pas? Et ce soir, en plus, elle ne travaille même pas. Elle se permet d'être au neutre. Est-ce que ça marchera? Est-ce qu'elle se sentira coupable? On doit bien avoir le droit de regarder *Superman*, aussi? Au 12, en anglais, après ce congrès sur le français! Se dépayser. Parler d'autre chose. Écouter autre chose. Pour voir. Ça va peut-être lui amener des idées, ça aussi? Boire du vin rouge et se rouler un joint. Pour être certaine d'y aller avec lui, Superman. Où? Sur la planète Krypton qu'ils ont dit.

Marlon Brando. Rien à voir avec le héros de *On the Waterfront*! Il est gros et a les cheveux blancs. Caricature. La veste de cuir troquée contre une tunique de satin blanc avec un grand S. Ridicule. Il n'a pas de pardon pour les trois méchants qui flottent dans l'espace pour une éternité de «living dead». Les bons et les méchants clairement identifiés, pas comme dans la vraie vie. Élise regarde ça, intéressée...

le 14 novembre

Que dire de mes trois jours à Québec? Je suis revenue enragée. J'écris pour y voir clair.

On se retrouve dans le même esprit que dans les années 60 et, moi, ça ne m'intéresse plus. Qu'on veuille rétrécir mon projet de vie à un projet politique, me semble insupportable. Je suis écœurée de toujours entendre parler des mêmes sujets et en plus, maintenant, sur un ton alarmiste. J'ai envie d'écrire un second refus global. Refus de la discussion unique, refus du nombrilisme, refus d'un pessimisme local, refus de ce regard tourné vers le passé les larmes aux yeux, refus de partager la déception de se rendre compte que le P.Q. n'est pas le parti sauveur. Tant pis. Tout continue et la crise n'est pas québécoise que je sache, mais internationale. Le chômage n'est pas plus drôle en anglais qu'en français. La condition féminine n'est pas plus évoluée en anglais qu'en français. Et en déplaçant tout encore une fois sur le problème de la langue, on ne fait que perdre du temps pour penser à autre chose. L'asphyxie nous guette. Je la refuse. Vivre est la question capitale, non pas vivre en français ou en anglais. Je vais continuer d'enseigner la littérature, mais toujours en mettant à la fois des œuvres américaines et européennes en même temps que les québécoises. Parce que moi, ce que j'aime, c'est justement qu'on soit au carrefour de deux mondes très différents et très intéressants. J'étouffe si on me demande de ne regarder que mon petit pays même s'il est bien joli. Je veux avoir le droit de regarder au Sud et aussi de l'autre côté de l'Atlantique. Vital, pour moi. J'avoue également que j'ai de plus en plus envie d'aller voir ce qui se passe à l'ouest de la rue Saint-Laurent.

Je les connais les propos de mes semblables. Ils ne m'apportent rien de neuf. J'ai besoin de me ressourcer, d'abolir les frontières, juste pour survivre. Et je ne veux pas m'expatrier. Ce n'est pas nécessaire. Tout ce que j'ai entendu à ce congrès, je l'avais déjà entendu durant notre chère Révolution Tranquille. À cette époque, j'ai été très attentive. Comme tous, j'ai compris qu'il fallait agir. Les choses ont changé. Qui peut me faire accroire qu'on en est encore au même point? Les péquistes déçus à cause du référendum battu, de la constitution rapatriée autrement que de la façon dont on rêvait? Ce n'est toujours pas suffisant pour me faire oublier tout ce qu'on est et que j'aime. Et si on en arrache de ces temps-ci, c'est parce qu'il y a la crise. Mais ce n'est pas notre crise. Ça n'a rien à voir avec la langue ou notre identité. Tout confondre n'arrange rien. Pleurer sur notre peuple est ridicule. Ce sont des larmes de déception qui brouillent le paysage d'un grand nombre. Et moi qui croyais qu'on avait enfin atteint l'âge adulte! On retombe en enfance, j'en ai bien peur. Suffit! Je ne fermerai pas les fenêtres du monde sous prétexte que ma maison ne m'offre pas un spectacle parfait. Ce que je vois ici est loin d'être idéal, mais c'est mieux qu'à peu près partout ailleurs.

Je me sens enragée comme le Survenant l'était devant les gens du Chenail du Moine. C'était en 1910! Je refuse l'appauvrissement. Je veux un vrai pays et non une terre d'éternelles douleurs où brailler est la seule solution. C'est mon refus à moi. Il n'est pas loin d'être global.

Wow, je viens de me défouler! Ça m'a fait du bien. Je suis gelée. On dirait qu'il y a un problème avec le chauffage... Je ne sais pas ce que c'est, mais je viens de trouver un moyen de faire repartir la fournaise. Du féminisme appliqué!

Je reviens à mon propos. Il y a encore une chose qui me fatigue et que j'ai sur le cœur. La discussion que j'ai eue avec cette fille dont j'ai oublié le nom. Il faudra que je le demande à Julien qui a assisté à cette charmante discussion, muet. Donc «cette fille» refuse de faire des enfants parce qu'elle trouve qu'ils sont comme des sangsues. J'ai provoqué cette sortie sans le vouloir. Je venais de dire que j'adorais tenir un bébé tout près de moi, comme collé à moi. C'est là que l'image de la sangsue est venue. J'ai sursauté. Impossible d'accepter que Vanessa et Stéphanie que j'ai tant aimé serrer tout contre moi deviennent d'affreuses sangsues. Cet animal est hideux. L'idée est horrible! Pourtant, j'ai déjà dit moi-même que mes enfants étaient des vampires. J'ai écrit ça au moment où je me sentais particulièrement vidée. Incapable de rien sortir de moi. Je comprends le point de vue de cette fille. J'aime trop mes vampires-sangsues toutefois, pour regretter de les avoir mises au monde. Je dirais plutôt que c'est mon meilleur coup. J'admets cependant que, d'un certain point de vue, ils sont terribles, les enfants. Donnent peu. Prennent tout. Mais j'aime ce don de moi. Ça m'a rendu meilleure. Il s'agit d'apprendre à ne pas tout donner. Je suis sur la bonne voie. D'ailleurs, ce n'est pas vrai que les enfants ne donnent rien. Mes filles me donnent leur jeunesse, leur amour, le spectacle de leur enthousiasme. Je suis sangsue moi aussi, par rapport à elles. Je ne suis pas perdante.

Les enfants-sangsues! Il faut que j'y repense. Ça me choque vraiment.

...

Au Congrès, j'ai appris à travers les branches qu'Antoine venait de faire patate avec sa dernière production. Je dois avouer que ça m'a fait bien plaisir. Je devrais avoir honte. Mais non. Ben bon pour lui!

le 17 novembre

Quelle bonne décision que celle d'aller passer une semaine à Cuba avec Mimi. Ça s'organise. On part le 27 décembre et on revient le 2 janvier. Ça n'a pas été facile mais on a fini par trouver deux places. Je suis ravie. Jamais je ne suis allée dans une île tropicale, l'hiver. Voir *enfin les Caraïbes! Youpi! C'est triste que je n'aie pas assez d'argent pour emmener les filles. Il me semble qu'elles aimeraient ça, elles aussi. Je me sens toujours un peu égoïste quand je pars.*

...

le 20 novembre

Samedi! Je trouve tout plat. Jean-François vient de me téléphoner. Ça n'a pas l'air plus drôle à deux. Je fais ce que je peux pour garder le moral, mais c'est particulièrement difficile, le samedi soir.

Je viens de lire dans le Devoir *tout ce que mes amis écrivains avaient à dire. Pas plus fins que moi, dans le fond! J'aurais peut-être besoin que quelqu'un accepte mon manuscrit pour me donner confiance.*

...

Je me demande où est Jason ce soir. S'il est encore à Ogunquit ou s'il est parti. Il voulait disparaître. Il l'est pour moi.

...

Je suis tombée sur une pile de vieilles photos, tout à l'heure, et ça m'a rendue vraiment nostalgique. Me suis mise à penser à tous les gens qu'on laisse tomber en cours de vie. Incroyable! Comme des abandons. Contre lesquels on ne peut rien. Tous ces gens qui à un moment étaient là dans notre vie et qui maintenant n'y sont plus. Une série de ruptures quelquefois violentes, quelquefois plus douces. Mais toujours des ruptures. La solitude est la cause de ma tristesse. Si j'étais avec des amis ce soir, je ne serais pas si sombre. Mais voilà, je suis toute seule. Je vais aller voir Fitzcarraldo *pour me changer les idées.*

le 22 novembre

Je reviens du Cégep. On travaille très fort ces temps-ci. Des centaines de comités! La tête n'y est pas mais ça

occupe. Je n'ai pas le temps d'écrire pour vrai. Je conti-
nue de faire des gammes.

...

Je suis aux prises avec des pulsions incontrôlables. À
tout bout de champ. Je ne sais pas quoi faire. Je veux un
homme, c'est simple. Pas si simple! La preuve c'est que
quand j'en avais un, je me suis tannée. De Marc, de Jac-
ques. Mais c'était fini. Je voudrais une autre chance. Un
homme qui m'aimerait et que j'aimerais. Un rêve que je
sais impossible. Je veux un rêve quand même. J'ai
l'impression que je pourrais aimer à la folie. J'en ai déjà
fait la preuve, hélas! Mais pourquoi ne m'aime-t-on pas,
moi? Antoine m'a vraiment traumatisée. Des conneries
tout ça. Des conneries qui font mal. Ça me prend tou-
jours le soir, alors je n'ai pas d'autre possibilité que
d'écrire jusqu'à épuisement. Et puis après, dormir.
Demain, le travail va m'occuper et, si je suis chanceuse, je
le serai tellement que je n'aurai pas le temps d'éprouver
tous ces désirs. La thérapie occupationnelle. Me lancer
dans le travail à corps perdu et, ainsi, peut-être que je
n'aurai plus d'attaques puisque je n'aurai plus de corps!
Je ne sais pas. Continuer de chercher. Des fois je me
demande où je m'en vais avec toutes ces pensées. Nulle
part. J'ai tellement envie d'un homme que je suis con-
damnée à écrire des stupidités pour me faire passer ce
goût. Rien de bien intelligent dans tout ça. Des sensations
et de bien vilaines, comme dirait L.-F. Céline!

le 24 novembre

Élise mène une dure lutte à son désir de téléphoner à
Jason, parce qu'elle a une envie folle de lui parler et
même de le voir. Elle aimerait lui dire: — I miss you.
Mais, si elle téléphone au *Tidewater* et qu'elle apprend
que Jason est toujours là, qu'il joue, comment fera-t-elle
pour ne pas y aller? Non, il vaut mieux qu'elle ne le sache
pas. Qu'il s'efface de sa vie! Si elle le voit pour un week-
end, qu'est-ce que ça changera? Rien. Et puis, elle craint

un refus de sa part. Devant son insistance, s'il dit qu'il ne veut plus la voir, qu'est-ce qu'elle va faire? Elle va être complètement démolie. Élise aime mieux le doute. Se souvenir qu'il est venu, il n'y a pas si longtemps. Évidemment, comme toujours, lui peut le faire, mais pas elle. Elle se torture l'esprit en se demandant pourquoi elle accepte de pareilles situations... Elle revient à son idée. En fait, si elle téléphone à Jason, elle saura ce qu'elle cherche à savoir. Non, elle préfère s'abstenir. Ne veut pas de rejet à aucun niveau. Pas d'évidence non plus. Une peur horrible de souffrir comme l'an dernier, à cause d'Antoine. Coupable de lâcheté. Très. Car pourquoi est-ce que ça dérangerait Jason qu'Élise téléphone? Il devrait plutôt aimer ça. Elle se souvient soudain de son malheureux coup de téléphone à Christophe. Quelle horreur! Constater qu'elle s'est encore une fois fait des illusions, qu'elle n'est pas importante dans la vie d'un homme. Non! Pour ne pas avoir à subir de violence, elle choisit une solution douce: attendre calmement qu'il donne des nouvelles. Les mois passeront et elle se détachera tranquillement de lui.

Pour que ce soit plus facile, Élise imagine que Jason est loin. Il arrive à Denver où il a des amis. Il décide d'y rester quelques jours, peut-être même plus, pour faire le point. Il se demande tous les jours où il ira passer l'hiver qui approche. Il pense à Cindy qui est à Seattle. Devrait-il aller la voir? Il vient de lui parler et elle va bien. Elle habite avec une fille très gentille et a un travail en vue. Elle s'ennuie de lui. Il sait que Cindy l'aime et qu'elle souhaite qu'il lui revienne. Il n'est pas prêt à ça cependant, et il se sent responsable. Il pense à toutes les années qu'ils ont passées ensemble. Le voyage en Amérique du Sud. Les hivers à Cambridge et les étés à Ogunquit. Peut-être qu'ils n'auraient pas dû quitter leur maison du Maine? Il est très perturbé par sa séparation. Cindy est sa préoccupation principale. Sa faute à lui si elle est seule maintenant. Si elle est partie aussi. Mais elle le critiquait de plus en plus. Lui reviennent à la mémoire toutes les fois où elle s'est plainte de son comportement...

Jason pense à Élise. À la lettre qu'elle lui a fait parvenir juste avant qu'il parte. Il est content que cette femme l'aime tant. Ça lui fait plaisir. Élise! Un beau rêve qu'il doit laisser tomber. Élise est trop vieille et elle a des enfants. Et elle n'est même pas américaine! Il l'aime mais il ne peut rien pour elle, ni avec elle. Peut-être la reverra-t-il l'été prochain? Il le souhaite. — It's not fair, se dit-il cependant. Jason se demande pourquoi il n'arrive pas à se satisfaire de son sort. Il est pris en sandwich entre l'amour que deux femmes éprouvent pour lui. Entre deux femmes que lui-même aime. Jason confus restera loin des deux...

le 26 novembre

Encore un vendredi de merde. Le début d'une autre fin de semaine de merde. Sans les enfants, je me sens perdue et triste. Je cesse de lire Beckett même si je le trouve génial. Il est encore moins drôle que moi.

...

Je m'ennuie. Qu'est-ce qu'on fait quand on se sent comme ça? Bonne question. Je connais la réponse. On attend que ça passe. Bon, alors de la patience, ma belle. Dans un mois, je pars pour Cuba. Il faut que je m'accroche à ce projet. Ce n'est pas si long que ça, un mois. En attendant, je dois me tenir occupée. Quel est mon programme pour le week-end? Ce soir, je vais manger avec Mimi. J'espère qu'elle est plus en forme que moi. Demain, je peux aller au Salon du livre, ou faire des courses pour Noël, ou même faire des corrections, j'en ai des piles. Dimanche, j'irai jouer au racquetball, je lirai les journaux, je regarderai les Beaux-Dimanches! Puis, ouf, la semaine recommencera: les cours, les réunions, la possibilité de la grève comme une épée de Damoclès et puis, et puis, la vie continuera...

Mais pourquoi est-ce que je me plains?

Il fait très beau. C'est l'hiver aujourd'hui puisqu'il a neigé. Ça me rappelle Saint-Ours. Je ne sais pas pourquoi. La lumière et la solitude, je pense. Au moins, j'aime mon appartement. J'écris le verbe aimer et ça me fait penser à Jason! J'ai encore envie de lui téléphoner. Ça ne me lâche pas. Et Jason me fait penser qu'hier soir j'ai vu André aux Beaux-Esprits. *Il était avec une belle fille. Encore un de perdu.*

...

Mimi m'a demandé si j'avais eu des nouvelles de mon manuscrit. Non, évidemment. Tout le monde trouve le moyen de se faire éditer, sauf moi. Il faut dire que je ne m'en occupe pas du tout. Je suis loin d'être certaine que j'ai envie que quelqu'un lise mes brillantes élucubrations. Enfin, j'attends. On ne sait jamais.

...

Elle téléphone à Sandra. L'Américaine refuse de commenter la visite de Jason. Dans le fond, elle a toujours été contre cette liaison. Elle va bien mais elles n'ont à se dire que des banalités. Ça n'a donc rien donné. Le seul résultat? Élise a plus que jamais envie de parler à Jason. Une vraie maladie! — Jason, I love you. I would like to have you around. But were are you, for God's sakes? Why don't you give me some news? Rien à faire. Elle ne saura jamais. Même pas de larmes. Comme des sanglots retenus qu'elle veut laisser sortir mais eux ne le veulent pas. Pourquoi n'arrive-t-elle même pas à pleurer? Élise étouffe ce qu'elle ressent comme si elle avait trop peur que ça sorte. Une peine qu'elle ne pourrait supporter. Alors, comme une prisonnière en enfer, elle berce sa douleur.

Toujours lui
Jamais là
Toujours jamais
Dans ce palais de jais

Pour lui et elle
Un amour éternel
Toujours jamais
Quel vœu dangereux!

L'horloge de fer
Le rire de Lucifer
Toujours jamais
Seuls les regrets muets

L'enfer de feu
Le cœur de glace
Toujours jamais
Est-ce bien leur place?

Sur les lèvres brûlées
De ces amants figés
Toujours jamais
Des baisers pétrifiés

Toujours lui
Jamais là
Toujours jamais
Dans ce palais de jais

le 29 novembre

Je suis toujours aussi mal. Comme durant le week-end. On dirait que je suis épuisée. J'espère que c'est ça, de la fatigue physique.

Je viens de relire La Dentellière. *Vraiment excellent. Cette histoire m'a fait penser à Antoine. Après son départ, je me sentais comme Pomme quand Emery l'a quittée. Mais moi, je ne suis pas devenue folle. En tout cas, pas tout à fait!*

...

Je pense que j'ai une peine d'amour. Toujours la même. Jason. Il n'aurait jamais dû venir me voir. Je l'avais fait mourir et c'était mieux comme ça. Il faudrait que je le tue de nouveau. Moi et mon amour non possessif! On en reparlera. Je ne trouve pas ça drôle du tout, même si je fais tout pour rendre ça positif. Je me sens encore une fois rejetée. J'ai pourtant essayé de ne pas m'attacher mais j'ai manqué mon coup. Ma dépression vient de ce manque de lui. Il n'est pas là et ça rend trop évident mon vide et ma solitude. Il faudrait que je rencontre quelqu'un pour me le faire oublier. J'ai essayé avec André mais ça n'a pas marché.

J'ai l'impression que je vais me sentir mal jusqu'à Noël et que seul mon voyage éliminera Jason.

le 1ᵉʳ décembre

Réunion départementale pénible et réunion syndicale encore plus pénible. Je suis allée à l'Air du temps mais il ne s'y passait rien. Je me conduis comme une âme en peine. Il me semble que j'ai des tonnes d'amour à donner. Mais à qui? Je le donne à quelqu'un qui n'est même pas là. Tout un gaspillage! Je suis triste à mourir et j'ai niaisé toute la soirée.

...

le 5 décembre

Noël dans trois semaines. J'ai hâte d'être en vacances. Il me reste beaucoup de corrections. Je dois travailler toute la journée.

...

J'ai réussi à mettre quatre copies de mon manuscrit dans des enveloppes et elles sont prêtes à expédier. Maintenant il va y en avoir huit qui se promènent. Je me suis demandé si je devais le retravailler avant d'envoyer ces nouvelles copies, mais j'ai décidé que non. Je suis trop fatiguée pour m'y remettre. Si tout le monde refuse, je verrai. Je pourrais même ajouter ce que j'ai écrit en septembre et octobre. Ce serait meilleur. C'est vraiment fou. J'ai déjà envoyé quatre copies de mon manuscrit, je me propose d'en poster quatre autres copies aujourd'hui même, et je pense qu'il serait meilleur si je le continuais! Il est loin d'être accepté tel quel, de toute façon.

le 5 décembre,
toujours

Élise s'invente des scénarios comme elle le faisait pour Christophe...

Élise et Jason sont en train de faire l'amour dans la chambre d'Ogunquit. Un feu crépite dans la cheminée. Elle jouit très intensément et se laisse tomber sur lui en pleurant. Est-ce possible que tout ce qui lui arrive en ce moment entraîne une grande douleur dans peu de temps? Que ce bonheur qui fond sur elle parce Jason lui a enfin dit: «I love you», se change bientôt en une immense peine? Parce qu'il en sera ainsi. Comment pourrait-il en être autrement? Elle est absolument terrorisée par cette vision future. Sa douleur d'Antoine a eu raison de son espérance. L'amour est maintenant un fruit défendu pour elle parce qu'il la rend malade. Mais elle en veut toujours. Élise est en amour, oui, elle est encore tombée en amour, mais le terrible mal va venir. Ce n'est qu'une question de temps. Son grand bonheur d'être dans les bras de son amant est complètement annihilé par la peur que ça cesse. Jason dit ces quelques mots en la serrant très fort contre lui: — Don't cry, baby, don't cry, I love you!

213

Finalement, c'est bien qu'elle vive ça dans sa tête. Ses sentiments s'éclaircissent... Élise enchaîne dans un autre scénario...

On est en mai. Élise et Jason se retrouvent. Il lui dit: — I have to thank you. À cause de toi, je me suis rendu compte que je n'aimais plus vraiment Cindy. J'ai rencontré une autre fille et je suis maintenant heureux. Thanks, Élise! Elle le regarde, défaite. Lui, si beau, qu'elle aime encore, mais qui n'est pas pour elle. Dans un sourire forcé, elle dit: — I'm glad for you, Jason. Elle veut qu'il parte pour pouvoir enfin pleurer en paix. Mais il insiste pour lui dire qu'il l'aime beaucoup et qu'il est reconnaissant. Élise écoute du mieux qu'elle peut. Les sanglots montent, montent... Elle éclate devant Jason qui ne comprend pas. — Élise, what's wrong? Il la prend dans ses bras et la berce. — Élise, tell me, please. Elle réussit à dire: — I love you, I love you... — My poor baby, I'm sorry. What a jerk I am! Non, il n'a pas compris combien elle l'aime depuis toujours. Elle a tout fait pour le lui cacher et elle a réussi au-delà de ses espérances. Il croyait qu'elle l'aimait bien, mais sans plus. Élise se remet tant bien que mal et le rassure. Il peut partir et aller rejoindre celle qu'il aime. Elle comprend et elle ne se mettra jamais dans leurs jambes. Jason la regarde, triste. Ne sait que dire. Rien ne peut être ajouté de toute façon. Il l'embrasse et part.

C'est ça qui devait arriver pour qu'elle soit enfin libérée. La seule façon de guérir d'un amour impossible. Que ce soit fini pour vrai. Qu'on ne puisse plus rêver. Un stop à l'imagination.

le 6 décembre

Je suis tannée. Complètement. Ce n'est même plus drôle. Ça continue jour après jour. Je suis très tendue et j'ai mal à la nuque. Et ces hosties de manuscrits qui se promènent! Ça me tue. Je veux partir.

...

214

Hier soir, je suis allée à une réception pour Anne Hébert. J'accompagnais Julien qui est à peu près dans le même état que moi. Il a insisté. — Viens, ça va nous changer les idées. J'ai fini par dire oui.

J'ai eu un choc. Antoine y était. Ça faisait plus d'un an que je ne l'avais vu. J'ai essayé de l'éviter mais il semblait vouloir me parler à tout prix. Il m'a posé des questions sur les enfants, mon appartement. Je le regardais et je n'arrivais pas à me concentrer suffisamment pour comprendre. Comme du brouillard dans mon cerveau. Je n'avais pas envie de lui répondre. De quoi se mêlait-il? Julien s'est interposé. Il est venu à ma rescousse. Il a signifié à Antoine de me laisser tranquille. Je l'ai approuvé. Il est parti. Je croyais que j'avais rêvé. Julien m'a apporté un cognac. Je lui ai demandé si j'étais encore jolie. Je voulais m'assurer qu'Antoine ne m'avait pas trouvée trop vieillie ou trop laide. Lui, il est toujours pareil. Je me demande comment il se fait que je l'ai aimé? C'est un étranger antipathique maintenant.

Après on est partis. Julien voulait qu'on aille prendre un dernier verre. Même si j'étais passablement grise, j'ai accepté. On est allés au Taxi. Là j'ai eu une autre émotion. J'ai appris que Vava ne m'aimait plus du tout. C'était donc vrai ce que je ressentais, ce froid entre nous deux. Il paraît que c'est parce que j'ai couché avec Michel. Ça fait quatre ans qu'elle n'est plus avec! Tout ça, c'est du passé. Je n'en revenais pas. Quel prétexte ridicule! Je me demande ce qu'il y a en dessous de ça? Jalousie? De quoi? Parce que je commence à écrire? Mais c'est elle qui a du succès! Enfin. Les relations entre femmes sont souvent fragiles et toujours bien complexes. J'ai pleuré dans les bras de Julien. Ça et Antoine, c'était trop.

Je suis triste quand je pense à toutes les émotions d'hier soir. Je ne sais pas si c'est Antoine ou Vava qui m'affecte le plus? Les deux également, je crois. Ils m'ont, *après tout, blessée exactement de la même façon: ils ont brusquement cessé de m'aimer. La vie est dure. Mais pour une fois, ce n'est pas à cause de Jason! Je vais lire* Les Fous de Bassan. *Il paraît que c'est excellent. Et quelle belle femme, cette Anne Hébert! J'ai été impressionnée.*

le 12 décembre

Toujours aussi éparpillée et perdue. Je me laisse porter par le courant. Je suis allée manger chez Karla et Jean-François, puis après, j'ai assisté à une démonstration de produits de beauté chez Suzanne. Complètement débile mais ça passe le temps et j'ai bien ri. Je suis ainsi ces jours-ci. Je passe le temps. Mais il est slow...

J'ai repensé à Antoine. Bonne affaire finalement de l'avoir revu. Le réel coûte que coûte. Il ne faut pas s'en éloigner sinon l'imagination prend toute la place. Ce que je retiens de cette rencontre, c'est le fait qu'à un moment donné on peut être très près d'un être, puis, quelque temps après, n'avoir plus rien à voir avec lui. Comme pour Marc et Jacques. Ils sont tous si loin de moi, maintenant, que ça m'affole. Un jour, dans les bras de quelqu'un et le lendemain, à des années-lumière... Très dur d'accepter ce fossé qui se creuse entre les êtres. Probablement ce que je trouve le plus difficile dans la vie. Pourquoi? Je ne sais pas. J'aurais envie d'avoir tout le monde que j'ai connu près de moi. Tous des amis. J'essaie de réussir avec Jason. De rester positive. De changer cet amour en amitié et en respect. Mais à quel prix? Ce serait peut-être plus simple de mettre une croix dessus.

...

Je vais regarder le film J'ai même rencontré des tziganes heureux. *J'adore ce titre.*

le 15 décembre

Je reviens du concert de Vanessa. Je suis toujours émue durant ces concerts. Je regarde ma fille, je la trouve belle, je l'aime, je suis fière. Ils font du travail sérieux à son école. Demain, c'est celui de Stéphanie. Elle se fera admirer à son tour. La fin de la session pour tout le monde. Très fatigant.

...

J'aimerais vraiment trouver un sujet fictif pour mes prochains écrits. Je vais me creuser le crâne, sur la plage à Cuba. Peut-être que ne n'y arriverai pas et que je devrai continuer d'écrire ce que je pense et ce que je suis, interminablement? Je panique. Comment m'en sortir? Il faut que je cesse de me mettre des pressions sur le dos. Je suis crevée.

...

le 16 décembre

Toujours aussi vide. J'ai même des insomnies le matin. Je ne suis pas loin d'une vraie déprime. Je dois faire attention. Me reposer. Ne plus penser à Jason. Ça ne me fait pas de bien. Il ne pense pas à moi, lui, et je dois l'imiter. Ça ne donne rien de chercher à deviner ce qui lui arrive. Je n'ai aucun moyen de savoir. Cette relation devient de plus en plus claire. Il m'aime bien mais... Le reste n'a rien à voir avec la réalité.

...

C'est dur, une fin de session. Je dois aller au Cégep cet après-midi. Assemblée syndicale suivie du party de Noël. Je n'en ai pas envie mais il le faut.

...

J'ai failli mettre le feu à la maison avec ce maudit grille-pain qui ne s'arrête plus tout seul. Une chance que j'ai un détecteur à fumée. Ça marche! Mais j'ai eu une peur bleue. Que c'est donc facile de provoquer une catastrophe sans le faire exprès! Je fais réparer ce grille-pain aujourd'hui.

...

Je n'ai pas écrit une seule ligne depuis une semaine. J'étais si fatiguée que j'ai attrapé la grippe. La pire de ma vie, je pense. Même pas capable de me lever pendant quatre jours. Je m'en remets difficilement. J'ai toujours envie de pleurer et je ne sais même pas pourquoi. Faut dire que c'est la veille de Noël. Je passerais volontiers par-dessus ce soir et demain. Cette fête me fait peur à mourir une fois de plus. Je voudrais me retrouver dans l'avion pour Cuba immédiatement. Je ne devrais pas être angoissée pourtant. Les enfants sont chez leur père et je vais réveillonner chez Mimi. Mais j'ai quand même envie de chialer, comme disent les Français. Même le temps s'en mêle. Il mouille!

...

Noël! Je me sens tout à fait malheureuse. Je n'ai qu'une envie, c'est de pleurer et je pleure. Je suis encore un peu malade, je pense. J'ai un mal de cœur perpétuel. L'an prochain, je vais m'arranger pour partir avant Noël. Le pire jour de l'année. Pire que mon anniversaire. Je ne peux supporter. Ça me rappelle mon enfance, ma vie avec Marc, Jacques, etc. Trop c'est trop. Je ne suis pas capable de traverser cette fête sans une souffrance terrible. Une question de temps cependant. D'heures en fait. Je pars dans trente-six heures. Je vais y arriver.

...

Jason ne m'a pas donné de nouvelles pour Noël. Je le savais mais quand même.

...

C'est Noël et elle écrit. Quand elle s'arrête, très creux en elle, ça se met à grincer. Vite elle continue. De cette façon, elle peut survivre. Au moins temporairement. Gagner du temps. Pourquoi tant de douleur à sa porte? Elle ne sait pas vraiment. Toutes sortes de raisons. Elle ne peut que constater. C'est là. Alors l'écriture aide à réduire l'émotion. De quelle façon est-ce que ça agit au juste? Le bruit de la machine à écrire. Les doigts occupés. Les idées qui doivent nécessairement avancer pour que l'occupation des doigts ne cesse pas. Toute cette énergie qu'il faut y mettre suffit peut-être, après tout, pour garder au moins un semblant de moral. Faire en sorte que tout marche et, ainsi, trouver que ce n'est pas si terrible. À condition bien sûr de continuer. Comme une automate. Une sorte de miracle juste de faire bouger les doigts avec toute la concentration que cela demande. Elle se livre à ce jeu, sérieusement, parce que c'est sa seule méthode pour conjurer le mal. Surtout, ne pas permettre à la nostalgie d'entrer, à la douleur de se manifester. Élise y arrive en travaillant très fort. Consciencieusement. Rien pour l'instant ne lui saute à la figure...

le 26 décembre

Enfin fini, ce maudit Noël! J'ai passé à travers. Je pars demain et je suis toute excitée. Il fait un temps bizarre. Très doux et plus une graine de neige. La lumière est belle et très changeante. Des tas de nuages dans un ciel ni gris, ni bleu. J'espère que je ne serai pas déçue et que ce voyage me remettra. Le reste de l'hiver risque d'être dur. Que va-t-il arriver côté syndicat? Je n'ai pas du tout envie d'une grève longue qui va nous coûter à tous beaucoup d'argent et ne nous rapportera rien du tout. De ça, je suis convaincue.

Je vais aller dire bonjour à Marie qui part pour six mois. Je l'aime beaucoup même si on ne se voit pas souvent, ces temps-ci. Elle passe par une période très familiale et va très bien, alors que moi je ne suis ni familiale, ni trop bien. Je la comprends. J'ai vécu ça. C'est passé ce temps et, quelquefois, j'en ai une profonde nostalgie.

...

Je suis prête pour Cuba. J'aurais envie de passer la nuit blanche à attendre le moment de prendre l'avion. Mais non, je vais être sage et dormir. À cette heure-ci, demain, je serai sur une plage.

Cet après-midi en allant à l'épicerie, il y a un gars qui est passé près de moi, en moto. J'ai pensé tout à coup que c'était Jason. Il était à Montréal mais il ne me téléphonait pas! Je continue de fantasmer sur lui. De me torturer à cause de lui. Ça dure depuis des mois. Je vais le noyer dans la mer des Caraïbes! Je commence à penser que je vais finir ma vie en prison à cause de cet homme-là!

...

le 29 décembre

Cuba! Il fait un temps magnifique et c'est beaucoup plus beau que je ne croyais. La couleur de l'eau et du sable! Parfait. Il vient des odeurs qui me rappellent le Mexique. J'adore celle des papayas. Ma préférée. Ça m'arrive par grandes bouffées. Je me sens bien. Enfin! Il suffit de changer de lieux et les conneries restent derrière. Est-ce vraiment si simple? On dirait. L'année dernière cela a marché à Paris, et cette année, ça marche à Cuba. Être ailleurs et le tour est joué. Mais il faut bien revenir quelquefois. Pour gagner sa vie. Mais je ne dois pas penser à ça aujourd'hui. Je vais me jeter corps et âme dans la mer et me laisser porter par l'eau salée. Un grand lavage de cerveau pour enlever toutes les adhérences qui me rendent par moments si folle.

le 31 décembre

Il fait beau tous les jours. Cet endroit est merveilleux. La dernière journée de l'année. Je ne suis pas très concentrée. Il fait trop beau et trop chaud. J'ai envie de plage, de soleil, de rhum. Besoin de faire le bilan, malgré tout. Bonne année finalement. Je l'ai commencée à Paris et je la termine à Cuba. Entre, mon roman et Ogunquit. Jason aussi, évidemment. Pas toujours drôle, cet amour. (Mimi m'appelle.) Je me souhaite une bonne année!

le 3 janvier

    Je suis dans l'avion. Déjà le retour. Finies les vacances. J'ai beaucoup aimé ce voyage. Les gens moins. Je veux dire les touristes parce que les Cubains, je ne les connais pas. Ils sont gentils mais comme je ne parle pas un mot d'espagnol, il est difficile de savoir ce qui arrive avec eux. La même chose pour l'Île. Je ne suis pas sortie de Varadero. Le voyage était si court et j'étais si fatiguée que je ne suis même pas allée à La Havane. La prochaine fois. De toute façon, ce n'est pas moi qui va juger si la révolution est une bonne ou une mauvaise affaire. Plus compliqué que ça.

    J'ai lu un excellent livre, The Diviners *de Margaret Lawrence. Mimi me l'avait apporté. J'ai adoré. Ça faisait longtemps que je n'avais pas lu un aussi bon livre. Les personnages sont incroyables. M.L. créé vraiment un univers! Morag et Skinner, Pique et Brooke... Quel bon livre! J'ai encore du chemin à faire pour arriver là. Ne pas désespérer. (Du rhum encore. Dans l'avion maintenant!)*

    J'ai beaucoup réfléchi à mon écriture. Je vais m'y mettre, en rentrant. Comme l'année dernière. Arrivée à Ogunquit avec un projet bien précis. Je vais faire la suite de mon roman. Un deuxième livre. Il faut que je retravaille tout ce que j'ai écrit en septembre et en octobre. (Je trouve l'homme à côté de moi très beau. Père de famille avec femme et enfant. Too bad. Rien à faire. Impossible de trouver un beau gars fin, pas marié et qui m'aime. Impossible.) Donc, je vais écrire la suite de mon histoire. Ça m'occupera.

Les Fêtes(!) sont terminées et mon voyage aussi. Je ne suis pas morte. La vie continue. Je suis allée magasiner avec les filles qui sont, elles, en grande forme.

Je viens de tout relire ce que j'ai écrit à l'automne. Je suis très confuse. Comment continuer sans faire exactement ce que j'ai fait dans Les Beaux Esprits? *Il faut que je réfléchisse. Je vais, en tout cas, fignoler mon histoire entre Jason, Catherine et Moi-Élise. On verra après. J'ai envie d'écrire, c'est certain. Il ne faut pas que je me décourage mais que je travaille très fort. Je n'ai rien d'autre à faire dans la vie. Des cahiers comme ceux de Doris Lessing. Que je suis prétentieuse! Mais ce n'est pas ma faute si elle m'a précédée.*

Cette lecture m'a donné mal au ventre. Ça fait remonter trop d'émotions. Il faudrait que j'arrive à contrôler mes tripes. Tout me ramène Jason et je vois bien que ça fait encore mal. Il s'éloigne mais on dirait qu'il le fait en m'arrachant des lambeaux de ventre.

…

Je suis fatiguée. J'ai fait le ménage des chambres des filles. C'est beau et propre mais je n'ai plus d'énergie. Il ne faut pas être mère pour écrire sérieusement.

J'ai lu un article sur l'écriture des femmes dans le Time. *Écrit par un homme! Il semble que la plupart parlent moins d'elles maintenant. Leur écriture s'insère dans l'écriture tout court. J'ai hâte de pouvoir en dire autant de la mienne. Mais est-ce vraiment une bonne affaire?*

Au repas, ce soir, Vanessa et Stéphanie m'ont demandé comment il se faisait que je n'avais pas de chum. Maudite bonne question! J'ai ri et répondu que je n'avais pas le pouvoir de m'en inventer un. Elles aimeraient ça. Elles voudraient même quelqu'un qui habite-

rait avec nous. Moi, je voudrais un chum mais surtout
pas un qui serait là tout le temps.
        ...

le 8 janvier

Élise n'arrive plus à reprendre son travail. Il lui semble que tout ce qu'elle a à dire est insipide. Pas intéressant. Elle est humiliée parce que ses manuscrits sont tous revenus. Et elle continue quand même? Continue dans une veine qui n'est pas publiable? Tout n'est pas terminé cependant. Elle gagnera le *Robert Cliche*! Élise sait bien qu'elle n'a aucune chance. Son texte n'est pas assez fictif. Trop intellectuel aussi. Trop con.
Elle veut un vrai sujet. *Le Paradis terrestre.* Écrire un roman pour montrer comment on se sent quand on l'a perdu. On cherche à le retrouver. Les chanceux sont ceux qui vivent à deux et qui s'aiment. Les autres sont comme Élise, chassée de ce lieu unique. Ils en arrachent. Elle inventera un Adam et elle sera Ève. Et après? Le serpent, Caïn et Abel... Le paradis terrestre serait essentiellement un lieu de couples heureux. Quand arriverait la rupture, il faudrait partir. Comme une grande banlieue de gens heureux à deux! Brossard, la cité idéale! Il va falloir qu'elle parle de son idée à Julien. Pour lui, les banlieues sont plutôt des enfers!
Elle se lève, s'installe au piano pour se calmer et réfléchir.

le 11 janvier

Retour au Cégep. Je reviens d'une réunion de département. Pas plus drôle qu'il faut. Mais enfin, c'est la vie et il faut bien la gagner!
Dans le corridor, j'ai rencontré le beau Lafleur. J'ai toujours un kik sur lui depuis le party de Noël du syndicat où on avait dansé ensemble. Il m'a dit qu'il me téléphone-

rait. Je ne sais pas si c'est une bonne idée. Il n'est pas pro-
fesseur mais on travaille dans la même boîte quand
même. Ma vie est tellement plate, côté homme, que j'ai
bien peur d'accepter s'il veut me voir.

    ...

le 15 janvier

    Je suis sortie avec Lafleur, hier soir. J'ai même
dormi chez lui. Il est gentil mais il n'arrive pas à bander.
Je m'en fous mais pas lui. C'est vrai que je n'aimerais pas
être à sa place.

    Et maintenant, j'essaie d'écrire. Pourquoi est-ce que
je me suis embarquée dans ça? L'écriture, je veux dire.
Pourquoi est-ce que je n'ai pas continué comme avant,
tout simplement? Je suis en train de m'emprisonner. Je
ne sais plus comment m'en sortir. Que j'écrive ou que je
n'écrive pas, je suis toujours insatisfaite. On dirait que je
ne sais plus vivre. Juste vivre. D'où est-ce que c'est sorti?
Ça ne date pas d'hier. Déjà adolescente, j'avais l'impres-
sion d'être différente. Ça dure depuis 25 ans avec des
périodes de rémission.

    À présent, il faut que je m'assoie et que j'écoute ce
qu'il y a en moi. J'en suis aux balbutiements. Je suis en
train de me regarder le nombril et sans beaucoup de suc-
cès, j'apprivoise mes sentiments. J'appelle ça un roman!

    Bizarre, quand même, comme ma vie a peu à voir
avec mes rêves d'enfant et d'adolescente. Je rêvais d'ac-
tion à ce moment-là. Je voulais être Jeanne d'Arc et, plus
tard, le docteur Schweitzer! Je continue de croire qu'on
est moins tourmenté quand on est un homme ou une
femme d'action.

le 17 janvier

    Je pense encore à ma soirée avec Lafleur. J'ai été
déçue sexuellement et ça m'a refroidie. J'ai moins le kik.

Je pense à Jason. Avec lui, faire l'amour n'était jamais un problème. Ça marchait tout le temps. Que je l'aimais donc et que j'aimais donc son pénis! Je l'aurais mangé tous les jours. J'ai hâte de le revoir. Jason ou son pénis?

Je m'interroge sur ma façon de fonctionner avec mon beau Lafleur. Je devrais le forcer à parler et à dire ce qu'il ressent, sinon l'ambigüité va s'installer entre nous. Je ne veux pas de drame entre lui et moi. Passer du temps avec lui, oui, mais à condition qu'il s'ouvre un peu plus.

...

J'ai un maudit rhume, le nez complètement poigné et mes règles. Bonne pour les poubelles. Je vais m'installer dans le lit avec un livre. Tout ce qui me reste à faire. Me dorloter.

le 18 janvier

Toujours le rhume. J'ai donné mon cours quand même. J'étais plutôt flyée. Il va falloir que je sois très sérieuse la semaine prochaine avec ce groupe, sinon les étudiants vont s'imaginer que je suis complètement capotée. Je suis rendue que je parle comme eux! Mais c'est vrai qu'ils n'aiment pas qu'on se laisser aller, les profs. Ça les insécurise. Comme mes enfants. Elles paniquent si je déconne. Il faut dire que les gens en général sont plutôt sérieux et ennuyants.

J'ai vu Lafleur. Il me fuyait. Il doit se sentir mal parce qu'il ne bande pas avec moi. Il faut que je le rassure à tout prix. Qu'on en parle en tout cas. Je n'aime pas qu'il soit malheureux. Et puis merde, après tout ce n'est pas mon problème!

...

le 22 janvier

Je m'en vais en U.R.S.S. Je suis super excitée. C'est très bon marché et j'ai envie d'un dépaysement. Il y a des

225

profs, Claude en particulier, des étudiants et des employés de soutien qui viennent. L'U.R.S.S.! Rien ne m'étonne plus. J'ai commencé mon année dans un pays socialiste, alors ça continue. Il faudrait peut-être que je m'achète une Lada! Il y en aurait qui se poseraient de sérieuses questions, à commencer par Marc. C'est quand même drôle. Lui, il est socialiste et moi, je visite ces pays. Enfin, il faut dire que j'ai toujours été très curieuse.

Je suis de bonne humeur et je n'ai plus le rhume. Tout va bien. Même Lafleur que j'ai revu, et qui n'est toujours pas capable de bander, n'arrive plus à me déprimer. Il devient fatigant avec ses problèmes sexuels et, en plus, il n'est pas très positif envers les femmes. Elles le drivent, dit-il. Pauvre petit! En ce qui me concerne, tout est consommé. Je ne vais plus faire aucun pas dans sa direction. Trop compliqué.

J'ai tellement aimé The Diviners *que je lis d'autres M.L. J'ai lu* The Jest of God *et* The Stone Angel. *C'est bon, mais pas autant que le premier.*

Il faut que j'écrive à Marie. Je dois lui parler de mon voyage à Cuba, de celui en U.R.S.S., du département et de la grève qui s'en vient. Elle est bien chanceuse d'être en congé, elle.

le 26 janvier

La grève! Je suis à la maison. J'ai reçu une lettre de Marie, au moment où je lui envoyais la mienne. Très émouvant de recevoir des nouvelles d'une bonne amie. On arrive à dire, par écrit, ce qui autrement resterait caché. Maintenant qu'elle n'est pas là, je m'en ennuie. Je ne la reverrai pas avant le mois d'août puisqu'elle ne reviendra que quand je serai à la mer. Il faut qu'on s'écrive et qu'on se téléphone plus souvent.

Le voyage à Moscou et à Léningrad continue de m'exciter. Ce sera une semaine mémorable dans ma vie, je le sais d'avance. En attendant, j'ai décidé de travailler puisque j'ai le temps et la disponibilité d'esprit. Je bois du café pour me stimuler et me remettre à mon histoire avec Jason et Catherine. J'ai presque honte d'avoir fait mourir Jason, je l'aime tant. Et dire que ce que je raconte aurait pu arriver. Ça me fait peur.

...

le 27 janvier

Ce n'est pas facile de travailler avec cette grève. Mon surmoi m'agace. Il passe son temps à me dire de faire ma part, d'aller faire du piquetage, d'aller aux réunions, etc. Pas moyen de rester tranquille chez moi. Alors je suis allée au local de grève. J'ai vu Lafleur. Il ne me parle plus. Il m'ignore. Comme si on n'avait jamais rien eu ensemble. C'est intéressant!

J'ai vu Pierre aussi. Quand il y a un conflit, les marxistes sont heureux. Il m'a dit qu'à son avis, Julien et Charles ne prennent pas la grève assez au sérieux. J'ai essayé de lui expliquer que tout le monde n'avait pas le même style. Pas sûr qu'il ait compris. J'ai l'impression que les petits copains vont s'engueuler à la prochaine réunion générale.

...

Je m'en vais reprendre mon histoire. Pauvre Élise, pauvre Catherine, comme elles ont de la peine! Je m'en occupe. Je les console.

le 28 janvier

Vanessa lit le journal de sa mère. Elle ne le fait pas intentionnellement, toutefois. Elle est tombée dessus. Elle lit sans pouvoir s'arrêter même si elle sait qu'elle commet une sorte de sacrilège. Elle a mal de savoir combien sa mère est malheureuse et combien les adultes sont compliqués. Qu'est-ce qu'elle peut faire? Peut-elle au moins quelque chose? Elle ne sait pas. Lui rendre la vie plus douce? Mais ce qui est écrit n'a rien à voir avec elle et Stéphanie. Sa mère a besoin d'un homme, c'est évident. Si seulement elle pouvait lui en trouver un! Mais où le prendre? — Maman, je t'aime, mais je sais que ce n'est pas suffisant. L'adolescente est bouleversée. Elle découvre que la vie n'est pas facile. Pourquoi cette femme intelligente et encore jolie ne se trouve-t-elle pas de chum? Est-ce que sa mère fait fausse route? Est-ce que le bonheur vient d'un homme? Vanessa ne comprend plus. Élise dit toujours qu'elle et Stéphanie doivent être indépendantes, ne compter sur personne d'autre pour être heureuses qu'elles-mêmes. Pourquoi alors veut-elle un homme si désespérément?

J'ai eu si peur que Vanessa lise ce que j'écrivais que je me suis mise à inventer. Et maintenant je réfléchis sur ce texte. On dirait que je veux plus l'aide des enfants. On dirait aussi que je trouve que mes messages sont ambigus. Ils doivent l'être, je suis tellement mêlée. Entre ce que je pense et ce que je ressens, il y a un monde. Jusqu'à ma mort, je vais brailler parce que personne ne s'occupe de moi et pendant tout ce temps, je vais m'occuper de moi-même tout à fait bien!

le 29 janvier

Un autre samedi plate. Je les déteste de plus en plus, les samedis. Les rayer du calendrier en même temps que le mois de février! Je suis furieuse. Je chicane contre Lafleur depuis que je suis levée. Rien de spécial pourtant. On ne se parle pas et c'est tout. Mais justement, c'est ça qui me choque. Pas civilisé! — Écoute, mon grand tabarnak! Je n'apprécie pas du tout la façon dont tu te conduis avec moi. Je t'ai peut-être drivé mais je ne le fais plus comme tu peux le voir. Maintenant on ne se parle même pas. Maudit que je trouve que t'es poigné. Incapable de parler et incapable de bander. Ça doit aller ensemble...

Ouais! Pas très fin. J'engueule Lafleur mais je ne lui parle pas, moi non plus. Et je n'ai rien dit en décembre

228

quand j'ai su que Vava était fâchée contre moi. Je ravale. Le dire me forcerait trop. Je me fâche sur papier. Beaucoup plus facile.

...

J'ai envie de sortir. Il faut toutefois que je fasse attention de ne pas trop dépenser. C'est la grève et il y a ce voyage qui approche. Pas très rationnel tout ça. Mais dans un mois, je serai à Moscou!

le 30 janvier

Hier je marchais rue St-Denis et un jeune homme s'est approché. Il m'a demandé si ça me dérangeait qu'il se promène avec moi. J'ai trouvé ça sympathique et j'ai dit oui. Il a vingt-quatre ans, s'appelle Alain et il vient de partir de chez moi. Il m'a téléphoné deux fois depuis une heure. Il est tombé en amour! C'est fou et rafraîchissant. Mais oui, oui, oui, je sais. Il faut faire attention pour que ni lui, ni moi ne nous blessions dans cette histoire.

C'est l'anniversaire de Julien et, ce soir, on va tous manger ensemble. Il y aura, entre autres, Suzanne, Charles et Maxime. Je vais leur raconter ma petite aventure pour savoir ce qu'ils en pensent.

...

le 31 janvier

J'étais heureuse hier et, aujourd'hui, je suis tout à fait tordue. À cause de Paul. Je lui racontais, ce matin, au local de grève, que j'avais eu du fun durant le weekend. D'abord, la rencontre d'Alain et, ensuite, la soirée d'anniversaire de Julien. Je lui disais que j'avais été dans des endroits très particuliers comme le Cargo. Il m'a regardée et m'a dit que je faisais des choses qui n'étaient plus de mon âge. Plus j'y pense et plus je veux tuer ce vieux con de zen! Il peut bien passer sa vie à faire zazen au Japon, s'il en a envie. Bon débarras.

Mon jeune chum voulait me voir, ce soir. Je lui ai dit que j'avais besoin de repos après mes deux nuits plutôt écourtichées. Besoin de repos mais surtout, de me ramasser. Je ne peux plus sortir, voir du monde, sans m'arrêter après, pour faire le point. Ma tâche, ce soir.

...

le 2 février

Toujours en grève. Le moral des troupes n'est pas terrible. On a l'impression de se faire fourrer. On le savait et ça arrive. Et le gouvernement qui démolit complètement notre image! Je ne le prends pas du tout. Ça me révolte.

...

Dans ma vie, il y a Alain qui est si gentil et si vulnérable. Il est en train de s'enfoncer dans son amour pour moi et je le laisse faire. Je dois mettre fin à cette histoire, même si elle me fait du bien. Difficile. Il me fait penser à Jason. Presque aussi beau que lui. Jason! Trois mois que je n'ai pas eu de nouvelles. C'est son anniversaire, demain. J'aimerais tant lui offrir mes vœux, live.

...

le 3 février

Happy Birthday, Jason! I love you. J'aurais envie que ça marche, la télépathie. Il aurait mon message.

...

C'est fait. J'ai dit à Alain que c'était mieux qu'on ne se voit plus. Je n'avais pas prévu sa réaction. Il s'est mis à pleurer. Il dit qu'il a besoin de moi. J'ai essayé de lui expliquer que je ne pouvais rien pour lui, mais il ne voulait rien entendre. Plus compliqué que je ne l'avais prévu.

...

Avec toute cette action autour de moi, je n'arrive pas à me concentrer et à écrire comme je voulais. Je passe ma vie ou bien en piquetage et en réunion, ou bien à essayer de me défaire de chums présents ou absents. Une job à temps plein! Alors, mon histoire avec Catherine n'avance pas tellement. J'ai beau avoir du matériel brut, il faut que je réécrive tout et que j'en rajoute. Tout stagne. La concentration me manque. Une sorte de ferveur aussi, comme celle que j'avais à la mer. J'étais entièrement dans mon univers fictif et j'aimais ça. La même chose à Saint-Ours quand j'ai commencé mon récit. Maintenant, je n'ai plus ni concentration, ni ferveur, ni foi. Je ne fais presque rien et je culpabilise.

le 8 février

Je suis toujours en grève et je ne sais pas quoi faire de mon corps grippé. Je lis sur la Russie ancienne.

J'ai bien du mal à éloigner Alain. Il s'accroche. Je ne l'ai pas vu depuis que je lui ai dit que c'était terminé, mais il me téléphone sans arrêt pour m'expliquer, que je fais une grave erreur, qu'il faut qu'on se voit, que j'ai tout à gagner à continuer cette relation, qu'il ne me demande rien, etc., etc. Ça n'en finit plus. Je me suis fâchée, tout à l'heure. J'espère qu'il a enfin compris.

Au party chez Mimi, samedi soir, j'ai rencontré un grand gars un peu spécial, Vlado. Il est d'origine polonaise mais, en fait, c'est un Canadien-Anglais. Il parle assez bien le français. Il veut me revoir. J'ai rendez-vous avec lui, ce soir. Je ne sais pas si je veux vraiment le voir. Mes histoires avec les hommes tournent toujours mal. Ou bien ils s'accrochent trop, ou bien ils ne s'accrochent pas assez. Je suis un peu malade en plus.

...

Non, je ne change pas d'idée. J'y vais en U.R.S.S., même si je n'ai pas beaucoup d'argent. Je n'ai qu'à me serrer la ceinture pour un bout de temps. Ça me prend un changement. Aussi bien voyager, puisque je n'arrive pas à travailler. Je ne suis pas la seule. La faute de la grève! Tous les professeurs sont comme moi. Tous ceux qui participent, en tout cas. J'espère que ça achève.

le 14 février

Je n'écris plus et je suis de nouveau loin de moi et de tout.

J'ai passé le week-end avec Vlado, à son chalet de ski. C'était plein de Canadians. Je me suis amusée et je ne sais plus très bien où j'en suis. Dieu que je mène donc une vie compliquée! Il y a huit ans, quand j'étais sur le point de me séparer et que je croyais que la vie était finie pour moi, je ne savais pas ce qui m'attendait. Une chance!

Maintenant, c'est avec Vlado que je suis poignée. Je l'aime bien, mais je ne l'aime pas. Je ne sais pas pourquoi. Je crois que je ne prends pas son look. Il a vraiment une drôle de tête. Il est gentil, archi drôle et brillant pourtant. Il sait tout faire. C'est un excellent skieur, il dessine à merveille et en plus il joue de la batterie dans un groupe amateur. Sont donc fins les mâles! Mais je pense à Jason. C'est encore lui que j'aime.

Je me suis enfin débarrassée d'Alain. Du moins, je le crois. J'ai eu envie de le tuer, vendredi. Je lui ai fermé la ligne au nez. Il exagérait vraiment.

La grève dure. Je n'arrive toujours pas à travailler. Je ne fais rien du tout. Et le temps passe. Je suis dans un état de panique quand je pense à mon roman. Je n'ai pas de nouvelles de mon manuscrit et ce que je suis en train de faire n'avance pas. Heureusement qu'il y aura l'été. Il va falloir que je me botte le cul. J'ai l'impression que je viens de perdre trois semaines précieuses. Et ce voyage à Moscou et à Leningrad qui s'en vient. C'est fou! En plus, j'ai un mal de gorge affreux. Le piquetage ne me réussit pas avec ce froid sibérien. Mais quelle préparation pour l'U.R.S.S.!

La grève est terminée. Pour nous, en tout cas. C'est toujours pas la rigolade. Beaucoup de Cégeps et d'écoles sont encore dehors. Tout le monde est épuisé et déphasé. Je suis moi-même dans une sorte de désarroi. Pénible!

...
Je me sens ambigüe par rapport à Vlado. Je ne sais pas trop quoi faire avec lui. Il semble tenir beaucoup à moi, ces temps-ci. Je l'aime bien mais je m'ennuie de Jason. Je voudrais que Vlado lui ressemble. Que c'est con! Je suis accrochée à l'apparence d'un homme. Vlado n'est pas beau mais il est très intelligent et amoureux. Vraiment super fin. Il faut que me méfie cependant parce qu'il est amoureux. Est-il vraiment fin? Ne rien précipiter, chère Élise. Calme tes nerfs!

le 18 février

Ça y est, je sens que je tombe en amour avec Vlado. Est-ce que je dois lutter pour ne pas que ça arrive? Il est gentil et j'aime de plus en plus faire l'amour avec lui, mais j'ai l'impression que je me perds une fois de plus. À tout prix, m'arranger pour ne pas me blesser encore une fois.

...
J'ai trouvé cette grève très difficile, mais peut-être qu'on n'a pas fait tout ça pour rien. Bilan: on n'a rien gagné, on s'est beaucoup parlé et on a refait nos forces syndicales. Je déteste les batailles. Marc adore ça, lui. Ce sont les moments les plus heureux de sa vie. Moi j'ai envie de recommencer à enseigner comme si de rien n'était. Je suis prise avec mon voyage et Claude aussi. Ça devait tomber durant la semaine de lecture. Avec la grève, c'est changé. J'ai bien peur qu'on perde tous les deux une autre semaine de salaire. Trop tard pour annuler. Le voyage est payé alors autant y aller. Et ça va me donner du recul par rapport à Vlado.

le 19 février

Je me sens mal. Claude m'a dit ce matin que je me comportais comme quelqu'un qui a un complexe d'infériorité. C'est vrai et ça m'enrage. J'ai l'impression que je ne suis pas assez bien pour Vlado! Que je suis trop vieille et pas assez belle. J'ai peur qu'il m'abandonne après être resté un moment près de moi. Il est jeune lui aussi. Au printemps, il aura exactement le même âge que Jason, trente ans.

Il est parti faire du ski pour le week-end. Je m'en ennuie. Ça y est, c'est reparti. Dès que j'ai un homme près de moi, je m'attache. Je repense à la phrase de Doris Lessing: «Lorsque je suis attirée vers un homme, je peux évaluer la profondeur d'une éventuelle relation avec lui d'après le degré de résurgence en moi de la naïveté.» Oui, je suis naïve avec Vlado. J'ai l'impression que je peux tout lui dire. Je suis comme ça parce qu'il s'intéresse à moi et qu'il trouve que j'ai de beaux seins. Je lui tombe dans les bras pour ces raisons! Attention. Il ne faut pas que j'oublie de me protéger. Une question de survie. Mais c'est bien d'avoir quelqu'un pour faire l'amour et se laisser aimer! Je ne devrais pas me plaindre et prendre ce qui passe. Rien demander de plus. Here and now.

le 20 février

Dimanche soir. Je suis malheureuse. Je n'ai pas de nouvelles de Vlado. Je m'imagine une fois de plus qu'il m'abandonne. Insupportable. Ça recommence tout le temps. Vlado ne m'aime plus. Il a pensé à son affaire et il a conclu que c'est mieux qu'il ne me revoie plus. Comme moi avec Alain, il n'y a pas si longtemps. Merde, comme il a dû souffrir, le pauvre! L'amour fait toujours souffrir. Je me sens comme quand j'attendais Jason et qu'il ne venait pas. Une sorte de désespoir. J'ai donc hâte

234

d'être vieille et de mettre une croix sur ma libido! Mais c'est con ce que je dis là. Ce n'est pas le sexe qui m'inté-resse avant tout, mais quelqu'un près de moi qui m'aime et que j'aime. Quelqu'un!

...

Je pars dans quatre jours. Jeudi à six heures. Finis les drames d'amour, je m'en vais voir le Kremlin *et l'*Hermitage. *Je n'y crois pas! Comme si je rêvais. Je vais avoir un choc. Je vois venir ça d'ici. Tant mieux. Si cet électro-choc pouvait donc me rendre intelligente!*

le 24 février

Je suis dans l'avion, en route pour Moscou. J'ai essayé de dormir mais je n'y suis pas arrivée. Trop exci-tée. Je m'en vais en Russie et je ne le crois pas. Je rêve que je suis en avion et que je m'en vais en Russie. C'est comme ça que je me sens. Le réveil sera super.

Beaucoup de choses se sont passées cette semaine. J'ai vu Vlado tous les soirs. On a fait l'amour de façon très passionnée. Pourtant, je ne suis pas vraiment en amour. Je l'aime mais... Je ne sais pas ce qui accroche. Mon bon sens m'empêche de vraiment me laisser aller à cet amour. Il veut se marier et avoir des enfants! Qu'est-ce que je fais dans sa vie? Parce que je pense à lui, j'ai envie de baiser. Je dois admettre qu'il m'excite beaucoup et que je jouis bien avec lui. Il trippe sur mon corps! Flat-teur. Ça faisait longtemps que quelqu'un m'avait fait des compliments. Ça me fait plaisir.

Vlado, je m'ennuie de toi qui me caresse les seins. Je m'ennuie de toi qui me regarde en me disant que je suis jolie. Je m'ennuie de toi, Vlado. Je veux bien t'aimer mais ne m'en demande pas trop.

Il est 10h51 donc 6h51 du matin, à Moscou. Je dois essayer de dormir sinon je serai très fatiguée demain, ou plutôt, dans quelques heures!

Incapable d'écrire pour vrai. Je ris trop. Je parle trop. Je vis trop! Péjoratif. Je devrais dire: je parle beaucoup, je ris beaucoup, j'ai beaucoup de fun parce que je suis en vacances en U.R.S.S. Ça me fait oublier la grève et le Cégep. J'aime ce voyage «guidé». Qu'est-ce que je ferais, seule? On voit énormément de choses et pas besoin de s'occuper de rien. Regarder. Il fait beau et froid. Ces villes sous la neige sont éblouissantes. Moscou est exotique avec la Place rouge et le Kremlin. Léningrad, européenne avec ses palais pastel. Tout simplement manifique. Beaucoup mieux que tout ce que j'avais imaginé. J'avais, je dois dire, très peu d'idées de ce que j'allais trouver. C'était comme une page blanche. Maintenant, elle est pour toujours remplie de coupoles en or, d'icônes et de fresques, de palais turquoise! Mais comment c'est vivre ici? Pas facile de répondre à ça. Il n'y a pas grand-chose dans les magasins, c'est certain. Voilà ce que je vois. Le reste? Comment savoir quand on est là pour si peu de temps?

Le 1er mars. Où est Jason dont je n'ai pas eu de nouvelles depuis quatre mois? Que fait Vlado à Montréal? Je me couche pour être en forme demain. Pas de temps pour les amours.

Quelques petites notes en assistant au ballet Don Quichotte. *Avant dernier jour à Léningrad. Demain soir, Moscou et après demain, retour à Montréal. Que tout passe donc vite! Presque terminé. Déjà!*

Le ballet est plutôt plat. Un peu quétaine. Leur grand art! Même dans ça, ils ne sont plus si bons... Je suppose que la technique est correcte mais le reste est complètement dépassé. Le système est en train de tout tuer. Ils ne peuvent que répéter ce qui existait avant la révolution, finalement. Tout ce que j'ai vu de beau a été fait avant. Option peuple. Nivellement par le bas. Pas drôle du tout. Ça me fait penser à Marc. Tout ici me fait penser à lui, d'ailleurs. Il y croit tellement au pouvoir ouvrier. On n'était vraiment pas faits pour s'entendre. Moi, la créativité est ce qui m'intéresse le plus chez un peuple. Ma définition de la liberté? Que chacun puisse faire ce qu'il a en tête.

Fin du premier acte. Le rideau a l'air d'être en macramé! Il me rappelle les assiettes du Dinner Party. *Une immense vulve.*

Oui, l'homme à qui je pense le plus c'est Marc. Ni Jason, ni Vlado. Probablement à cause de lui, si je suis ici, en U.R.S.S. Pour voir moi-même. Pendant des années, je me suis fait casser les oreilles avec le socialisme et tous les autres ismes. Jamais je n'ai été capable d'y croire vraiment. J'avais peu d'arguments cependant. Un seul. Toujours le même. Est-ce que moi je pourrais vivre dans un de ces pays? J'ai toujours répondu non sans aucune hésitation. Je ne change pas d'idée. Ce sont des pays qui manquent de folie. Manque d'imagination. Manque de vie. Quand on veut tout contrôler, on tue tout, forcément. Le mauvais, mais le bon aussi.

Don Quichotte est assis dans son coin et fait comme nous, il regarde le ballet! La seule différence, c'est qu'il n'applaudit pas. Il regarde la danseuse arabe. Est-ce qu'il trouve ça aussi kitch que moi? Un tel déploiement de costumes pour un peuple qui n'a rien à se mettre sur le dos! Les Russes doivent trouver ça beau, eux. J'étais venu voir de la danse et je ne vois que des costumes et des figurants. Quelqu'un frappe à notre loge. Ça doit être Claude. J'ai le fou rire. — Qui est là? — Les Joyeux Troubadours! — Mais entrez, voyons! — Entrons!

> Durant toute la semaine
> Les Joyeux Troubadours
> Ont confiance en leur veine
> Et rigolent toujours...

À Léningrad, je pense aux Joyeux Troubadours!

Ce voyage me fait énormément réfléchir. Tout me stimule. Je n'ai jamais tant regardé, tant posé de questions, tant fait de commentaires. Je l'ai mon choc! Comme si soudainement tout ce bloc communiste devenait réalité. Je vais sûrement lire mes revues différemment. Le Kremlin, je le connais maintenant. J'avais besoin de ça. Voir pour croire. Si j'avais plus d'argent, c'est tout ce que je ferais. Voir le monde.

le 7 mars

Je suis revenue d'U.R.S.S. avec la grippe. J'ai l'impression que c'est toujours la même qui réapparaît quand je suis fatiguée. Vlado est gentil avec moi et je suis amoureuse. Mais je ne me sens pas complètement à l'aise avec lui. J'ai l'impression qu'il va me laisser tomber parce que je suis beaucoup plus vieille que lui. Même s'il a le même âge que Jason, ce n'est pas pareil. Jason n'est pas pour moi, alors l'âge n'a aucune importance. Vlado lui est libre. La différence d'âge ne marche que quand le gars est plus vieux. Archi-épais mais comme ça, je le vois bien. Je suis la première à ne pas pouvoir endurer ma situation. C'est ce que je trouvais de plus terrible dans mon histoire avec Alain. Toutes ces années que j'avais de plus qui lui! Intolérable.

Dans sa dernière lettre, Sandra me dit que la ville d'Ogunquit a passé toutes sortes de règlements pour diminuer la «night life». Ça y est, les puritains s'excitent! Ils font ça en hiver, entre eux et en cachette, pendant que personne ne regarde. La musique surtout est touchée, semble-t-il. J'espère que Jason pourra quand même travailler, l'été prochain. Il faut que je l'entende jouer à tout prix.

le 8 mars

L'exaltation du voyage est bien finie. Je retombe dans mes problèmes et mes angoisses.

Vlado. Il doit venir manger ici, demain. Vanessa et Stéphanie y seront. Je freake littéralement. Le dernier homme à se mêler de ma vie avec mes filles, était Antoine. Je veux qu'elles rencontrent Vlado mais ça me fait paniquer. Je n'aime pas l'idée. Comme si la relation changeait de niveau et que Vlado s'installait dans ma vie davantage. Je ne devrais pas y accorder autant d'importance. Je n'ai qu'à être honnête avec les enfants. Leur dire que ce n'est pas parce qu'il est là, avec nous, que ça devient sérieux. Vanessa et Stéphanie aimeraient ça, mais ce n'est pas vrai. Il ne faut pas que je leur laisse cette illusion. J'aime mieux qu'elles aient du mal à accepter le genre de vie que je mène, que de faire semblant de me caser. Il faut que je parle à Vlado aussi. Que tout soit clair pour tout le monde. Pour moi surtout. Je ne dois pas oublier que la personne qui panique, c'est moi. Pas les filles, ni Vlado.

Marc. Il m'a écœurée, hier soir, au téléphone. Il fallait qu'on se parle pour les impôts. Le ton de sa voix et ses propos indiquaient clairement qu'il trouve que je me la coule douce. Il m'envoyait du Cuba par-ci et de l'U.R.S.S. par-là. Je suis hors de moi quand j'y repense. De quoi se mêle-t-il, celui-là? Est-ce qu'il s'imagine que je dépends de lui? Qu'il a encore quelque pouvoir sur moi? J'ai l'impression qu'il a compris mes deux voyages «communistes» comme une provocation. J'y suis allée pour moi. Parce que j'avais le goût. Par hasard! Peut-être aussi pour voir les pays dont il m'avait tant vanté l'idéologie. Mais tout ça ne le regarde pas. Ah! que je suis choquée! On croit en avoir fini avec quelqu'un et ce n'est jamais vrai. Tant que les filles seront jeunes, il faudra que je reste en contact avec lui. Je m'en passerais bien. Terrible, quand même, d'en arriver à souhaiter une chose pareille. Mais je n'ai plus rien à voir avec cet homme. Nos relations sont tout ce qu'il y a de plus pénibles. À la moindre occasion, on se chicane. Je déteste ça!

Lafleur. Je l'ai vu au Cégep. Il ne me regarde même plus. C'est donc enrichissant, les relations humaines! Simple surtout! J'enrage.

Paul. On partage le même bureau mais c'est beau et fret. Un peu ma faute, je dois l'avouer. Je fais le bébé. Je boude. Mais je n'ai pas encore le goût de briser la glace. Lui non plus, semble-t-il. De plus en plus brillant.

Mon calvaire de roman. Mon calvaire, tout court! Accepté par personne. Je vais le jeter. Ça au moins ce serait intelligent. Facile à faire aussi.

Toute cette énumération pour dire que je ne suis pas très harmonieuse, ces temps-ci. Beaucoup de «unfinished businesses» là-dedans. Je traîne tout, comme un poids. Je suppose que je vais faire quelque chose pour me libérer quand je serai assez tannée. En attendant, je rumine. Quelle belle journée des femmes! J'ai des problèmes avec les hommes.

le 13 mars

Mon week-end avec Vlado a été un parfait fiasco. Ce matin, je les ai tous plantés là, les Anglais, et je suis revenue chez moi. J'ai prétexté les corrections que j'avais à faire. Comment est-ce que j'ai pu m'imaginer qu'il m'aimait, cet homme-là? Il ne s'est pas du tout occupé de moi. Ses chums tout le temps. Il ne m'a même pas touché! On aurait dit que j'étais soudainement devenue lépreuse. Pourquoi, bon Dieu, m'a-t-il demandé de l'accompagner s'il n'avait pas envie de m'avoir près de lui? En plus, je me sentais perdue et mal à l'aise avec les Anglo. Vlado avait été correct, pourtant, la semaine dernière, lors du souper avec les filles. Je lui avais parlé, avant. Je lui avais dit que ça m'inquiétait. Il m'avait rassurée. Oui, il tenait à moi et il n'était pas question qu'il me laisse tomber. On était ami avant tout. Alors, pourquoi ferait-il cela? Il avait eu raison de mes craintes. Si une relation est basée sur l'amitié et non sur l'amour, pourquoi cesserait-elle?

Il s'exprimait comme Jason! Je l'ai cru. Je trouvais qu'il avait du bon sens. Trois jours plus tard, il ne me parle plus, ne me touche plus. Qu'est-il advenu des deux nouveaux amis?

le 14 mars

Je suis en déconfiture ce soir. Vlado ne m'a pas téléphoné. J'attendais cet appel. Est-ce terminé entre nous? Wow! Un coup dur. Pourquoi est-ce que Mimi m'a présenté ce grand con-là? Je n'avais pas besoin de lui.
...
J'ai beaucoup réfléchi à ma relation avec Marc. En réalité, on ne se dit jamais rien. On ne fait qu'insinuer tout le temps, tous les deux. Depuis presque huit ans. On s'envoie des flèches empoisonnées à la moindre occasion, au moindre conflit. De l'agressivité sous une forme presque pure. On n'a jamais reparlé de notre mariage, ni de notre divorce et je suppose qu'il aurait fallu le faire. Mais... Ça m'affecte. J'aurais voulu au moins qu'il me fasse confiance. Qu'il ait du respect pour moi. Il semble n'y avoir rien de tout ça. Tout est si froid. Je ne suis rien pour lui. J'ai même l'impression que si je mourais, il ne viendrait pas à mon service! Notre dispute fait remonter trop de choses à la surface. Comme quand j'ai revu Antoine. Ça m'a rendue malheureuse pour quelques temps. Non, je ne comprends pas très bien mes sentiments. Je dois attendre que tout se calme. Après, j'aviserai. Je vais essayer entre-temps d'écrire une lettre à Marc. Mais par où commencer?

le 15 mars

Pas de nouvelles de Vlado. Il est devenu invisible. Il se fout complètement de moi. Ce week-end a été décisif. Il ne m'aime pas et, heureusement, je m'en suis aperçue presque tout de suite. Il n'y a pas trop de dommage. Mais *que cet homme est inconséquent! Me faire ça après ce que je lui ai dit et ce qu'il m'a dit, il y a une semaine. Les mots sont inutiles. Je devrais savoir ça depuis longtemps. Il n'y a que les actes qui comptent. Si je collais à cela davantage, je serais moins malheureuse. Je saurais. Cesser les «je pense que…» et regarder comment les gens se comportent. Mais moi, est-ce que je fais toujours ce que j'ai envie de faire? Est-ce que mes actes montrent bien qui je suis? Pas tellement. Je suis continuellement en train de tout évaluer dans ma tête et je n'agis avec spontanéité que très rarement. Alors ça doit être la même chose pour les autres. On ne connaît jamais les gens. Trop complexes, les êtres humains. C'est ma conclusion. Tout ça, pourquoi? Parce que je me demande comment il se fait que Vlado ne me donne pas de nouvelles. Je ne comprends pas, alors j'essaie d'interpréter. Sans succès. Je gagne assurément tous les concours d'élucubrations hypothétiques!*

le 16 mars

J'ai écrit trois lettres à Marc, en deux jours! Mais je me rends compte que c'est complètement inutile. On ne peut plus se comprendre. Jamais je ne l'atteindrai, à présent. Peine perdue. Je démissionne. Non, il n'y aura pas d'explications. Pas plus qu'il n'y en a eu, durant les huit dernières années. Impossible. Il n'y a pas de place pour une ex-femme dans la vie de Marc. Ce n'est pas son genre. Il forme avec sa nouvelle femme une cellule fermée comme il en formait une avec moi. Je suis hors de ça. Difficile à accepter, mais c'est ainsi. Il ne faut pas que j'oublie que je représente tout ce qu'il déteste. Mes valeurs, je veux dire. Je suis l'ennemie et il ne doit pas aimer que Vanessa et Stéphanie subissent mon influence. Je dois rester loin de lui parce que, comme je le connais, il n'hésitera pas à frapper. Ça ne donne rien d'avoir de la peine non plus.

242

Je viens de parler à Mimi. De Vlado évidemment. Je lui ai raconté qu'on avait eu un froid et qu'on s'était réconciliés. Elle m'a dit quelque chose d'intéressant. À sa connaissance, Vlado ne peut absolument pas rester ami avec une fille avec qui il a couché. Un peu épeurant. Ça veut dire ceci: tant que je serai sa maîtresse, tout ira bien, mais si la relation prend une autre direction, bang, la fin, il ne pourra plus supporter. Il faut que j'essaie de voir si c'est exact. Ça ne concorde pas, en tout cas, avec ce qu'il m'a dit, il n'y a pas si longtemps.

Ça me fait réfléchir. Si je suis honnête, je dois avouer que je suis un peu comme ça, moi-même. Les hommes de ma vie ne sont pas mes amis. Ce n'est pas mon choix mais les faits. Bon, ce n'est pas étonnant si je ne suis pas amie avec Marc. Je l'ai bien compris récemment. Je n'ai plus rien à partager avec lui. On est en contact uniquement parce qu'on a eu des enfants ensemble. Je suis restée en bons termes avec Jacques, mais on ne se voit jamais. Loin l'un de l'autre. On s'aimait physiquement tous les deux. Je pense toujours à lui avec un petit sourire. Oui, j'aimais dormir avec lui. Qu'on était donc bien, collés l'un sur l'autre, au chaud! Antoine? Je n'ai rien à en dire. Je pense que je suis l'amie de Jason. Il n'est pas là, évidemment, mais il m'intéresse toujours. J'ai envie qu'il soit mon ami. J'aime ce qu'il est. Il n'est pas ennuyant et j'ai beaucoup à apprendre de lui. Un explorateur mental fascinant. Je m'en ennuie tout le temps.

Et Vlado? Est-ce que je m'entends bien avec lui? Après tout, c'est avec cet homme que j'ai une relation en ce moment. J'aime son incroyable sens de l'humour et le fait qu'il soit très intelligent. Le reste? Il tripe sur la musique, la bonne drogue, comme il dit, l'amour. Moi aussi. Il adore le ski. Pas moi. Il fait très bien à manger. Parfait! Mais il boit trop et il est souvent superficiel. On ne s'entend ni sur les films, ni sur les livres, ni sur les idées. *Dès que ça devient sérieux, il décroche. Je le trouve très conventionnel aussi, malgré les apparences. Il veut presque la même vie que ses parents. Le couple qu'ils forment est pour lui un idéal. La «femme», c'est sa mère. Elle a toujours fait tout ce que son mari voulait! Non, il n'est pas trop porté sur les valeurs féministes. En conclusion, Vlado et moi, ce n'est pas un si bon match que ça. Attention, Élise, tu vas encore te rendre malheureuse pour un homme qui ne te convient pas. Il ne peut y avoir, entre Vlado et moi, plus que ce qu'il y a maintenant. Se voir de temps en temps. Essayer, je dis bien essayer, de développer notre amitié.*

le 26 mars

Dans quelques jours, ce sera le mois d'avril. Le temps passe. Bientôt je retournerai dans le Maine. Je vois toujours Vlado. Il parle de venir avec moi, cet été. Je ne sais pas si c'est une bonne idée. Il faut que j'écrive, et je ne crois pas que je puisse y arriver si je ne suis pas seule. Les filles, oui, mais pas de chum. La condition pour réussir. Et il y aura peut-être Jason. Qu'est-ce que je ferais s'il y avait Vlado et Jason? Trop compliqué pour moi, ça... Je suis vraiment ridicule de m'en faire d'avance, sans même savoir si Jason sera là. Je verrai bien assez vite.
...

le 27 mars

Je devais voir Vlado, ce soir, mais il ne peut pas. Il a une pratique avec son groupe rock. Je ne sais pas où j'en suis avec lui. De plus en plus passive. Il m'insécurise. J'ai l'impression que si je lui laisse voir qui je suis vraiment, il fuira. Alors je deviens muette et j'ai mal. J'ai vraiment peur qu'il me laisse tomber. Oui, parce que je suis plus vieille que lui. Comme un pressentiment.
Hier, j'ai regardé The Thorn Bird *et j'ai été touchée par cette vieille femme qui n'acceptait pas de vieillir. Elle*

244

disait que sous son corps abîmé, il y avait une femme encore capable d'aimer. Elle s'est tuée. Je crois que je pourrais faire la même chose. J'ai trop de peine à accepter de vieillir. Ça me rend folle de douleur. Si je pouvais donc devenir sage et cesser de m'en faire avec mon maudit corps!

...

le 31 mars

Dernier jour de mars, puis ce sera avril, mois de souffrances. J'espère que tout sera calme, cette année. Je panique moins aujourd'hui à cause de Vlado. J'ai décidé que je vais surtout investir dans l'amitié que j'ai pour lui. Pas de grands mots, pas de déclarations. Il me plaît bien et j'aime toujours baiser avec lui.

...

Ce soir, il y a un petit Belge qui arrive à la maison pour les vacances de Pâques. Vanessa doit s'en occuper puisque c'est une organisation de son école. Souhaitons que tout aille bien. Moi, je sors avec Vlado.

le 1er avril

Deux grandes nouvelles qui ne sont pas des poissons d'avril.

La première. J'ai mangé ce midi avec Suzanne. Elle m'a annoncé qu'elle avait reçu une offre intéressante et qu'elle vendait les Beaux-Esprits. Un choc. J'ai presque pleuré. Elle m'a expliqué qu'elle trouvait de plus en plus difficile de concilier sa vie avec Francis et le bar. Et puis, surtout, elle a envie d'autre chose. Elle rêve d'un petit hôtel au Mexique. L'idée est excitante. Je la comprends mais j'ai quand même de la peine. On se sentait comme chez soi dans ce bar, à cause de Suzanne. La Reine des Beaux-Esprits! Ce sera bientôt fini puisque la transaction doit avoir lieu en juin. Ouais! Il va falloir que je finisse le *deuxième livre de mes* Beaux Esprits *au plus vite. Faire coïncider la fin avec la signature de l'acte de vente. Mais j'ai oublié de lui demander de qui venait l'offre d'achat. Ça m'intrigue.*

*La deuxième. En partant de l'*Express, *j'ai marché jusque chez Mimi. Question de me remettre. Elle y était avec un archibeau gars. Je suis restée très peu de temps parce que j'avais l'impression de les déranger. Elle m'a dit en me raccompagnant qu'ils étaient, Robert (c'est le nom du chum) et elle, en amour par dessus la tête. Wow! Je suis contente. Elle a un nouveau travail qu'elle aime beaucoup et, maintenant, ce chum magnifique. Depuis deux ans, elle aussi en a fait du chemin!*

La troisième nouvelle n'est pas particulièrement originale. Pour faire changement, je suis seule en ce beau Vendredi saint après-midi parce que, pour faire changement, le très cher Vlado est parti faire du ski avec ses amis! Il exagère quand même. Je dois me rendre à l'évidence. Vlado aime mieux le ski que moi. C'est ce qu'il avait de fin à m'annoncer hier soir: qu'il partait pour le congé de Pâques.

Je vais préparer le repas pour mes filles et le petit Belge qui, entre parenthèses, est plutôt rondelet et affamé.

le 3 avril

Avril que je déteste, même cette année. Je croyais pourtant que tout était sous contrôle. Pas du tout. C'est Pâques et je me sens comme un poussin déplumé! Tout me revient. Le départ de Marc et celui d'Antoine. Ma rupture finale avec Jacques, aussi. La seule bonne chose qui me soit arrivée en avril, c'est Stéphanie, mon petit bélier chéri. Je l'aime et je suis certaine qu'on ne se séparera pas, elle et moi. J'entends, comme on fait avec un homme... Mais quand même, j'aurais voulu être heureuse avec Vlado! Une fois de plus mon malheur vient d'un homme, ou, plutôt, de mon attitude envers un homme. J'attends toujours plus que ce qu'on veut bien me donner. Mon problème c'est que je m'attache et que je ne devrais pas. Mais comment fait-on pour ne pas s'attacher? Je ne l'ai jamais appris. Quand j'aime un homme, je veux le voir. Aussi simple que ça.

Non, je ne prends pas du tout l'attitude de Vlado. Il me plante là, toute seule, comme si j'étais une maîtresse mais il n'a pas de femme! Je suis blessée. Non seulement il y a ce long congé mais, en plus, c'est son anniversaire. Je vais lui dire, quand je vais le voir, que j'en ai assez de lui et de son comportement. Je passe toujours après tout: le travail, le ski, ses chums et même ses drums! Oui, je freake aujourd'hui. J'ai peur et je me demande comment je vais faire pour aller à la mer toute seule. Même ça, m'angoisse. Mais il ne faut pas que Vlado se ramène là avec son génie, son travail et tout le reste. Moi, comme d'habitude, je passerai en dernier et je ne serai même pas capable de me concentrer suffisamment pour écrire. Peur ou pas, j'irai à Ogunquit uniquement avec moi-même.

Dehors, exactement mon paysage intérieur! Tout gris et froid. Je déteste le printemps.

le 4 avril

Vlado a mis fin à mes angoisses, ce matin. Il était à Montréal, hier. Il m'a téléphoné au moment où, écœurée de tout, je suis allée au cinéma. Il voulait me faire une surprise! Quel con, mais sympathique! J'ai eu de la peine, lui aussi. Et dire que je suis venue à un cheveu de conclure que je voulais plus le voir parce qu'il commençait à me faire souffrir. Je me sens mieux. Je le vois tout à l'heure et j'ai hâte.

...
J'ai téléphoné à Marie parce que je ne trouve pas le temps de lui écrire aussi souvent que je le voudrais. Elle est en forme et adore son séjour aux USA. Je l'envie.

Je suis encore malheureuse à cause de Vlado. Je n'arrive pas à digérer ce qu'il m'a dit jeudi soir dernier:
— On va faire un bout ensemble et puis chacun prendra sa route. Quand je lui ai demandé ce qu'il voulait dire par là, il m'a parlé de son astrologue qui lui a prédit son mariage, dans deux ans! J'avais encore une fois oublié qu'il voulait femme et enfants. Je suis trop vieille pour lui! Terrible d'apprendre qu'on est trop vieux pour quelqu'un. Trop vieux pour un rôle. Je le savais mais pas assez. Il a fallu qu'il me le répète une fois de plus pour que je comprenne. Il ne veut de moi qu'en attendant! J'ai du mal à prendre ma pilule. Je commençais à m'habituer à lui, notre relation s'approfondissait et vlan, je suis discartée!

Je dois rester calme. Pas mauvais, dans le fond. Ça me ramène à la réalité. Non, je ne peux y échapper: le mois d'avril est encore un mois difficile.

...

C'est la fin de mon histoire avec Vlado. Il me torture. Il l'a encore fait hier soir. Devant tous ses amis, il racontait comment il allait élever ses enfants, à la campagne, avec des animaux et tout. Je voulais mourir! Sa façon de me mettre à ma place. Cruel! Je m'enlève de là. Je ne veux plus me sentir vieille, tous les jours, à cause d'un homme.

J'ai encore une fois beaucoup de peine parce que j'y ai cru. Il ne faut pas y croire parce que c'est impossible. Triste. J'ai une peine d'amour contre ma volonté. J'en veux à Vlado d'avoir tant insisté pour sortir avec moi alors qu'il ne voulait pas de moi, en partant. Les gens devraient se connaître davantage. Vlado cherche une femme jeune et belle et ingelligente qui lui donnera des enfants et avec qui il vivra heureux! C'est beau! Ça n'a rien à voir avec moi.

J'ai envie de m'en aller. De me sauver. C'est ma vie et je veux m'en occuper. Je vais partir seule pour Ogunquit.

Plus rien à dire.

Quatrième partie

Suzanne
ou
le party d'adieu

Élise s'est approchée d'un homme et, momentanément, elle en a été plutôt heureuse. Mais sa fiction s'accommode mal du bonheur. Rien n'est venu. Maintenant que tout est terminé, les portes de son cœur sont ouvertes et il en sort de l'encre. Qui a dit que pour écrire on n'a qu'à s'installer devant une feuille blanche et à s'ouvrir une veine? Elle oublie. Ça pourrait bien être elle.

Donc Élise souffre. À cause de Vlado cette fois. Une douleur exotique? Pas vraiment. Elle n'a d'exotique que le nom de celui par qui elle est venue. Au début, Élise aimait qu'il soit différent... Dès le premier regard, dans la cuisine chez Mimi, elle le trouve intéressant. Grand, figure bougonne, peu de cheveux, l'œil myope sous des lunettes rondes. Surtout très drôle. Un grand Woody Allen! Elle ne peut s'empêcher de rester près de lui à ce party où, par ailleurs, personne d'autre ne retient son attention. Vlado lui plaît mais elle se méfie. Se retranche sous des sourires. À chaque fois qu'elle tente de rejoindre les autres, ceux pour qui elle est venue à la fête, il trouve une façon de la ramener à l'écart. Ils voient bien, tous, le jeu de Vlado. Élise le laisse faire et rit avec ses amis. Elle revient dans la cuisine et recommence à écouter ce garçon qui essaie de la séduire par son charme cocasse et gauche.

Vlado cherche à pénétrer dans l'âme d'Élise. Lui pose des questions, mais elle répond de manière évasive. Ne veut pas parler. Se contente de oui, de non. Juste dire l'essentiel pour qu'il ne parte pas. Vlado lui demande son âge et Élise le lui révèle en sachant d'avance l'effet qu'elle produira. Les hommes sont toujours surpris d'apprendre qu'elle a plus de quarante ans. Elle a encore gagné. Il ne la croit pas du tout. — Mimi, est-ce que c'est vrai? Elle fait un signe affirmatif. Mais, à son tour, Élise reste figée quand il lui dit qu'il n'a même pas trente ans. Il paraît beaucoup plus vieux. La voilà l'erreur initiale pour laquelle elle paie maintenant! Il la rejette exactement pour ça, la différence d'âge. Ils formaient un couple «normal» pour ce qui est de l'apparence. Lui, plus vieux qu'elle. Élise a cru que c'était suffisant pour effacer les années. Quelle sotte! Vlado n'était pas dupe.

Ainsi, elle pleure et râle parce qu'à plusieurs reprises, ses derniers temps, il a parlé de sa future femme, des enfants qu'il aurait, de son désir de les élever à la campagne et tout le reste. Elle rage de s'être encore une fois laissé prendre à y croire. Elle est trop vieille pour coïncider avec ses rêves à lui! Pourtant, pourtant, pourtant, dans la cuisine de Mimi... Élise ne veut pas succomber. Ne veut même pas qu'il s'approche d'elle. Le même réflexe qu'avec Antoine. Pas plus que lui, Vlado ne comprend. Il croit qu'elle joue à la naïve ou à la prude. Elle explique: — Ça finit toujours par faire mal. Elle dit cela non seulement à cause des blessures que ses aventures lui ont infligées, mais aussi à cause de celle d'Alain, toute fraîche. Vlado caresse toujours sa main. Élise ne sourit plus. Il se lève et l'entraîne près de lui. Avec son accent charmant, il murmure: — Viens-là, Élise. J'ai très envie de toi. Il la serre tout contre lui, mais elle répond avec son corps et ses lèvres: — Non, Vlado, non. Elle aime cependant qu'il la tienne dans ses bras. — Pas ce soir, en tout cas! Déjà, elle ramollit. Il le sait et en profite pour lui demander son numéro de téléphone. Elle le lui donne. Accrochée à l'hameçon. La même faiblesse qu'avec Antoine aussi!

Il lui téléphone le lendemain. Il veut dîner avec elle quand elle sera libre. Elle suggère mardi. Le plus loin qu'elle peut aller. C'était elle la plus impatiente, Élise-qui-ne-peut-se-passer-d'un-homme-et-qui-toujours-s'y-blesse. Il lui donne rendez-vous dans l'ouest, *Groupie*. Le seul fait d'être chez les Anglais l'excite. Elle a du mal à trouver l'endroit et peur de ne pas reconnaître Vlado. Il l'interpelle quand elle entre. Elle pense: — Il a donc une drôle de tête, ce gars-là! Mais il me plaît bien quand même. Ils s'attaquent ensuite à la tâche de se connaître. Une fois de plus passer à travers ça. Pourquoi ne pas s'échanger des curriculum vitae comme pour une job? On éviterait de perdre de précieux moments. Malgré cette réflexion, elle prend les devants. Elle veut tout savoir sur son travail, sa vie, ses amis, ses goûts aussi. Écoute, très attentive. Élise a tout fait ça pour rien. Fini, deux mois après! Elle n'avait été engagée que comme temporaire, mais on ne le lui avait pas dit...

Puis ils vont manger des mets chinois. Au tour de Vlado de questionner. Élise n'a pas plus envie de parler que le premier soir. Comme si elle savait d'avance que tout ça ne servira à rien. En quelques mots, elle résume son mariage, Jacques, Antoine, son roman. Point. Bien lui montrer qu'elle ne veut pas qu'il insiste. Vlado change de sujet et parle d'aller au cinéma. En attendant l'addition, ils discutent de films. Lui, ce sont les comédies qu'il préfère. Elle, pas tellement. Ils optent pour *The Verdict*. Dans l'auto, avant de se rendre à Alexis Nihon, ils fument un joint et se font quelques caresses moqueuses. Le film n'est pas très intéressant malgré les efforts désespérés de Paul Newman pour se mériter enfin un Oscar. Après? Elle dit encore non aux avances de Vlado. Pas question d'aller vite cette fois. S'il la veut, il attendra. Le week-end suivant, toutefois, elle se laisse prendre (c'est le cas de le dire!). Vlado est maladroit mais passionné. Avec la pratique, ils y sont arrivés à bien faire l'amour. Pas à la tendresse.

* * *

Ils viennent de se parler et tout est à recommencer. Calmer la douleur dans la poitrine. Elle lisait tranquillement et un téléphone de Vlado a fait chavirer le fragile équilibre. Il lui manque terriblement. Il n'a jamais été vraiment proche d'elle mais Élise le croyait. Devant ce vide, elle a le vertige. N'a pourtant que ce qu'elle mérite puisqu'elle poursuit sans cesse une illusion. Cherche l'homme inconditionnel qui l'aimera et la comprendra. Vlado n'est pas cet homme. Personne ne peut remplir ce rôle. Élise porte en elle un deuil inévitable.

En plus, Élise est jalouse! De Mimi. Ils s'aiment tellement, Robert et elle, qu'ils parlent de mariage. Toujours pour les autres! Suzanne aussi, d'ailleurs, est encore en amour. Elle vend le bar, la décision est prise. Le marché sera conclu à la mi-juin tel que prévu. Il y aura un gros party à cette occasion et Élise a insisté pour qu'il ait lieu avant qu'elle parte. Bon, Mimi et Suzanne sont en amour et heureuses. Ce n'est toutefois pas une raison suffisante pour qu'Élise soit misérable. Vlado ne l'aime pas comme elle aurait souhaité mais l'aime beaucoup quand même. Il vient de lui dire précisément cela au téléphone. Elle en est quitte pour une grosse peine. Elle doit continuer sans trop en demander aux hommes. Vlado reprend sa place. Il est bien libre de rêver à ses bébés comme il est libre de porter sa montre au bras droit, puisqu'il est gaucher. Ce n'est pas le monde à l'envers pour si peu. Juste une autre version. Tout est admissible. Il s'agit d'être souple, de ne rien proclamer. Observer. Accepter. Vlado est gentil mais il est ce qu'il est. Élise ne doit pas chercher à le transformer. Elle aussi a ses préférences, de toute façon. Elle rêve de soleil, d'USA et d'écriture. Le plus important: rester amis à travers leurs différences.

Élise se remet aux choses sérieuses. La déception lui a injecté l'énergie dont elle avait besoin. Il lui faut travailler très fort pour avoir du pain sur la planche durant tout l'été. Tout relire, faire un plan d'attaque. Le temps presse, le mois de mai est déjà entamé. Elle pense à Ogunquit parce que la journée est magnifique. Quelques semaines, quelques jours et elle partira pour la première fois. La fièvre la gagne...

Élise est une fille du Maine. Depuis quelques années, elle y passe beaucoup de temps, chaque été. Élise est bien dans ces lieux devenus familiers avec des gens qui n'intriguent plus. S'étonne de la transformation qui s'opère en elle dès qu'elle y remet les pieds. Qu'est-ce qui change? Tout. Autre façon de s'habiller, autre langue. Rapport différent avec les gens, les amis, les voisins. Plus de cours à donner ou à préparer, plus de corrections, plus d'horaire. Pas de téléphone! Quand on veut la rejoindre, il faut, ou bien écrire, ou bien venir. Et encore, si on connaît l'endroit. La maison aussi l'affecte. Comme celle de Saint-Ours le faisait. Elle est perméable aux intempéries et par magnétisme Élise le devient à son tour. Quand il fait froid ou chaud dehors, c'est identique en dedans. Élise doit faire des efforts pour s'ajuster. Elle n'est plus liée à rien d'autres qu'aux variations atmosphériques. À la ville, la chaleur pèse, le froid contracte. On les élimine. Air climatisé, chauffage. Dans le Maine, si elle a chaud, elle va sur la plage, dans la mer. Elle s'habille, se fait un feu, se recueille et travaille, si elle a froid. Le climat ne dérange plus, il stimule, suggère. On doit composer avec le temps et cesser de faire des contorsions pour l'éviter ou l'annihiler.

Élise est une fille du Maine. Le recul lui permet de voir. Surtout quand elle est seule. Pas d'écran. Vision directe. Personne pour la distraire. Pas de témoin pour dire: — Qu'est-ce qui lui prend, on la reconnaît plus?

Non, il ne faut pas avoir de compte à rendre. Étaler avec volupté le nouveau moi. Occuper tout l'espace. Le monde environnant renouvelle l'univers mental. La nuit n'est plus la même, le jour non plus. Dans le Maine, son ailleurs à elle, même la peine est intéressante. Elle a saveur de vie alors qu'à Montréal, elle a saveur de mort comme la solitude qui n'y est plus liberté mais abandon. Quelquefois, entre les quatre murs de son appartement, Élise ne veut plus vivre. En finir une fois pour toutes, puisque c'est toujours pareil. On dit les mêmes choses aux mêmes personnes qui ne nous apprennent plus rien. La vision manque d'horizon, les pensées aussi. Stagnation et ennui. À la mer, tout passe comme le vent, le mauvais temps, le brouillard. On se dit dans les larmes: — Quel temps fera-t-il demain? Espérance et mouvement.

Élise est une fille du Maine. La chenille y devient papillon... Mais en attendant, elle ne vole pas encore. Elle rampe et s'énerve. Qu'est-ce qu'elle écrira cet été? Elle n'a pas plus d'idées qu'il n'en faut. Un cul-de-sac mental. Et pourra-t-elle seulement supporter l'écriture? Aura-t-elle suffisamment de courage, de talent? Quel talent? — Les nerfs! Pas de drame pour rien. Think positive. Charles est allé au *Salon du livre* de Québec et il a appris que, même si elle n'a pas gagné le *Robert Cliche*, son manuscrit a été bien reçu. Bon. Elle doit partir de là, ajouter les textes nouveaux, tout homogénéiser. Voilà ce qu'elle fera à la mer. Puis, elle soumettra de nouveau son roman.

Élise a besoin avant tout de solitude, de calme. Se remettre devant son miroir. Ce n'est pas une glace ordinaire et l'image réflétée, pas physique du tout. Ce qu'elle voit, l'affole. Elle est au centre de sa vie et n'a encore rien produit. — Vanessa et Stéphanie, mes filles, mon miroir! Elles sont tellement plus belles que leur mère. Oui, mais maintenant qu'Élise n'a plus l'âge de faire des enfants comme Vlado le lui a rappelé, elle est condamnée à écrire. Alors, autant faire contre mauvaire fortune bon cœur.

Elle ne verra plus ses rides s'accumuler puisqu'elle remplacera tous les miroirs de la maison par ses livres. Elle n'en a fait qu'un, jusqu'à maintenant. Un seul pauvre petit texte laissé pour compte, comme un enfant qu'on ne veut pas adopter ou qu'on abandonne parce qu'il n'est pas assez beau. — Je vais le garder, moi. C'est mon bébé. Il deviendra grand et il plaira un jour.

* * *

Avant de s'installer définitivement pour l'été, Élise passe deux week-ends à Ogunquit: la fête de la Reine et une autre plus humble, la sienne!

La première fois, elle est seule. Il fait beau et chaud. Les arbres sont en fleurs autour de la maison. Le vent, doux et odorant. Une réconciliation avec la nature naissante. Élise s'attendait au pire. Qu'il pleuve et qu'il fasse froid comme l'année dernière quand elle est venue avec Patrick et ensuite avec Mimi. Pas cette année. C'est de bon augure. Elle passe la journée du samedi sur la plage avec Sandra et Kévin. Ils sont bien contents de se revoir. Se racontent leur hiver, leurs voyages. Élise, rose de soleil, affiche un air de santé. Et Jason réapparaît dans sa vie…

Le soir, elle va au *Tidewater*. Il y est. Comme s'il l'attendait. Il est assis au bar et elle s'approche, le cœur battant. Ils ne peuvent résister à l'impulsion de s'embrasser et de se serrer très fort. Comme si c'était permis tout à coup! Rapidement, toutefois, Jason suggère qu'ils aillent chez elle. Il peut partir parce qu'il ne joue pas avant quelques semaines. Pas assez de monde dans la ville pour remplir les bars. Ils quittent discrètement, l'un après l'autre. Dans le refuge sous les arbres, à l'abri des regards, ils s'enlacent avec tendresse. Qu'ils sont contents de se revoir! Puis, comme ils doivent rattraper six longs mois, ils se détachent à regret et s'installent devant le feu. Jason raconte qu'après être venu chez elle, il a pris le temps de ramasser toutes ses affaires qu'il a ensuite déposées chez un ami. Élise l'interrompt: — My letter, did you get it, Jason? Oui, il l'a reçue. Il l'embrasse et dit: — You're a sweetheart, Élise. It was a real nice letter! Il continue son récit. Après, il est parti pour le Mexique. Puerto Vallarta. Il a trouvé un emploi dans un hôtel. Facile puisqu'il parle parfaitement l'espagnol. Il faisait de petits travaux le jour et, le soir, jouait du piano. En mars, Cindy est venue le rejoindre. Ils ont passé un mois ensemble et convenu de reprendre la vie commune. Elle est encore à Seattle, mais elle le retrouvera pour de bon, fin-juin. Ils veulent un enfant. — Décidément, c'est la mode! pense Élise. Jason promet qu'il lui fera rencontrer Cindy. Élise freake. Est-ce qu'elle s'entendra aussi bien avec elle qu'avec sa gentille Catherine? ... — Hey! where are you Élise, demande Jason? Elle sort de la lune et raconte à son tour: Cuba, la grève, Moscou, Vlado. Puis, ils cessent de parler. Se regardent. Ne sont plus que deux. Cindy et Vlado n'existent plus. Ils se sont retrouvés. Tout paraît simple et Jason prétend même que c'est mieux qu'ils ne se soient pas écrit. Que rien n'est changé. Que tout est encore là. Et ils font ce qu'Élise aime le plus au monde: l'amour. Être dans les bras de Jason. Jouir en même temps que Jason. L'extase! Elle peut manger, fumer un joint, prendre un verre, écouter de la musique, nager dans la mer, même si quelquefois c'est parfait, ça reste toujours terrestre. Le sexe, lui, est divin. Jason, un ange déchu.

Comme chaque fois qu'il se rhabille, se prépare à partir, Élise a envie de pleurer. Toujours la première fois, toujours la dernière aussi. — No! don't leave me... Le bruit de la moto la laisse désespérée. Elle retombe sur terre. Alors, elle serre très fort contre elle le souvenir ramené que personne ne peut lui arracher, pas même Jason.

Elle retourne la deuxième fois avec Vlado. Une longue fin de semaine qui coïncide avec son anniversaire. Tout va bien avec son vieux Canadian de Woody Allen, puisqu'ils ne s'aiment plus! On est au début de juin. Il fait encore beau. Et il se passe exactement ce qu'Élise craignait le plus. Jason arrive à la maison. Élise panique mais Vlado et lui sympathisent immédiatement. Comme Élise et Catherine! Ils s'entendent à merveille et ont envie de faire de la musique ensemble. Jason veut initier Vlado au jazz. Ils vont tous les trois au *Tidewater* et, puisqu'on est hors saison, tout devient possible. Jason s'installe au piano et Vlado à la batterie. Ted le grand Noir rentre à ce moment avec Jim. Ils passaient voir si, par hasard, il n'y avait pas de musique dans l'air. Élise est contente de les revoir. — Give me a great big hug, dit Ted en attirant Élise dans ses immenses bras. Jim en veut aussi. Jason sourit. Vlado se présente. Ted va dans l'auto chercher ses congas, Jim, sa flûte et son saxophone. Ils jouent. Élise est assise devant eux à sa table préférée et boit un gin tonic. Elle regarde, incrédule. Après tout, peut-être que ça vaut la peine de souffrir pour arriver à ces instants privilégiés. Quel bel anniversaire!

Vlado aime la façon de jouer de Jason. Il lui dit que son groupe pratique depuis quelque temps pour le gros party des *Beaux-Esprits* qui aura lieu le samedi suivant. Il manque quelqu'un aux claviers. — Why don't you come back with Élise and I? We could play together. — Yes, sure, I'd love it, répond Jason en jetant un regard interrogateur à Élise. Elle fait signe que oui, mais trop surprise, trop émue aussi, elle n'arrive à faire sortir aucun son.

Ils reviennent donc ensemble. Jason passe la semaine avec Vlado et Élise les retrouve tous les soirs quand ils ont fini de pratiquer. Ils se promènent et, selon l'heure et la température, ils vont, soit du côté de chez Élise, soit du côté de chez Vlado. Une nuit, alors qu'Élise marche bras dessus, bras dessous entre ses deux amoureux, elle se met à fredonner...

> *On s'est connus*
> *On s'est reconnus*
> *On s'est perdus de vue*

On s'est reperdus de vue
On s'est retrouvés
On s'est réchauffés
Puis on s'est séparés
Chacun pour soi est reparti...

Une image lentement prend forme. Élise revoit Julien et Pierre, dans un autre tourbillon de sa vie.

* * *

Dans un pâle brouillard de fumée, des ballons joyeux comme les fleurs multicolores! Une musique envahissante! Élise tourne et, dans sa danse, entraîne tous ses amis. Le cercle unificateur. Julien lui sourit et lève son rhum and coke pour elle. Le seul peut-être qui la comprenne puisqu'il se débat lui aussi avec sa solitude. Pierre est près de lui. Ils sont enfin devenus bons amis. Vanessa et Stéphanie sont là également. On a fait une exception pour elles. Resplendissantes d'espoir, les adolescentes rient de voir danser leur mère. À chaque tournant, Élise aperçoit Jason, enfermé dans sa musique intérieure et Vlado, déchaîné sur sa batterie. Yves est derrière le bar pendant que Christophe et André se faufilent entre les tables. Mimi danse avec Robert et son amour la rend radieuse. Karla et Jean-François, inséparables comme toujours, parlent avec Claude, son compagnon-voyageur. De la main, Élise fait un signe à Patrick. Elle lui a demandé de venir spécialement pour le remercier du baume qu'il a appliqué sur une vilaine plaie, un certain été.

Élise danse et tangue autour de ses personnages. Elle se laisse assombrir momentanément par les absents. Même si Suzanne leur avait dit d'inviter tous leurs amis, elle ne l'a fait ni pour Marc, ni pour Antoine. Julien, lui, a oublié John. Et Vava n'est pas venue. Marie manque, mais c'est différent. Ils vont tous lui téléphoner un peu plus tard. Une fête pour elle aussi. Paul est là, bien que cette agitation ne soit pas tellement zen. Comme une iguane, il regarde tout, immobile. Élise lui envoie une bise. Jacques y est avec sa blonde. Ils sont assis autour d'une table avec Maxime et Charles. Ils sont tous réunis et la Reine des *Beaux-Esprits* contemple ses sujets pour la dernière fois. Elle doit avoir le cœur gros, Suzanne, même si Francis est près d'elle. Ce n'est pas la fin du bar, toutefois. Le secret a été bien gardé. Le chat vient juste de sortir du sac. Les waiters se sont mis ensemble pour l'acheter! Oui, le bar continuera comme ce roman-prétexte qui a permis à Élise de libérer ce qui l'étouffait. Histoire d'amants, de lieux et d'enfants, de passage dans la vie éphémère d'une femme qui cherche. Tout s'additionne pour former ce livre qui donne un certain sens aux actes, après coup. Rien de plus. Les cercles de la vie comme les cercles de la danse ne mènent jamais nulle part.

Élise persévérera malgré tout. Elle retournera dans le Maine et écrira de nouveau. Elle verra Jason et, à l'occasion, elle l'empruntera à Cindy. Le lui rendra intact à chaque fois. Et elles vont se rencontrer, Jason l'a dit! Elles n'ont plus à le remplacer puisque, même fuyant, il est toujours là. Toujours beau, aussi. Plus question qu'il meure. Vlado également restera près d'elle comme tous ses amis. Vanessa et Stéphanie grandiront sans toujours bien comprendre leur mère, mais elle expliquera. Elle ne peut faire entièrement fausse route, et ses filles voient bien qu'elle arrive quelquefois à être heureuse, comme ce soir. Élise ne veut pas en savoir plus long. Elle danse sur la musique de ses amants, stoned de bonheur, entourée de ses beaux Esprits.

Table des matières

Livre premier

Première partie: Christophe ou les chimères ...   13
Deuxième partie: Antoine ou la réalité   45
Troisième partie: Le Journal d'Élise   73
Quatrième partie: Jason ou les promesses   127

Livre deux

Première partie: Cindy ou le crime passionnel.. 141
Deuxième partie: Intermission fictive 175
Troisième partie: Le Journal d'Élise II 195
Quatrième partie: Suzanne ou le party d'adieu .. 251

Le présent ouvrage
publié par les
Éditions du Préambule
a été achevé d'imprimer
le 10e jour d'avril
de l'an mil neuf cent quatre-vingt-cinq
sur les presses des Ateliers Graphiques Marc Veilleux Inc.
Cap-Saint-Ignace, Québec.

Dépôt légal: 2e trimestre 1985
Bibliothèque nationale du Québec
ISBN: 2-89133-052-8

Composition et mise en pages:
Helvetigraf, Québec